劉細君　卓文君　班婕妤　蔡文姬　謝道韞　胡太后　上官婉兒　江采萍　李季蘭　宋家姊妹　杜秋娘　薛濤　劉采春　步非煙　魚玄機

美人詩裡的中國史

花蕊夫人　魏玩　李清照　唐琬　朱淑真　吳淑姬　王清惠　管道昇　馮小青　柳如是　寇白門　董小宛　沈宛　袁機　吳藻

周濱　著

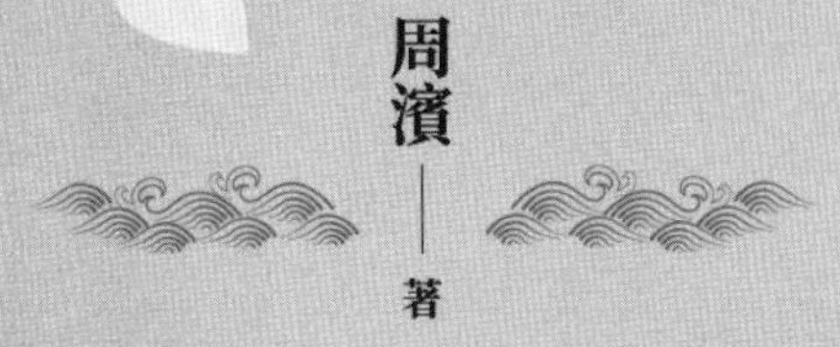

三十位美人，有的名字如雷貫耳，有的名字未曾相識。

她們的筆下，說盡世間風華；她們經歷過的愛與憎，都是歷史的苦與樂。

自序

中國詩詞裡的美人風月

有寫一本美人詩書的想法是因為在一年多以前，我到故宮看了一場叫做「故宮藏歷代書畫」的展覽，在武英殿書畫館的幽暗迴廊裡，我在一幅字帖前停下腳步，就再也沒有離開。你猜我看到了什麼？

君為豫章姝，十三才有餘。翠茁鳳生尾，丹葉蓮含跗。
高閣倚天半，章江聯碧虛。此地試君唱，特使華筵鋪。
主公顧四座，始訝來踟躕。吳娃起引贊，低回映長裾。
雙鬟可高下，才過青羅襦。盼盼乍垂袖，一聲雛鳳呼。
……

這是很難得、很難得甚至不能再難得的一幅手稿啊——一千多年前洛陽的一個夏天，有個叫杜牧的青年眼含熱淚，在洛陽城東的一個小酒館裡，對著面前的女招待揮毫潑墨，只一會兒工夫，就寫成了這張叫《張好好詩》的詩帖。而他面前的女招待，正是張好好本人。

八月的炎夏，這個叫張好好的姑娘站在那裡，雖然還很年輕，但因為衣飾的拙劣和臉上厚重的妝容，顯得俗氣。一望便知她生活得很辛苦。

是的，你沒猜錯，張好好正是杜牧暗戀過的人，她曾經是一名歌妓，後來成為杜牧上司親屬的侍妾。他沒想到會在這樣的情形下見到她，更沒想到少女時光彩照人的好好已經被丈夫拋棄、過著流落市井的生活，杜牧百感交集。

於是他在這首詩的序裡寫道：「牧大和三年，佐故吏部沈公江西幕，好好年十三，始以善歌來樂籍中。後一歲，公移鎮宣城，復置好好於宣城籍中。後二歲，為沈著作以雙鬟納之。後二歲，於洛陽東城重睹好好，感舊傷懷，故題詩贈之。」

而張好好與杜牧重逢的這一年呢，是唐文宗大和九年（公元八三五年），朝廷暗流湧動，馬上就要發生震驚全國的「甘露之變」，中唐已到了末期。進士及第卻官運平平的才子杜牧，剛剛在不久前遇見唐憲宗時的舊王妃杜秋娘，並給她寫了傳唱大江南北的《杜秋娘詩》，他沒想到被自己愛過的女人，會落得同樣的下場。

表面上看，杜牧的憤慨是因為張好好，其實內心深處，他對自己的際遇從未能釋懷。因為杜牧的家世非常好——遠祖杜預是西晉著名政治家和學者；曾祖杜希望為玄宗時邊塞名將；祖父杜佑，是中唐著名的政治家、史學家，先後任德宗、順宗、憲宗三朝宰相，一生好學，博古通今，著有《通典》二百卷；父親杜從郁官至駕部員外郎，早逝。

他也驕傲地說過：「舊第開朱門，長安城中央。第中無一物，萬卷書滿堂。家集二百編，上下馳皇王。」（《冬至日寄小姪阿宜詩》）

因為這樣的出身，杜牧是很想為大唐做一番事業的，只可惜安史之亂後，所有關於大唐中興的等待都在事實中落空，諸帝才庸，邊事不斷，宦官專權，黨爭延續，一系列的內憂外患使得唐王朝江河日下，一幫平生不得志的詩人墨客，落得在醉生夢死中打發時間，待一覺醒過來時，只剩下「十年一覺揚州夢，贏得青樓薄倖名」了。

這，就是《張好好詩》的由來，也是這幅字帖最打動我的地方。而圍繞這張字帖呢，還有一段不得不說的後事：這是大唐詩人杜牧留在世間的唯一真跡，上有宋徽宗趙佶的親筆題跋，從清乾隆年間更一直保存在御府內閣中，後被末代皇帝溥儀攜帶出宮，直至散失在民間。最後由大收藏家張伯駒發現並收購，於一九五六年捐贈給國家，從此深藏於故宮博物院。

這是一個美人引發的故事，卻觸發我想要更深層次地了解，那些深藏在歷史背後、因為時代的變化而沉浮的中國美人的命運——她們有的，像張好好一樣是青春懵懂、風華正茂的民間少女；有的是豔壓群芳、八面玲瓏的名妓紅伶，還有的是名滿天下、才冠古今的絕代女詩人……

從卓文君、蔡文姬、薛濤、魚玄機、李季蘭到李清照、朱淑真、柳如是、董小宛……她們都是中國歷史上最美的女人，留下過最經典的中國詩詞，而她們個人的故事，正是由一段段紅顏滄桑而串起的家國傳奇。漢武征西、三國爭霸、魏晉風流、開元盛世、安史之亂、南唐煙雨、北宋風華、靖康之恥、大明覆滅……這些曾改變了中國歷史的大事件，被鐫刻在她們的生命和生活裡，成為永遠抹不去的記憶和傷口。

而這些大事件，一方面是印證王朝的更替，另一方面則標誌著中華文明進入高度成熟的歷史時期——從世俗到風雅、由下里巴人攀登至陽春白雪，中國詩詞從萌芽到發展到開枝散葉，它在藝術上的成就，使它成為了一個讓全世界矚目並研究的文化現象。甚至可以說時至今日，中國詩詞已成為多少靈魂漂泊的中國人，精神上的故鄉。

所以我們聽卓文君唱過：「願得一心人，白首不相離。」

也聽薛濤吟誦：「花開不同賞，花落不同悲。」

更明白李清照在北宋漫天的烽火狼煙裡，留下自己的悲愴：

「生當作人傑，死亦為鬼雄。」

「千古風流八詠樓，江山留與後人愁。」

什麼是人世間最痛的事？是芳華凋零？是始亂終棄？是生離死別？還是家國盡碎？我想，只有人本身的命運才能給予回答，所以就走進了歷史深處，用一群留下了中國傳世詩詞的美人故事，為當代的我們尋找一種理解。

於是，我用自己的筆尖連起了三十位最傳奇的中國美人，連成了一部寫滿命運離奇的中國史。關於這本書的書名，原本我想叫《中國美人詩詞大會》，但被我的出版人楊老師給否決了，她親自改名本書為《美人詩裡的中國史》，我們一致通過了這個名字。而我的責任編輯夏老師，則精心製作了本書的版式和精美封面。（編按：此指簡體版本）

這本書是為致敬中國文化而生的，因為今年（編按：二〇一八年），恰好也是我最喜愛的中國文學經典《紅樓夢》完成的二百五十五周年。小說裡紅樓群豔的命運，正是這蒼茫人世間最深刻的縮影。

我們從年初報選題，到現在用了三個多月的時間加快完成，就是想在中國傳統文化已成為世界名片的如今，給所有的國內外讀者一個通往中國經典的橋梁。我們用深入淺出的語言、平白的講述方式，讓所有年輕以及更年輕的讀者知道，在中國燦爛悠長的歲月裡，曾有過那麼多不該被忘記的人和事、有過那麼多的愛與情、有過那麼多的喜悅以及不能磨滅的創傷……

或許，我還是用在中國被家喻戶曉的蘇東坡的一首詞來說會更明白：

大江東去，浪淘盡，千古風流人物。故壘西邊，人道是，三國周郎赤壁。
亂石穿空，驚濤拍岸，捲起千堆雪。江山如畫，一時多少豪傑。
遙想公瑾當年，小喬初嫁了，雄姿英發。羽扇綸巾，談笑間，檣櫓灰飛煙滅。
故國神遊，多情應笑我，早生華髮。人生如夢，一尊還酹江月。

沒錯，往事並不如煙，傳奇就在你我身邊。

周濱　二〇一八年六月十五日於北京蓮花池

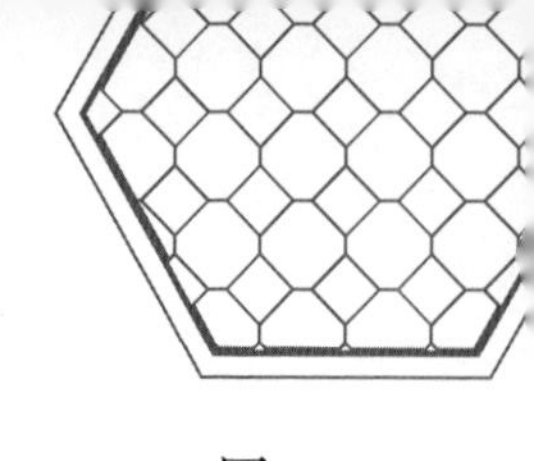

目錄

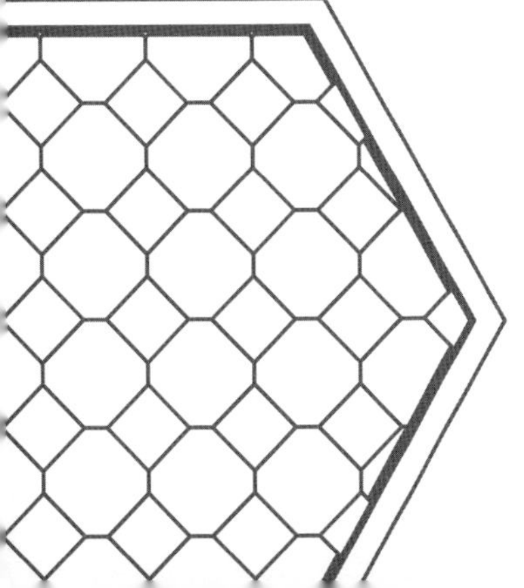

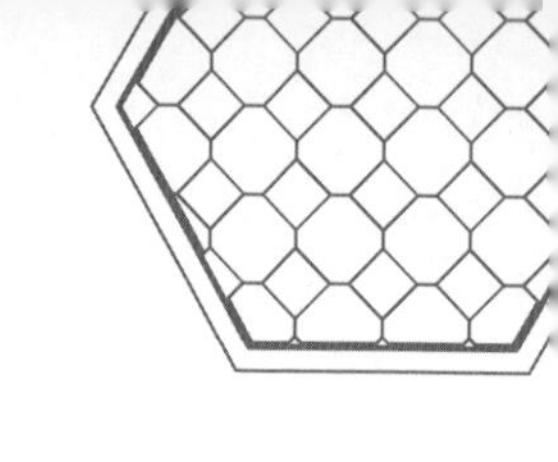

第四章　明清豔談，江湖女兒風流

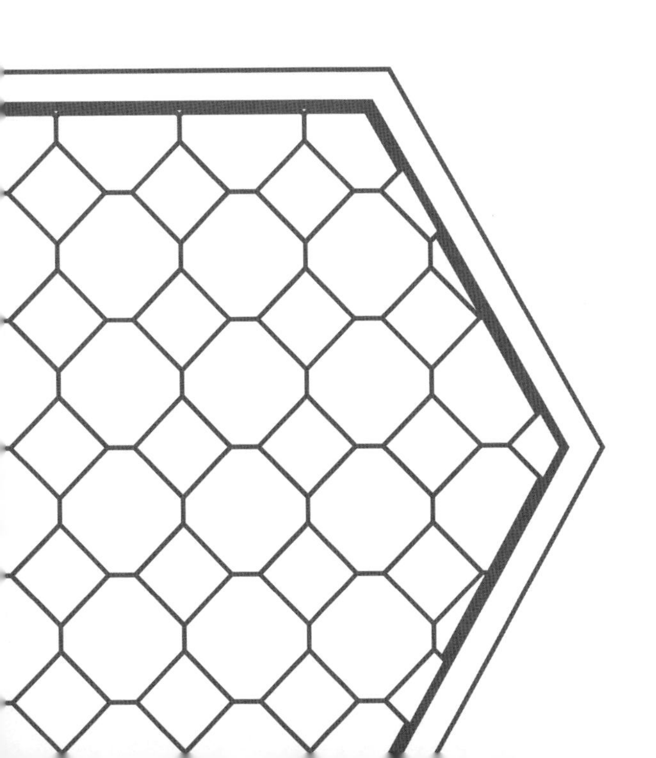

第一章——兩漢魏晉，紅顏痛說祕史

劉細君
卓文君
班婕妤
蔡文姬
謝道韞
胡太后

漢武的帝國，一個女人用婚姻打通的西域之路

事情要從漢高祖七年（西元前二〇〇年）的那場「白登之圍」說起。

那一年，韓王信（戰國時期韓國王室後裔，韓襄王的孫子）勾結北方的匈奴造反，企圖攻打太原。漢高祖劉邦親自帶著三十二萬人的龐大軍隊一路追擊，結果中計被圍困於平城（今山西省大同市以北）白登山，整整七天七夜，差點命喪漠北。

通過對匈奴人的賄賂，劉邦脫險了，但北方的邊境從此成了漢王朝的心病。從高祖、惠帝、文帝、景帝直到武帝，經過幾代的休養生息和經濟發展，到了漢武帝建元元年（西元前一四〇年），雄心壯志的漢武帝劉徹覺得時機成熟了，他想和大月氏（秦至漢初遊牧於今甘肅省河西走廊一帶，後遷徙到今中亞地區，與匈奴是「世敵」）聯手除匈奴，就讓著名的外交家張騫當大使去談判，順便考察西域軍事地形。

張騫九死一生，在路上被匈奴俘虜兩次，被扣押了十多年才逃回漢都長安，他向漢武帝報

告了所有偵察到的情況，同時建議說，有一個叫烏孫的遊牧民族，比大月氏更能威脅匈奴，大漢不如和烏孫聯手，打擊匈奴的氣焰。《漢書》裡說張騫是這麼彙報的：「烏孫國，大昆彌治赤谷城，去長安八千九百里。戶十二萬，口六十三萬，勝兵十八萬八千八百人。」「去長安八千九百里」，其實是今天的新疆維吾爾自治區伊黎河流域一帶，烏孫，其實是現在的哈薩克族祖先的其中一支。烏孫這個小國家，從此進入了大漢的視野，也登上了大漢宗室的和親榜單——用發達地區的美女和珍寶，換取不發達地區的友誼和效忠，這是歷史上十分著名的外交戰略。

中國歷史上第一位有名有姓的和親公主劉細君，就此橫空出世了。

> 吾家嫁我兮天一方，遠托異國兮烏孫王。
> 穹廬為室兮旃為牆，以肉為食兮酪為漿。
> 居常土思兮心內傷，願為黃鵠兮歸故鄉。（《悲愁歌》）

這是中國歷史上第一首由公主寫的和親詩，也是歷史上第一首「邊塞詩」，它標誌著中國詩歌從漢朝開始由「詩言志」邁向了「詩抒情」的階段，所以它在文學史上，有著重要而又特別的地位。

而這位劉細君公主不是一般人，她是正牌的西漢公主，是漢武帝的姪孫女。她的身世非常傳奇——其父江都王劉建，本來日子過得好好的，不知道怎麼想的，既沒有文韜也沒有武略的他居然密約其他的諸侯王造反，同時大搞迷信巫術，讓妻子成光找女巫詛咒武帝。這些事敗露之後，劉建畏罪自殺，他的妻兒都被處死，只留下年幼的劉細君成了孤女。廣陵厲王劉胥（漢武帝的第四個兒子）覺得這個小女孩可憐，就做了她的養父。

劉細君接受了很好的文化教育，精通詩歌、音樂、舞蹈和禮儀，而且她能寫又會唱，是一位「抒情歌手」。而她成長的年代，正是中國的儒家思想成為封建王朝的統治思想的起步期。因為學者董仲舒提出「罷黜百家，獨尊儒術」的主張得到漢武帝採納，中國進入了儒學大一統的時代。而儒學作為封建正統思想，特別強調詩歌和政治教化的關係，詩歌被視為「經夫婦、成孝敬、厚人倫、美教化、移風俗」的工具，從此成為文化主流之一。而董仲舒又把孔子所說的「詩」都奉為「經」，此後人們便稱其「詩經」。

漢朝詩歌最重要的文學形式是楚辭和漢賦，然後樂府詩開始興盛了，日後最重要的五言詩和七言詩也快步進入了人們的視野。文學宣導者漢武帝，就寫過一首著名的《秋風辭》。

秋風起兮白雲飛，草木黃落兮雁南歸。
蘭有秀兮菊有芳，懷佳人兮不能忘。
泛樓船兮濟汾河，橫中流兮揚素波。
簫鼓鳴兮發棹歌，歡樂極兮哀情多。
少壯幾時兮奈老何！

就在寫完這首《秋風辭》八年後，五十二歲的漢武帝把自己的姪孫女劉細君嫁給了烏孫國的昆莫（烏孫對國王的稱謂）獵驕靡。這真是個令人悲傷的故事，因為細君公主當年正值青春年華，而這位昆莫的年紀足夠當她的爺爺了。

可是還有更令人悲傷的事，匈奴人居然也來湊熱鬧——匈奴的單于把自己的親生女兒嫁給了老昆莫。這樣一來，小國烏孫的王就同時迎娶了兩個國家的美女作王妃，細君公主是右夫人，而匈奴的女兒為左夫人。

可是，按照遊牧民族烏孫的規矩，同樣是王妃，左夫人的地位要在右夫人之上。也就是說，在老昆莫的心裡，匈奴的分量竟然大於大漢朝的勢力。而且，劉細君跟她的外族丈夫是分居的，老國王住帳篷，公主住在專門為她修建的仿漢朝宮室，兩個人逢年過節才見面吃頓飯聯絡一下，要說感情，那根本沒有。

元封六年（西元前一〇五年）是劉細君遠嫁的那一年。這個從小生在江南、長在江南，穿的綾羅絲綢、學的詩詞歌賦的漢家女子，懷抱著琵琶出門了，感覺前路渺茫卻又無能為力。她在長途跋涉到達烏孫後，寫下了完全就是自己內心寫照的《悲愁歌》。

劉細君寫過不少詩，但流傳到今天的只有這一首。做為漢代的女詩人，她在文學上的可能性完全被她的婚姻生活吞沒了。她彈《悲愁歌》的這把琵琶也相當有來歷——西晉的文學家傅玄曾經考證說：「聞之故老云：『漢遣烏孫公主，念其行道思慕，使知音者裁，碧天無際雁行高。』」唐朝的音樂理論家段安節在《樂府雜錄》裡就說得更明確：「琵琶，始自烏孫公主造。」他們都認為，劉細君就是古典樂器琵琶的實際發明人。

公主把自己的悲愁用隨身帶的琵琶唱了出來，歌聲一路穿越，經過多少人的傳播最後傳回了長安。平時十分強硬的漢武帝聽後沉默了，他很理解這種文化不通、感情不順、甚至生活習慣也沒有任何共同之處的婚姻的痛苦。但是在皇帝的心裡，除了天下，什麼都不重要，於是他就每年象徵性地派大使捎一些絲綢花布，帶去給這個可憐的姑娘，穩定她的情緒，感謝她為大漢和平做出的貢獻。而劉細君呢，她把漢武帝賞賜的絲綢，全部送給了昆莫的其他小妾，她們喜歡得不得了。

在久居塞外的遊牧民族烏孫人看來，這個漢朝公主美麗白皙但是鬱鬱寡歡，他們確實不知道她在想什麼。而在肩負重任的劉細君心裡，她很明白在漢武帝眼裡自己只是一顆必須犧牲的棋子——無論那位雄才偉略的叔祖父怎麼表達安慰，她知道她今生再也沒有希望了。

因為這時候，漢朝對匈奴的征戰還沒有結束。就在太初二年（西元前一〇三年）之後，雄心勃勃的漢武帝再度派出大規模的軍隊，以李廣利為主將三次進攻匈奴，結果大敗而歸，極大地耗損了漢朝的軍力和財力。

仗是越來越打不起了，用公主和親是穩定邊疆的辦法之一。而這時偏偏劉細君的老國王丈夫死了，按照烏孫的規矩，她得繼續嫁給下一位昆莫——獵驕靡的孫子軍須靡——做妾。遊牧民族的這種婚姻風俗，在重視儒家禮儀的漢朝人看來，完全不可想像，劉細君死的心都有了。她抱著一線希望給尊貴的漢武帝寫信，希望他出於同情把自己接回故鄉，哪怕做一個要靠自己勞動才能活下去的普通人，那也好啊！

而漢武帝客氣而冷淡地粉碎了她的希望，請她尊重風俗。這位漢朝的公主最終還是嫁給了繼任的年輕國王，並在一年多後生下了一個女兒。但是她的身體和心理意志都垮了，在親生女兒還沒有滿周歲的時候，劉細君一病不起，傷心地走完了人生路。她死後所葬的地方，是今天的新疆伊犁昭蘇縣一個非常偏遠的鄉鎮，離她的家鄉揚州有著四千多公里的路程。

而那一年，她不滿三十，正是一個女人最美好的年紀。而她大概也不會想到，她死了沒多久，漢武帝又派了一位公主劉解憂來和親，填補細君公主留下的王妃之位，以便繼續拉攏匈奴的對手烏孫。這位劉解憂的悲慘程度也不在劉細君之下，她也是罪臣的女兒——因為祖父劉戊參與了漢景帝時同姓諸王的「七國之亂」，結果兵敗身亡，一家人從此被踢到底層，過著頭都不敢抬的生活。她在烏孫，前後轉嫁了三任丈夫，共生了六個孩子。

歷史的殘酷與無情往往是現代人無法想像的。從西元前一四〇年開始，由張騫打頭陣，由漢武帝的強大軍隊做先鋒，由漢朝和親公主們用婚姻和生命當後衛開鑿的西域之路，在一代大帝漢武帝的手裡被成功打通了。這條以長安為起點，經河西走廊到敦煌，從敦煌起又分為南北兩路最終到達君士坦丁堡（今土耳其伊斯坦堡）的遙遠道路，為漢朝帶來了源源不斷的經濟利益，這就是舉世聞名的絲綢之路。

絲綢之路奠基人漢武帝，其晚年生活也充滿了各種不幸：他晚年時的迷信、多疑和苛刻，讓他在六十六歲的時候，相信了自己的寵臣江充，認為他的太子，也是他一直以來最喜歡的嫡長子劉據用巫術詛咒了自己，企圖推翻他的統治。太子在逃亡路上絕望自殺，一生無過的皇后衛子夫也被迫自殺，連太子留下的兩個孫子也被漢武帝派的人殺了。

他們都是無辜的人，大臣和民眾證明了他們的清白。知道自己錯殺了親人的漢武帝，兩年後在兒子遇難的地方修了一座「思子宮」，向天下發布了自己著名的悔過書《輪台罪己詔》。他終於承認自己不是無所不能的人，他的一生有許多的過失。他在致力於擴大漢朝邊疆、打通西域之路的一生中，用舉國的財力和人力實現自己擴張的野心，給無數人帶來了傷害。

劉細君沒有看到這一天，她已經在幽冷荒涼的塞外，被遺忘了多年。只有絲綢之路上那一支支南來北往的商隊，和哀婉淒切的大雁聲，在無盡地訴說她的犧牲。

但是歷史中的人生，又能如何呢？人性雖然洞見了歷史的昏暗，卻再也無法將那個漢朝的美人從長眠中喚醒了。

這正是「千古紅顏成枯骨，後世功看悲愁歌」，西漢時最強盛的一段好時光，就此落幕了。

我才不要鳳求凰——女創業家卓文君的愛情悲喜劇

她是中國歷史上最著名的一場私奔的女主角，她是西漢時期最美麗的一位「富二代」，她是說一不二的率真女郎，她也是絕不手軟維護自己正妻地位的女權主義者。

沒有錯，她就是漢朝歷史上著名的女詩人卓文君，她有一個比她更著名的文學家丈夫——司馬相如。

漢景帝中元六年（西元前一四四年）的某天，位於蜀中茶馬古道的平樂鎮上，深夜，走出了一對急匆匆的男女。我們藉著歷史的燭光把他們看一下，哦，這兩個人都是俊男靚女，男的明顯要成熟不少，女的則正值妙齡，大概還不到二十歲。

很顯然，相對於一場急匆匆的出走而言，這姑娘的衣飾過於華麗了，不太便於走路，也太引人注意。一旁的男士臉上則沒有太多的表情，沒有人會知道，不久前他剛剛彈唱了一首熱情無比的《鳳求凰》，才讓這個叫卓文君的姑娘跟他連夜私奔。

而卓文君是誰？她是西漢時臨邛（今四川省邛峽市）大富商卓王孫的女兒，好音律，有詩才，並且「眉如遠山，面如芙蓉」，從小就因為才貌雙全，深受她的富豪爸爸寵愛，放到今天，就是最典型的大家閨秀。

再看看卓文君家闊到什麼程度——良田千頃、家奴八百，連縣令都要讓卓家三分。而卓文君也不是一般人，在十七八歲的妙齡成了寡婦以後，因為與婆家說不攏，一氣之下又回娘家做起了千金小姐。

在卓文君無限寂寞的時候，她遇到了人生正落魄的窮才子司馬相如——由於多年來充當幕僚，司馬相如在梁孝王去世後，生活可以說陷入了赤貧。而就在這時候，他的好朋友臨邛縣令王吉十分有心地把他請了過來，並介紹他到卓府當了貴賓。結果身在客廳的司馬相如，對著滿屋子人彈琴唱出了這樣的歌詞：

鳳兮鳳兮歸故鄉，遨遊四海求其凰。
時未遇兮無所將，何悟今夕升斯堂。
有豔淑女在此方，室邇人遐獨我傷。

何緣交頸為鴛鴦，胡頡頏兮共翱翔！
凰兮凰兮從我棲，得托孚尾永為妃。
交情通體心和諧，中夜相從知者誰？
雙興俱起翻高飛，無感我思使予悲。

這就是《鳳求凰》，這根本就是唱給卓文君聽的！因為王吉早就跟他說過，你這樣漂泊下去不是個辦法，要趕快找個有嫁妝的姑娘結婚，卓家小姐正合適！

所以歌詞是這樣的直白大膽，卓文君躲在簾後聽得心潮澎湃，結果就這麼跟他走了。直到他們回到司馬相如的老家成都，卓文君才發現她選的這位丈夫「家徒四壁，無以自立」——家裡窮得什麼都沒有，她大吃一驚。但做為知名富商的女兒，卓文君從小就有經濟頭腦，她很快鎮定下來，想了一想，拉著已成事實的丈夫又回了臨邛老家。

這下熱鬧了！臨邛城爆發了今日頭條——富家女卓文君賣掉車馬首飾，在老家的街上穿粗布衣裙開了間小酒館，自任老闆兼會計，而丈夫司馬相如當打雜小廝兼跑堂！夫妻倆在賣酒之餘，還常常取門口的井水煮茶自娛自樂。而這口井，後來就叫「文君井」。

所有人都上街來看首富的女兒賣燒酒，卓王孫坐不住了，為了保全自己的面子，也是真真切切出於對女兒的心疼，他接受了親戚朋友的建議，分給這對新婚夫婦「童僕百人，錢百萬緡[1]，並厚備妝奩」，正式接納了這位把生米煮成熟飯的女婿。於是這一場出走，卓文君帶領司馬相如完勝。

從這裡我們看出來了，這對夫妻都不是一般人，他們心理素質強大，自我期望值極高，無論從才能還是行動能力上都是勢均力敵的！所以當人生的機會再次來敲門——在不重視文學的漢景帝時代鬱鬱不得志的司馬相如，忽然因為他的早期作品《子虛賦》得到了當朝天子漢武帝的賞識時，卓文君立馬幫丈夫收拾細軟，催他去長安找前途了。

於是司馬相如從中年時期開始，在朝堂上大顯身手。他成為漢賦第一大家，在中國文學史上有著無可撼動的地位。《漢書．藝文志》裡收錄了司馬相如的賦二十九篇，有《子虛賦》、《上林賦》、《大人賦》、《長門賦》、《美人賦》、《哀二世賦》等，以歌功頌德為主，也有發自內心的作品，但都才氣逼人，讓很多人欽佩。漢代史學第一大家司馬遷就對他推崇備至，以至於在流傳千古的《史記》中，專門為文學家司馬相如寫了《司馬相如列傳》，全文收錄了

1 緡：音同「民」，指成串的錢。

他的三篇賦和四篇文章。

前文我們已經提過漢武帝為人強勢，野心勃勃，他為什麼需要像司馬相如這樣的文人？這跟他推崇儒學的背景是分不開的。西漢初年，由於國力在經過楚漢戰爭後的相當長的一段時間內比較弱，漢武帝的祖父漢文帝和父親漢景帝就秉持了一脈相承的休養生息政策，他們提倡節儉，獎勵農桑，減輕賦稅，發展農業生產，所以才出現了「文景之治」的盛世。

漢初的風氣從上到下都是鬆散的，因為春秋時期的影響還在，社會上諸子百家的學說都很流行，各地王侯門下的食客幕僚們，老是指點批評一些社會問題，這對漢朝的中央集權是不利的。尤其是成為社會主流，號召「清靜無為」的黃老思想更是讓漢武帝頭痛——他需要的是天下歸心、全力擴張的大漢王朝。

所以他才確立董仲舒改造儒家思想作為官方認可的統治思想，從政治制度上把讀儒家五經（《詩經》、《尚書》、《禮記》、《周易》和《春秋》）和個人當官的前途密切結合，從而有效遏止了百家爭鳴、眾說紛紜的現象。從這一時期開始，西漢王朝進入了極盛時代，也出現了西漢文學的高峰，枚皋、司馬相如、東方朔等大名鼎鼎的文士入朝，將大漢光華演繹到了極致。

在長安的生活，司馬相如過得很得意，他簡直快要忘記遠在四川的妻子了。漢建元六年（西元前一三五年）時，大將軍唐蒙在西南地區修路跟當地人發生了矛盾，司馬相如就自告奮勇回老家安撫人心。漢武帝給了他一個中郎將的頭銜，讓他去收拾局面。司馬相如表現出色，前後出使兩次，用《喻巴蜀檄》和《難蜀父老》兩篇文章打通了大漢王朝的西南通關之路，收服了蜀中父老的人心。

可是，司馬相如兩次出使四川，四次經過成都，他和岳父卓王孫都在酒宴上和好了，卻偏偏沒有到臨邛探望妻子卓文君。為什麼？因為他在長安遇到了一個少女，很喜歡，想娶來作妾。所以思來想去，他給五年不見的妻子寫了一封信，只有十三個字「一二三四五六七八九十百千萬」。

文化人就是講究，一個「我對妳無意了」也要表達得這麼委婉。同樣有才的卓文君當然看懂了，她想的是：我們相識在你最落魄的時候，無論你當時出於什麼動機，我們夫妻一場，我對你全心付出，而你想來就來，想走就走，天底下哪有這麼便宜的事？我卓文君憑什麼要同意？

這就是富二代出身，又自己白手創業的卓文君對愛情和婚姻的態度。她給丈夫的回信非常經典，那是兩千年後都擲地有聲的一首《白頭吟》：

皚如山上雪，皎若雲間月。聞君有兩意，故來相決絕。
今日斗酒會，明旦溝水頭。躞蹀[2]御溝上，溝水東西流。
淒淒復淒淒，嫁娶不須啼。願得一心人，白頭不相離。
竹竿何嫋嫋，魚尾何簁簁。男兒重意氣，何用錢刀為。

這首《白頭吟》帶有濃厚的民歌色彩，是一首文采飛揚的五言詩。司馬相如看完以後沉思了很久，因為詩中的有些地方觸痛了他的心——他是當朝第一才子，但是在少年成名之前卻經歷坎坷，才貌出眾卻家徒四壁，正是靠著婚姻的幫助，才有了打開人生局面的資本。他對卓文君的感情裡，其實有著很大的私心。他在四處碰壁的青年時代，學會了見風使舵，這才贏得了喜歡吟詩作賦的漢武帝歡心，實現了人生的階級跨越。

這個寒門出身的貴子，到了事業有成的時候，見美色而忘根本，想要拋棄他的原配妻子，卻忘了他的妻子有感情又有頭腦，還很會製造社會輿論。

真的，卓文君的危機公關能力是出類拔萃的，她才不哭哭啼啼低聲下氣呢，她緊接著又給丈夫寫了封信，叫《訣別書》，全文如下：

春華競芳，五色凌素，琴尚在御，而新聲代故。
錦水有鴛，漢宮有木，彼物而新，嗟世之人兮，瞀於淫而不悟！
朱弦斷，明鏡缺，朝露晞，芳時歇；
白頭吟，傷離別，努力加餐勿念妾。錦水湯湯，與君長訣！

她說，雖然我還是非常愛你，但我知道喜新厭舊是人的本性，我尊重這一點。我只擔心那新婦不理解你的內心，不瞭解你的過去和生活習慣，不能像我這樣愛護你。所以你要保重好身體啊，我們不再見面了，我對你的感情還是如同故鄉那滔滔不絕的錦江之水，永遠都沒有流盡的時候！

司馬相如終究被妻子打動了！因為他當時已經五十多歲，身體並不好，深受糖尿病的困擾。同時在政治上，漢武帝也已經開始疏遠他了。

總而言之，司馬相如事業的高峰期已經過去了，他從志得意滿中驚醒過來，發現家庭對沒

2 躞蹀：音同「謝跌」，小步行走的樣子。

有根基，從小就缺乏安全感的他來說實在是太重要了。所以他選擇回到卓文君身邊，不再提納妾的事，也不再在漢武帝面前表現自己了。

西漢的江湖上，從此只留下漢賦大家司馬相如的故事，卻少了一對政治家夫妻。漢武帝元狩五年（西元前一一八年），司馬相如最終因為糖尿病去世，沒過幾年，卓文君也走了。

她確實是個非一般的女詩人，在遙遠的兩千年前，能一肩挑起生活的重擔，不抱怨，不退縮，對自己的選擇負責，這完全就是銳意進取、自由戀愛、智守婚姻的模範啊！但如此完美的人生背後，究竟要怎樣強大的內心，才能站成一個始終高貴的姿勢？

王的女人班婕妤，留在未央宮的金枝欲孽

幸福的人生都是相似的，不幸的人生則各有各的不幸。對需要靠美貌生存的嬪妃而言，人生的所有不幸來自全部的後宮佳麗都只有一個丈夫——當朝皇帝。

人生的大悲哀莫過於此。竟寧元年（西元前三三年）的那個夏天，漢元帝劉奭駕崩了！太子劉驁很快就繼承了皇位，是為漢成帝。這一年他十八歲。

元帝生前是喜愛過太子的，因為年少時的劉驁並不驕橫，性格謹慎，但長大後他卻成了一個愛享樂的青年，生母王皇后對他也疏於管教，讓元帝很不滿。

他想過要廢太子，卻因為劉驁是他父親漢宣帝的掌上明珠，又是皇長子、皇長孫，大臣們都不同意廢太子，元帝只好作罷。但他從來也沒有放心過太子，臨終前，他把當朝大司馬，他親自派去保護太子的史丹叫到床前，死死地盯著他說：「你們要好好輔佐太子，不要辜負我的重託！」

劉驁這才躲過一劫。但是人生的考驗還在後頭呢！

就在當上皇帝的那一年，劉驁冊立了太子妃——大司馬、車騎將軍許嘉的女兒許娥當皇后，兩個人好了五年，生過一個男孩和一個女孩卻都夭折了。這樣一來，劉驁到二十五歲還沒有孩子，他的母親王太后對此非常不滿。婆媳矛盾非常激烈，讓劉驁很厭煩，他就喜歡上了宮裡的一個女官班氏，後來封她作了婕妤。

這就是西漢歷史上大名鼎鼎的班婕妤了！她是整個漢朝最出色的宮廷女詩人，出身功勛之家，她的父親班況因為抗擊匈奴，立下汗馬功勞，被封為左曹、越騎校尉。班家家教很好，班婕妤和她的三個兄弟都很有才，班家的才子們成為漢成帝時期的一道風景。

看看她寫的一首《搗素賦》吧，語言清麗又有深情，當時的後妃中無人能望其項背。

測平分以知歲，酌玉衡之初臨。見禽華以麃色，聽霜鶴之傳音。佇風軒而結睇，對愁雲之浮沉。雖松梧之貞脃，豈榮雕其異心。

若乃廣儲懸月，暉水流清，桂露朝滿，涼衿夕輕。燕姜含蘭而未吐，趙女抽簧而絕聲。改容飾而相命，卷霜帛而下庭。曳羅裙之綺靡，振珠佩之精明……

班婕妤比漢成帝小三歲，她聰明伶俐有頭腦，常常引經據典，出口成章，經常讓成帝驚訝不已；她還擅長音樂，會寫詞會譜曲，是全能型的才女。而且她進宮多年，即使再得寵也沒有得意忘形過，為人十分謙遜。

有一次，劉驁讓人做了一輛又大又華麗的輦車（宮裡坐的便車），興沖沖地拉到班婕妤面前，對她說：「看，這樣我就能和愛妃一起出去兜風了！」班婕妤卻不是一般的女人，她讀過很多教人禮儀規範的典籍，除了這些，她更清楚後宮是個充滿是非的地方，稍微言行不當就會大禍臨頭。所以她冷靜地拒絕了。她對成帝說：「從古代人的畫像來看，凡是有名望的君王，出行時身邊坐的都是朝廷重臣，那些喜歡帶著妃子到處兜風的皇帝，像夏、商、周三代的夏桀、商紂王和周幽王，你看有一個有好下場的嗎？」

因為這份見識，班婕妤得到了婆婆王太后的信任。很討厭許皇后的太后於是公開說「古有樊姬，今有班婕妤」。樊姬是「春秋五霸」之一楚莊王的夫人，太后把班婕妤和她相提並論，這言語中的喜歡是再明顯不過了。

這也是後宮女人的心計，靠拉攏一派的方法來打擊另一派。清醒的班婕妤當然知道，所以她低調做人，認真做事，既不跟太后衝突，也不跟皇后計較。她認真地建議漢成帝多耐心，少焦躁；多讀書，少遊玩，但劉驁卻全然聽不進去。他自由散漫慣了，這種話聽著特別掃興，這一來二去他就煩了！

漢成帝鴻嘉三年（西元前一八年），百無聊賴的漢成帝一個人去了姐姐陽阿公主家做客，公主把府裡所有的歌姬舞姬都叫出來給皇帝解悶。一代豔后趙飛燕進入了漢成帝的眼簾，被他帶回宮去了。趙飛燕把她同樣妖豔的妹妹趙合德也叫進宮來，一起守著漢成帝不讓他接近別的後妃。許皇后心理失衡了，她本是一個沒有太多見識的女人，居然在後宮設起了神壇天天燒香念經，詛咒她的情敵趙氏姊妹。

對西漢王朝而言，「巫蠱之禍」是四個沉甸甸的字——當年漢武帝的太子劉據正是因為被誣陷用了巫術，才落得百口莫辯的下場，絕望自殺。而死去的太子劉據正是漢成帝的祖父漢宣帝的爺爺，宣帝為此，在還是個嬰兒的時候就被投入大牢，差點死於非命。直到十八歲時，吃盡人生苦頭的漢宣帝才回到皇家的政治舞臺。

所以漢成帝當然大怒了，王太后也大怒！許皇后被打進了冷宮，趙家姊妹開始調轉槍口對準班婕妤了。聽到自己被指責參與了宮中的巫術，班婕妤反問漢成帝說：「你相信嗎？你覺得我會這麼做嗎？這麼多年來，你不知道我是什麼樣的人？生死有命富貴在天，好好做人不一定有好報，裝神弄鬼一定不得善終，我非但不敢做，而且不屑做！」

調查結束，漢成帝和王太后都站在班婕妤那邊，趙家姊妹雖不甘心卻也不敢再多說了。可是從此之後，班婕妤對漢成帝是徹底死了心，她知道自己的丈夫是回不了頭了，後宮危險重重，大漢的天下正在走下坡。於是她主動請求前往太后的寢宮長信宮侍奉，終生不再靠近後宮的權力中心。

多年夫妻，就此分手了，漢成帝有些失落，而趙氏姊妹可開心了，她們不費吹灰之力地就少了一個競爭對手，以後皇后的位置就姓趙了！

要到很多年後，人們才會明白班婕妤這個決定背後深藏的歷史隱患——由於漢成帝的太后、皇后和皇妃們熱衷爭權，朝中的外戚力量開始結成政治集團，嚴重威脅了西漢王朝的基礎。尤其是王太后的娘家王氏家族的勢力越來越大，漢成帝的大舅舅王鳳幾乎隻手遮天：王鳳的五個弟弟同日被封侯，王鳳本人官至大司馬、大將軍，領尚書事，他的權力之大除了漢成帝沒人管得了。

王鳳的姪兒王莽也開始嶄露頭角。因為在王鳳生病時，還沒有發跡的王莽衣不解帶、日夜不離地照顧他，王鳳被感動了，臨死前特地囑咐妹妹王太后要照顧王莽。這就為日後王莽的篡漢創造了條件。

長信宮是老年人待的地方，還年輕的班婕妤離開未央宮時，沒有想過要再和漢成帝見面。因為在漢成帝永始元年（西元前一六年）的夏天，趙飛燕已經當上了皇后，趙合德被封為昭儀，這兩個女人把持了後宮的權力，從此專寵直到漢成帝去世。趙家姊妹不能生育，因此嚴控後宮，漢成帝再也沒有過兒女，最後只能把姪子劉欣立為太子，是為漢哀帝。

在長信宮的時候，班婕妤回憶過去，寫出了自己人生當中最有感情的一首詩，它就是《團扇歌》。

新裂齊紈素，鮮潔如霜雪。裁為合歡扇，團圓似明月。
出入君懷袖，動搖微風發。常恐秋節至，涼飆奪炎熱。
棄捐篋笥[3]中，恩情中道絕。

這幾乎是西漢時期最好的一首五言詩了，因為是樂府歌詞，屬楚調曲，它也可以唱。唱起來哀傷動人，讓聽者感動，所以它又有個名字叫《怨歌行》。團扇本是後宮婦女們的用品，從這首詩以後就被人用來泛指世間的美人，因為在這樣輕薄的物件裡，卻浸透了一種無可奈何、人生幾度秋涼的情緒，那是命運對人心的質問。

漢成帝綏和二年（西元前七年）的春天，四十五歲的漢成帝突然死了，死在趙合德的寢宮裡，朝廷中的不滿情緒一齊對準趙氏姊妹，趙合德只好自殺，趙飛燕在養子漢哀帝的保護下僥倖活了下來，還當了皇太后。

但是僅僅過了六年，年輕的漢哀帝就死了，他死後趙飛燕重新被清算——時任大司馬，兼管軍事令及禁軍的王莽以王太皇太后的名義下了詔書：「前皇太后與昭儀俱侍帷幄，姊妹專寵錮寢，執賊亂之謀，殘滅繼嗣以危宗廟，悖天犯祖，無為天下母之義。貶皇太后為孝成皇后，徙居北宮。」他等不及地要上位了，一個月後又把自己心目中的後宮禍患趙飛燕貶為庶人，並勒令她去看守先帝的陵園。

結果當天趙飛燕就自殺了，這個妖冶的女人，被寵幸一生卻不得善終。

因為她的聲名狼藉，也因為她是非正常死亡，所以她沒有資格葬入漢成帝的陵墓。而這時，

3 篋笥：音同「竊四」，竹編的箱子。

離漢成帝去世已經六年了。一代女詩人班婕妤在丈夫去世後，就自動要求守陵。而她死後被葬在位於咸陽城外的漢成帝延陵（今陝西省咸陽縣西北）的東北方向，靜靜地陪著她那個在歷史上只留下荒唐之名的皇帝丈夫。

人生本是這樣，不同的路，卻終究殊途同歸，無論富貴屈辱還是生老病死，沒有人逃得過時間的魔掌。對野心家來說也是一樣：西漢是文學家的天下，野心勃勃的外戚王莽同時也是一個著名的學者，他在西元九年篡漢自立，改國號為「新」，年號「始建國」。結果因為他缺乏政治眼光和經濟才能，老百姓過得苦不堪言，國內爆發了大規模的農民起義，赤眉軍和綠林軍同時冒出頭來，推翻了他的新朝。

西元二五年，西漢皇室後裔劉秀在河北鄗縣（今河北省高邑縣）即皇帝位，改元建武，他經過多年的努力，最終建立了東漢王朝，史稱光武帝。

人生在不可思議中展開，在各種因緣的變換中被反覆地折疊，人人都可成為歷史的注解，在明滅不定的時空裡，演出註定要落幕的傳奇。

自古美人如名將，不許人間見白頭。

漢末、三國經歷最離奇的蔡文姬，坎坷唱盡「胡笳十八拍」！

時間，走到了東漢末年。從漢靈帝中平元年（西元一八四年）開始，天下已經不那麼對勁了。先是「黃巾軍」的領袖、太平道創始人張角以「蒼天已死，黃天當立，歲在甲子，天下大吉」為口號，發起了「黃巾起義」。

後來張角被滅，各地的軍閥卻趁機鬧叛亂，割地盤，天下亂成一鍋粥。就在軍閥力量日漸強大的背景中，日後影響深遠的三國人物劉備、曹操等人走上前臺。

對曹操而言，在中平六年（西元一八九年），他得到了一次重要的表現機會：漢靈帝駕崩，太子劉辯登基成為漢少帝，何太后臨朝聽政。太后的哥哥、大將軍何進想趁機剿滅勢力強大的宦官集團十常侍，但是何太后還沒有反應過來，何進已被宦官殺害。何進本來找的幫手、西北軍閥董卓，廢了漢少帝，又把他們母子都毒死，改立毫無勢力的劉協（漢靈帝第三個兒子，漢少帝的弟弟，生母被何皇后所殺）為漢獻帝，天下譁然，曹操於是站出來，第一個號召天下英雄討伐董卓。

曹操在朝中有個老師叫蔡邕，是個大文豪，對他非常好，最關鍵的一點是出身名門望族的蔡邕從來也沒有看不起出身不怎樣的曹操，兩個人詩文來往，是真正的忘年交。但就在曹操舉起大旗的時候，蔡邕被董卓拉過去當了中郎將。

三年後，董卓被誅，蔡邕不久後也死於獄中。蔡邕死後，他的小女兒蔡文姬在戰亂中，被趁機打進中原搶劫的南匈奴擄走了，這一去就是十二年。她被劫的時候是二十三歲的妙齡，到重新被家鄉人記起來的時候，已經是三十五歲的中年婦女了。因為受盡風霜，她看起來比實際年齡還要老。

而她的這個家鄉人叫曹操，是她當年一起學詩的師兄。

建安十三年（西元二〇八年），五十三歲的曹操已經平定北方，他當上了宰相，並挾天子漢獻帝以令諸侯。無意之中，他聽到了小師妹蔡文姬還在匈奴人手裡的消息，曹操想起了老師蔡邕，內心湧起了強烈的情感，他決定無論如何都要把師妹贖回來。

其實蔡文姬的名氣，一點也不比她的父親蔡邕差，因為家世教養，她是漢末真正的第一女詩人、女學者。她有多聰明呢？六歲的時候，蔡邕在書房彈琴，無意中彈斷了一根琴弦，文姬馬上就能聽出是第一根弦彈斷了。蔡邕在驚訝之餘，又故意把第四根弦弄斷了，竟然又被她聽出來了，原來她對音樂的感知能力遠遠超過一般人。

在東漢時期，詩人懂音樂還是非常重要的，因為東漢王朝繼續設立樂府，採集民間詩歌，一般認為現存的漢代樂府民歌，大都是東漢樂府機構採集的。而文人在民歌基礎上改造並再創作的詩歌，是樂府機構最出色的素材。東漢後期的辭賦又與詩歌相互影響，讓詩歌與音樂有了共通的情緒。

蔡邕是漢末最出色的辭賦大家，他的女兒很早就有人追求。文姬十六歲的時候，曾嫁給同樣是望族出身的衛仲道（漢武帝皇后衛子夫、西漢名將衛青的族人），但衛仲道結婚一年就死了，文姬做了寡婦沒有地方去，才回到了娘家，沒想到父死，自己也被南匈奴搶去。

搶走文姬的南匈奴，其實和東漢政府是一種歸屬關係，和北匈奴同為一支，後來因為王位談不攏而與北匈奴鬧翻。由於北匈奴始終不歸附，東漢政府就對歸附的南匈奴進行監護，每年撥給他們相當數量的糧食、絲帛等生活物資，這樣需要為糧食而奔波的遊牧民族有了穩定的來源，他們就不容易鬧事了。

搶走文姬的那一年，天下太亂了，朝廷已經自顧不暇了，沒有人再顧得上南匈奴的生活。

匈奴人一看吃飯成問題了，就跟著軍閥們一起到中原哄搶物資，以及漢朝的女人。蔡文姬被分給了左賢王，十幾年的時間裡，和異族人生了兩個兒子。

蔡文姬在塞外，其實是受到優待的，因為有點文化的匈奴首領也知道她的名氣。雖然民族之間的生活習慣和文化隔閡，使得左賢王對她談不上有多麼深厚的感情，但是也很尊重她。他們的兩個兒子更是依戀生母，因為孩子是文姬在異鄉唯一的寄託，她手把手地教導他們。

漫長孤獨的歲月裡，蔡文姬學會了吹奏「胡笳」——這是一種從西漢時起，就廣泛流行於塞北和西域一帶的民間樂器，到今天還流行在內蒙古自治區、新疆維吾爾自治區伊犁哈薩克自治州的阿勒泰地區，是一種有濃郁民族色彩的吹奏樂器。很多時候，只要她的音樂一起，許多匈奴人都會停下動作，跟著她的樂聲起舞。

曹操用黃金千兩、白璧一雙將蔡文姬從匈奴人手裡換了回來。離別時，文姬抱著兩個還不到十歲的兒子，哭得肝腸寸斷，她影響歷史千年的作品《胡笳十八拍》在顛簸的馬背上誕生了。

我生之初尚無為，我生之後漢祚衰。天不仁兮降亂離，地不仁兮使我逢此時。
干戈日尋兮道路危，民卒流亡兮共哀悲。煙塵蔽野兮胡虜盛，志意乖兮節義虧。

對殊俗兮非我宜，遭惡辱兮當告誰？笳一會兮琴一拍，心憤怨兮無人知。

戎羯逼我兮為室家，將我行兮向天涯。雲山萬重兮歸路遐，疾風千里兮揚塵沙。

人多暴猛兮如虺蛇，控弦被甲兮為驕奢。兩拍張弦兮弦欲絕，志摧心折兮自悲嗟。

越漢國兮入胡城，亡家失身兮不如無生。氈裘為裳兮骨肉震驚，羯羶為味兮枉遏我情。

鼙鼓喧兮從夜達明，胡風浩浩兮暗塞營。傷今感昔兮三拍成，銜悲畜恨兮何時平？

無日無夜兮不思我鄉土，稟氣含生兮莫過我最苦。天災國亂兮人無主，唯我薄命兮沒戎虜。

殊俗心異兮身難處，嗜欲不同兮誰可與語？尋思涉歷兮多艱阻，四拍成兮益悽楚。

雁南征兮欲寄邊聲，雁北歸兮為得漢音。雁飛高兮邈難尋，空斷腸兮思愔愔。

攢眉向月兮撫雅琴，五拍泠泠兮意彌深。

冰霜凜凜兮身苦寒，饑對肉酪兮不能餐。夜聞隴水兮聲嗚咽，朝見長城兮路杳漫。

追思往日兮行李難，六拍悲來兮欲罷彈。

……

《胡笳十八拍》是一首琴曲，用了古樂府琴曲歌詞，一章為一拍，共十八章，所以得名。它是中國古代十大名曲之一，被郭沫若稱讚是「一首自屈原《離騷》以來最值得欣賞的長篇抒情」。它註定會出現在漢末群雄爭霸的年代，因為音樂和歌詞中蘊含的悲愴淒涼，是亂世中人命運的寫照。

漢末三國那般離亂的年代裡，誰能顧得了誰？誰又為什麼要顧誰？政治家曹操當然有其目的——因為手裡雖然有天子，天下人卻不服他，就算做得不差，那些高門出身的人也有自己的考慮和盤算。他把蔡文姬推到臺前，是為了向貴族階級和文人力量證明，像我這樣一個念舊情、不忘恩的當朝丞相，那必然是你們最該擁護的！

從匈奴歸來的蔡文姬已經父母雙亡，兒女流散，她還上了年紀，要怎麼辦呢？曹操想了想，乾脆讓自己的屯田都尉董祀娶了蔡文姬。董祀比文姬小十幾歲，相貌長得也好，非常不願意，但是有什麼辦法呢？曹丞相的話就是命令，他不想死只能老老實實的就範。

董祀心不甘情不願地娶了蔡文姬，他覺得很虧，對妻子沒有好臉色。而蔡文姬一直忍讓著，她已經失去兩個丈夫了，和兩個兒子分離，後半生的希望都押在董祀身上了，她不能輸啊！

而心高氣傲的董祀做事不小心，沒過多久居然犯了按律當殺的死罪，判決書都下來了，只是還沒有送到監獄。正是寒冬臘月，瘦弱的蔡文姬衣衫破舊，披散亂髮，光著腳一步一步地走進曹府，打算拚了一條命求曹操收回成命。所有人都愣住了，連曹操都覺得意外，他也從來沒有見過這個注重儀容的小師妹，穿得像個乞丐一樣地出門，哪怕再落魄，她都是文雅娟秀的。

這個人人都知道她是當朝第一女學者的女人，跪在地上，求曹操刀下留人。從不猶豫的曹操，在他殺伐決斷的一生裡，居然難得地撤回了旨令，放了董祀一條生路。這是看在當年蔡邕照顧的面子上，也是同情這個生活困難的師妹。更關鍵的一點是，蔡家早就沒人了，董家也沒有勢力，留下他們不會有任何隱患，反倒可以成全一個美名。

但是蔡文姬不敢有絲毫冒險，她知道曹操掛念自己父親蔡邕的幾千卷藏書，只是可惜戰亂，那些藏書大部分都毀了，讓他一直很懊悔。於是她主動提出，把自己記在心裡的四百卷圖書抄錄下來全部送給曹操，熱愛文學的曹操喜出望外。

蔡文姬救回了丈夫的命，董祀從此不再以貌取人，尊重他的妻子。

蔡文姬的姊妹有個女兒，後來嫁給了大將軍司馬懿的長子司馬師為妻。

而司馬懿又是誰？那是曹操的兒子魏文帝曹丕欽點，輔佐了曹魏政權四代的託孤輔政大臣。到了咸熙二年（西元二六五年），司馬懿的孫子司馬炎忍耐不了了，他把曹魏政權的最後一個皇帝——魏元帝曹奐從寶座上拽了下來，自己坐上去，改國號晉，成為晉朝的開國皇帝。

司馬炎除了自己當皇帝，還把自己的爺爺司馬懿、父親司馬昭和伯父司馬師分別追封為晉宣帝、晉文帝和晉景帝。

蔡文姬為曹操編寫的漢史資料也就落入了司馬家族手中，但這些她不會知道了，等後人再說起來，只有她在晚年時寫的《悲憤詩》，預示著今後的故事。

漢季失權柄，董卓亂天常。志欲圖篡弒，先害諸賢良。

逼迫遷舊邦，擁主以自疆。海內興義師，欲共討不祥。

卓眾來東下，金甲耀日光。平土人脆弱，來兵皆胡羌。

獵野圍城邑，所向悉破亡。斬截無孑遺，屍骸相撐拒。

……

出門無人聲，豺狼號且吠。煢煢對孤景，怛吒糜肝肺。
登高遠眺望，魂神忽飛逝。奄若壽命盡，旁人相寬大。
為復強視息，雖生何聊賴。託命於新人，竭心自勗勵。
流離成鄙賤，常恐復捐廢。人生幾何時，懷憂終年歲。

這首五言體的《悲憤詩》，是中國詩歌史上第一首文人創作的自傳體長篇敘事詩。從那以後，五言詩才慢慢被普及。連唐朝杜甫這樣的大家，他的五言敘事詩也深受蔡文姬的影響。

至於詩歌以外的歷史，太陽底下無新事，過去是她的命運，也是天下人的未來。

什麼舉案齊眉？謝道韞回覆，我那叫意難平！

在中國歷史上，有一個和文學密切相關的詞叫「魏晉風度」。什麼是「魏晉風度」？要從魏晉時期的社會現實說起：自從東漢末年，社會開始動亂，曹魏政權代漢，然後司馬家又取了魏的江山……一些出身良好、學識過人的知識分子就開始思考，人生有什麼意義呢？前途有什麼價值呢？反正終歸湮滅，不如縱情於眼前，放浪於世間，也算為自己而活過。

造成「魏晉風度」的還有一個詞叫「衣冠南渡」。什麼意思呢？西晉末年，匈奴人劉聰帶著軍隊打到了西晉的首都洛陽，活捉了晉懷帝司馬熾（晉朝開國皇帝司馬炎的兒子），於是西晉軍隊擁主司馬鄴（司馬炎的孫子）在長安當晉愍帝，但是沒過五年又有另一個匈奴人劉曜打來了，西晉就此結束。

司馬炎的姪兒司馬睿帶著一大幫中原士族南逃，他們渡江到了建康（今天的南京）建立了東晉。而這是建興五年（西元三一七年）的早春，司馬睿成為晉元帝，中國進入南方有東晉，北方有匈奴、鮮卑、羯、氐和羌五個少數民族建立的「五胡十六國」時期。

東晉王朝挺窩囊，人才倒是很多。在民間有這樣一種說法：「山陰道上桂花初，王謝風流滿晉書」，說的是東晉的王家和謝家兩大家族是威風凜凜、能影響國家政治的門閥士族，因為他們是世代的貴族，有文化又有軍權，東晉能夠立身，靠的就是這樣的貴族。

王氏，人稱瑯琊王氏，其中王導是晉元帝的宰相，總攬過三朝國政，權傾朝野。他的姪兒王羲之的字冠絕古今，人稱「書聖」，一張《蘭亭序》至今仍是無價之寶。謝家則是江南大族，先後走出了安西將軍謝奕、宰相謝安、西中郎將謝萬和東晉第一名將謝玄這種超一流的人物。為此唐朝人劉禹錫無比感慨地說過：「舊時王謝堂前燕，飛入尋常百姓家。」

而「王家書法謝家詩」說的就是王家盡出書法家，謝家則是詩人薈萃，而這兩家還是親家。我們的主角謝道韞，就是謝安的姪女、謝奕的女兒、謝玄的姐姐以及王羲之的兒媳，是東晉第一傳奇的女詩人。她有一種貴族氣魄和名士風度，完美詮釋了什麼叫「魏晉風度」。

謝道韞十幾歲的時候，就比很多世家子弟厲害了。重視教育的叔叔謝安經常召集家裡的少男少女學習，在一個下雪天，他見景生情，脫口而出了考題：「白雪紛紛何所似？」這是問句，又是上聯，孩子們抓耳撓腮地想下聯。謝道韞的堂哥謝朗搶著說：「撒鹽空中差可擬。」這是一個沒毛病的下聯，但是卻少了一些意境。謝安又看了一眼大家，這時謝道韞慢慢地接著說：「未若柳絮因風起。」文字很美，有想像力又有空間，馬上把謝朗給比下去了。謝安點點頭，他很滿意這個答案，同時在心裡做出決定，一定要給姪女找個好人家。

於是他找到了王羲之家。因為謝安與王羲之是好友，王羲之的人品和家風他信得過，只是考慮嫁給哪個男孩的問題。一番思考後，謝安首先用排除法篩去了已有婚約的王家小兒子王獻之，然後考慮王家的五公子王徽之，因為他的才華僅在於獻之之下。但這孩子聰明卻有點不靠譜——有一次他興致勃勃地去看朋友，在大雪的夜裡行船百餘里，剛剛走到朋友家門口他卻不去了。別人問起來時，王徽之說：「吾本乘興而來，興盡而返，何必見戴！」

這位公子是說：「我心意到了，趁著興致而去，興盡就回來了，見和不見他都在那裡。」這是典型的魏晉文人做派——隨性而為，這讓身為國家重臣的謝安感到不安。想來想去，年齡合適，其他方面也差不多的就只有王羲之的二兒子王凝之了，他沒有出色的才華，但是為人穩重，又有家世擺在那裡，應該不會錯。那麼，就他吧！

如果謝道韞曾經認識王凝之，她一定不同意這個決定。為什麼？這是個大坑！結婚的時候，謝道韞滿懷理想，興致勃勃地走進了王家大院，她久已聽說王家的兒子個個是人才，人人都優雅，沒想到看到自己的丈夫，居然很平庸——他為人處世、文采武功沒有哪一點比得上王家和謝家的任何一個男孩子，甚至與謝道韞相比也差得遠。什麼叫傷心欲絕？謝道韞長到二十歲，終於明白了這句話的意思。

回娘家探親，謝道韞留下了一句流傳千古的抱怨：「不意天壤之中，乃有王郎！」她是說：「沒想到像我們謝家和王家這樣專出一流人才的家庭裡，居然也會有王凝之這樣什麼都拿不出手的人，我真的好氣哦！」

生氣歸生氣，謝道韞對王家上上下下都很好，對自己的丈夫有再多的不滿意，出於大家閨秀的修養，她還是努力地幫助他，還會幫其他人解圍，比如小叔子王獻之。

魏晉風度的另一種具體表現，就是大家喜歡辦雅集、聚會來談古論今，談詩論道，這叫「清談」。清談沒時間限制，點上香，倒好茶，來杯酒，人們談到昏天黑地都可以，最終以一方辯題壓倒另一方為結束。這一天王獻之就在王家客廳被人包圍，眼看唇槍舌劍要輸了，謝道韞施以援手——她讓婢女送上一張紙條，寫著「欲為小郎解圍」，她就坐在一道布簾背後，引經據典地跟來客就當天的辯題交鋒，最終憑藉出色的口才和縝密的思維，謝道韞大獲全勝。

這也就是為什麼，中國最著名的啟蒙讀物《三字經》裡會有這樣的句子：「謝道韞，能詠吟。

彼女子，且聰敏，爾男子，當自警。」她實在太出色，以致成為教育的典範！而在《紅樓夢》裡，曹雪芹也用她的典故形容書中人林黛玉的才華，說黛玉「堪憐詠絮才」。

謝道韞這樣的女人，才能稱得上是才女。她寫過一首《泰山吟》，氣勢驚人。

峨峨東嶽高，秀極沖青天。岩中間虛宇，寂寞幽以玄。
非工復非匠，雲構發自然。器象爾何物？遂令我屢遷。
逝將宅斯宇，可以盡天年。

這首五言詩在魏晉那個充滿了離亂的年代裡，一掃陰霾，全篇都是陽剛之氣，根本不像一個在家相夫教子的貴婦人所寫的句子。而謝道韞也的確不是一般的女人，她在東晉末年的孫恩之亂裡，威震群賊的勇氣，讓許多軍人佩服。

那是晉安帝隆安三年（西元三九九年），有一個叫孫恩的人，他本是低等士族，也是一個道教徒，還有海盜的背景，他發動暴亂，一直打到了紹興的內史府。時任會稽內史的王凝之做為地方最高長官，不是帶兵抗擊，而是坐在他的道堂裡燒香求拜，認為他深信不疑的各位真君大仙一定會保佑他脫險，暴徒會認輸，老百姓也會沒事。

謝道韞出身軍人家庭，她知道在刀槍面前，這種迷信行為一點用都沒有，她早就招募了一支家丁隊伍，每天操練，直到暴徒孫恩打進來的那一刻。那一刻王凝之如夢初醒，終於知道神仙也救不了他，連忙調兵已經沒用了——孫恩的人殺進官府，正遇上帶著子女要跑的王凝之，出路無望的暴徒，把所有的憤怒發洩到了這些高門子弟身上，王凝之和他的四子一女全部被殺，內史府一片血光。

謝道韞帶著年幼的外孫，領著經過訓練的家丁隊伍，在撤退的時候也被抓了。而這時候，家丁隊伍已經一路砍殺了幾十個暴徒，謝道韞自己也拿刀掀翻了幾個。就在孫恩趕來要斬草除根的時候，五十歲的謝道韞突然大聲呵斥：「事在王門，何關他族？必其如此，寧先見殺！」孫恩於是明白，這就是大名鼎鼎的王夫人、大將軍謝安的姪女，他一想謝家男人都是了不得的軍人，如果殺了王夫人，他一定死無葬身之地。

於是孫恩不但不殺謝道韞，還派人把謝道韞祖孫送回謝家祖屋，再也不敢加害他們。年過半百的謝道韞完勝賊兵。

有人說：「晉無文章，唯《歸去來兮辭》而已。」那是因為魏晉王朝走到最後的時候，人們已經明白，雖然魏晉風度很優雅，但是清談政治毫無用處。空談誤國，實幹興邦，人們需要一個強而有力的中央，而不是一個平庸的政權。

《歸去來兮辭》的作者，晉末著名的散文家陶淵明在晉安帝義熙元年（西元四〇五年）時棄官歸田；而這時候的謝道韞，已經在謝家的祖屋裡，開課多年了。只見當年的內史夫人坐在帷幕後，依舊思路清晰，侃侃而談，為很多虛心來求教的年輕人傳道，授業，解惑，演繹了「王謝風流」在歷史上最後的燦爛。

她還記得當年山陰道上，應接不暇的美景；還記得春暖花開時，名流齊聚的雅集。她記得王羲之怎樣留下了著名的《蘭亭集序》——在那場名動青史的雅集最後，王羲之無限感慨地對他的朋友謝安說：「死生亦大矣，豈不痛哉！」對人世無常的感慨，莫過於此。

謝道韞輕嘆一聲，展開畫紙，寫道：

> 遙望山上松，隆冬不能凋。願想遊不憩，瞻彼萬仞條。
> 騰躍未能升，頓足俟王喬。時哉不我與，大運所飄搖。（《擬嵇中散詠松》）

西元四二〇年，出身窮苦的軍官劉裕，因為平定孫恩之亂脫穎而出，最後卻成了晉王朝的終結者——他南征北討，軍功赫赫，到最後手裡牢牢集中了軍隊的力量，晉恭帝司馬德文不得不把皇位讓給他。但是劉裕並不放心，他派人用棉被悶死了晉恭帝。從此以後，在南方統治了一百零四年之久的東晉王朝宣告滅亡。

劉裕即位做了皇帝，改國號為宋，這就是宋武帝。魏晉南北朝的南朝進入了朝代更迭較快的時期。

燕雲十六州悲歌，一代豔后和她留下的詩詞奇案

「南朝四百八十寺，多少樓臺煙雨中。」說的是魏晉之後，中國南北朝的社會風貌。南北朝這個時期相當分裂，以長江、淮河為界，變成了南方漢民族和北方少數民族分庭抗禮的社會局面。

在北朝，實力最強大的當數北魏王朝。皇室本身是鮮卑族，但是一代代以來，受漢文化的影響非常深，所以在北方少數民族中是最有文化也最有眼光的。北魏從孝文帝拓跋宏在太和十八年（西元四九四年）時，把首都從平城（今山西省大同市）遷到洛陽，北魏漢化的進程就更快了，因為孝文帝頒布了幾項政策：

第一、換服裝。鮮卑貴族一律改穿漢裝。

第二、講漢語。宣布以漢語為「正音」，鮮卑語為「北語」，只要是三十歲以下的北魏臣子，必須要「斷諸北語，一從正音」。

第三、改漢姓，定門第等級。孝文帝把鮮卑人原有的姓氏都改成漢民族的姓（比如皇室的「拓跋」改成「元」，唐代詩人元積就是鮮卑後裔）。他還參照魏晉時的漢族門閥制度，劃分貴族的門第，然後按照門第高低任用官員。

第四、改籍貫。凡是遷到洛陽的鮮卑人，一律以洛陽為自己的原籍。

第五、通婚姻。孝文帝力倡鮮卑人與漢人通婚，所以他的六個弟弟全部娶了中原望族的女兒為妻。

改革尚未成功，三十一歲的孝文帝就去世了。這是太和二十三年（西元四九九年）的早春，他病死在南征途中，時年十七歲的太子元恪即位，成為宣武帝。他登基後幹了兩件大事，一是堅持定都政策不動搖，並且擴建了洛陽；二是大興佛教，大建佛寺（洛陽龍門石窟是在這一時期開鑿的），一時間北魏冒出了眾多的寺廟，十分壯觀。

宣武帝的婚姻和佛教，有著很大的關係。因為他最愛的女人胡氏，正是借佛教之名接近他而上位的。

胡氏是個美麗的漢人女子，會寫詩，而她有個當尼姑的姑媽，經常進宮講佛經，正是靠著姑媽引薦，她才進了宮。胡氏進宮後，果然很得宣武帝的寵愛，因為他沒見過這樣風情萬種的女人。最重要的是她還有更厲害的一招——不怕死。因為北魏立皇儲的制度是「子貴母死」——只要親生兒子當上了太子，生母就必須被賜死。這是北魏的開國皇帝為了防止外戚掌權立的規定，多少年來沒有人敢打破，連孝文帝的生母也是因為這個規定而死。

宣武帝二十多歲時，有了許多妃嬪，他卻沒有兒子，這成了他的一塊心病。他也不是沒有過兒子，而是原配于皇后被娘家更有勢力的高貴妃毒死了，她生的兒子也死了。高氏自己沒有兒子，就嚴防死守其他皇妃生男孩。胡氏進宮懷孕以後，所有人都勸她拿掉孩子，但她說：「皇上對我那麼好，我就是粉身碎骨，也要給他生一個兒子！」這句話深深地打動了宣武帝，所以在孩子生下來以後，他抱著兒子大喜過望，但同時祕密指派奶媽，下令除了他自己，禁止後宮所有人看望孩子，確保孩子的人身安全。

高氏不知道孩子藏在哪裡，也就沒有辦法下手，所以這個男孩長到三歲，還是當了太子，他就是後來的孝明帝。宣武帝對自己唯一倖存的兒子寄託了很多感情，他又感激胡氏，最終廢除了「子貴母死」的規定，胡氏晉為充華[4]。

胡充華也不含糊，在宣武帝去世、親兒子登基以後，她馬上對敵人下手——把高皇后趕到洛陽瑤光寺出家，自己成為皇太后，以六歲兒子的名義，把握臨朝聽政的大權。

這個年輕又精力旺盛的女人，臨朝後曾經主持針對本朝官員的考試，還時不時測試大臣的文化水準。比如有一次，在華林園的皇家午宴上，她和兒子孝明帝一起出題，命令王公以下的大臣各賦一首七言詩。胡太后的上句是「天地造化含氣貞」。孝明帝的下句是「無為而治賴母明」。大臣們知道，只能順著這個思路稱讚胡太后，所以當天寫的詩全是拍馬屁的作品，太后很高興，重賞了各位大臣。

這時候，大家還不會知道這位北魏歷史上少有的女詩人，會因為行為放蕩引發眾怒，最終落得個身敗名裂的下場。她留下了一首著名的豔詩，代表南北朝時的詩歌風格，叫《楊白花》：

陽春二三月，楊柳齊作花。春風一夜入閨闥，楊花飄蕩落南家。
含情出戶腳無力，拾得楊花淚沾臆。秋去春還雙燕子，願銜楊花入窠裡。

這是一首雜言古詩，被收錄在《樂府詩集．雜曲歌辭》裡，寫作的對象是胡太后的一個情人。他姓楊名白花，是北魏名將楊大眼的兒子，年輕帥氣有武藝，正是胡太后喜歡的類型。因為喜歡，

4 充華：北魏後宮嬪級的最低一等。

太后頻繁地招他進宮，楊白花實在害怕這個心機莫測的女人，終於有一天，他忍無可忍地帶著自己的兵馬，逃到南方的梁朝去了。為了表示徹底斷絕和北朝的連繫，他連名字都改了，從此胡太后再也沒有見過他。

但是有什麼能阻擋一個大權在握的女人呢？胡太后一不做二不休，讓宮裡的樂隊把自己的豔詩譜上曲，讓歌舞姬沒日沒夜地表演，讓所有人都知道她的心思。這首大膽的豔詩居然穿過長江傳到了南朝，最後傳到了楊白花的耳朵裡，成為南北朝時期轟動一時的花邊新聞。

不禁有人要問，南北朝是一個什麼樣的時代？可以這麼開放，身為皇太后可以公然寫豔詩？那是因為，這個時期詩歌的文風，本身就很輕浮，它的輕浮程度甚至穿越影響到了唐詩的末期——那些在青樓舞場裡寫得輕飄飄的花間詞，就有濃重的南北朝詩歌的影子。

就像楊白花投奔的南梁，有個叫沈約的詩人就寫道：

憶眠時，人眠強未眠。解羅不待勸，就枕更須牽。復恐傍人見，嬌羞在燭前。（《六憶詩》）

在北朝引文風之豔的胡太后，最後應該是不幸福的。因為她的行為太過分，連親生兒子孝明帝也對此很不滿。他決定奪回大權親政，命令當時鎮守晉陽的大將爾朱榮，率兵南下洛陽，希望胡太后交權。但哪有那麼容易！有了權力癮的人，哪裡會願意後退——十七歲的孝明帝沒有想到，太后會對自己下手，他被親生母親毒死在宮裡！而胡太后和她寵信的男人們，快馬加鞭地利用孝明帝潘妃生的女兒，一個當時還在搖籃裡的嬰兒，假裝她是個男孩，把她立為皇帝。

就在滿朝文武都為孝明帝死得突然而議論紛紛時，胡太后又來了一手：她說剛剛立的皇帝其實是個女孩，公主不能即皇位，還是要另選接班人。於是，她找到了臨洮王的兒子元釗，立這個還不到三歲的男孩為帝，史稱北魏幼主。所有人都驚呆了。

事實上，人們對這個太后不滿已經很久了，就等著一個爆發的機會。北魏本是一個農業王朝，會打仗但經濟並不算發達，而胡太后上臺以後隨意地花錢，沒有節制地到處修建大型寺院，她臨朝期間，全國寺廟激增至三萬多所，單是洛陽一地就有一千三百六十七所，巨額花費，勞民傷財。與此同時，全國僧尼的人數超過了兩百萬，這意味著總共只有三千萬人口的北魏，十五個人中就有一人不用納稅，這又讓王朝的經濟基礎更加虛弱。

此外，她的手下用銀槽餵馬，用西域所產的瑪瑙碗、水晶盅、赤玉壺等宴請賓客，有時一頓飯就要花掉數萬錢。胡太后為了個人的享樂，還不顧國內連年的災荒，強迫老百姓預交六年的賦稅，這不是一個有長遠眼光的統治者會幹的事情。

上層如此揮霍，民間苦不堪言，激起眾怒。武泰元年（西元五二八年），最早被孝明帝找來的爾朱榮，以孝明帝被害為由，率領浩浩蕩蕩的軍隊殺進洛陽，殺到了胡太后的身邊。

抱著僥倖希望的胡太后帶著小皇帝，主動削髮為尼，召集孝明帝留下的六宮宮女全部進入寺院藏身。她以為以出家人的身分，軍隊就拿她沒有辦法了。可她失算了，爾朱榮派遣騎兵拘捕胡太后和幼主，把他們押送到了河陰（今河南省滎陽市）的黃河邊上。

爾朱榮坐下來冷笑著看向胡太后：「太后還有什麼話要留下？」胡太后想為自己辯解幾句，爾朱榮已經很不耐煩，他大手一揮，旁邊的士兵心領神會，把胡太后和幼主一起扔進了黃河。看著他們在掙扎中溺死，爾朱榮的臉上浮現出了笑意。他一不做二不休，當場又殺死兩千多名大臣，滿朝文武幾乎都遇害了，這就是著名的「河陰之變」。

正是從「河陰之變」開始，北魏大亂，最終分裂成東魏和西魏，後來又分別被北齊和北周取代。因為胡詩亂寫、胡作非為成了北魏終結者的胡太后，在北魏最後一任皇帝孝武帝時期，被重新以皇后的禮儀殯葬。

這個把才華用錯了地方的女人，她給北魏帶來的損失是無法估量的。南北朝引導的這種靡靡之音，一直滲透影響了多少人。以至於三百多年後，社會的浮誇風氣還在，不滿的唐朝人杜牧恨恨地說：「商女不知亡國恨，隔江猶唱後庭花。」

第二章——盛詩有唐，美人個個妖嬈

上官婉兒
江采萍
李季蘭
宋家五姊妹
杜秋娘
薛濤
劉采春
步非煙
魚玄機
花蕊夫人

唐朝首席女官人的宮心計

歡迎來到大唐初年。在經歷了魏晉南北朝的分裂割據後，中國確實是有點累了。西元五八一年，把持了北周朝政的丞相楊堅滅陳朝亡西涼，結束了自西晉末年以來近三百年的分裂局面，實現了自秦漢以後中國的又一次統一。

楊堅把國號定為「隋」，並且大赦天下，信心滿滿地開始了他的統治。不過還沒等楊家人把隋朝的江山坐穩，身為山西河東郡慰撫大使的大將李淵，帶著他的兩個兒子李建成和李世民從太原一路南下控制了政局，而隋煬帝被殺。

大業十四年也就是武德元年（西元六一八年），同樣是隋朝丞相的李淵採取了和楊堅一樣的手法稱帝，並改國號為唐，成為唐高祖。

八年後的武德九年（西元六二六年），李世民發動玄武門之變，殺死了自己的兄弟李建成和李元吉，李淵被迫讓出帝位。李世民成為唐太宗，開始了中國歷史上的「貞觀之治」。而玄武門之變成為李唐王朝心頭永遠的痛，使這個盛世帝國從一開始就帶上了血光的陰影。

再說初唐年間，唐朝的文化風氣尤其是詩風非常俗氣，可以說是題材狹隘，文風輕浮而且格調低下，唐詩一直到唐高宗李治和武則天的任期內，才算有了新氣象。因為這時，已經有了「初唐四傑」——王勃、楊炯、盧照鄰和駱賓王，放在充滿浮誇和無病呻吟的詩群中，他們的詩顯得清新動人。而同樣也是這時，出現了大唐歷史上最有名的女官和首席宮廷女詩人上官婉兒。

上官婉兒還在襁褓中時，本來當宰相的祖父，詩人上官儀，因為幫唐高宗起草了廢武則天的詔書被發現，導致上官全家被殺，只留下孤女上官婉兒和她的母親鄭夫人充為宮奴。好在鄭夫人落到人生谷底時還教女兒飽讀詩書，為上官家崛起留下了希望。

為什麼這麼做？因為這時武則天已經掌控天下，而她有一點被人稱道，那就是愛惜人才。

鄭夫人的苦心沒有白費，上官婉兒憑藉自身的才華在十三歲時引起了武則天的注意，武則天不但免去了她的奴婢身分，還封她為才人，令她掌管宮中詔命，也就是幫武則天起草詔書。少年的上官婉兒初次嘗到權力的味道，她對武則天的感情非常複雜，這個中國歷史上最有名的女皇帝，既是她的殺父仇人，又是她的人生導師和偶像。

武則天特別喜歡和自己性格相似的人，所以她起用上官婉兒，也特別寵愛自己的小女兒太平公主，後來上官婉兒和太平公主還成了朋友。這對亦主僕亦師徒的好搭檔，攜手走過了二十七年的人生風雨。到武則天去世的時候，上官婉兒已經四十歲了，她沒有得到任何一份愛情和婚姻，卻學到了豐富的政治鬥爭經驗。但最令她痛心的，是少年時初戀過的太子李賢也倒在了他的生母武則天的刀口下。

葉下洞庭初，思君萬里餘。露濃香被冷，月落錦屏虛。
欲奏江南曲，貪封薊北書。書中無別意，惟悵久離居。

一首《彩書怨》，成為上官婉兒和青年時代的告別，而命運這時招了招手，安排了一個大唐皇帝來做她的丈夫。

這個人是唐中宗李顯，唐高宗的第七個兒子，武則天的第三個兒子，他曾經莫名其妙地當了三個月皇帝後被莫名其妙地趕下臺，之後就在荒涼的湖北山區待了十四年。可以說人世間的酸甜苦辣，他都嘗遍了，為此他倍加珍惜和疼愛一直陪他共患難的妻子韋氏和小女兒安樂公主。

小安樂出生的時候，由於韋氏突然分娩，夫妻倆落魄到連個嬰兒包被也沒有，李顯只能割下自己的衣裳，把凍得連哭聲都快發不出來的小女兒用體溫暖在懷裡。他給女兒起了乳名叫「裹兒」，他暗暗發誓，從今以後無論如何，他一生一世都要寵愛這兩個女人。

就是這樣一個人，冊封上官婉兒成了他的昭容。那是神龍元年（西元七〇五年），以丞相張柬之為首的一幫宗室大臣發動神龍政變，決意恢復李家政權，已經病入膏肓、八十多歲的武則天知道大勢已去，不得不把帝位還給了李顯。

李顯稱帝，韋氏成了韋后，上官婉兒刻意接近這對夫妻，成為他們的盟友。而勢力尚不穩定的韋后也投桃報李，安排丈夫李顯給了上官婉兒昭容的身分。所以實質上，這是一場政治交易，但青春已逝的女詩人太需要有名義的保護了！

從神龍元年到景龍四年（西元七一〇年）這五年的時間，是上官婉兒一生中個人聲望和權力的頂點。她勸說唐中宗把唐太宗時留下來的弘文館改成修文館，廣招天下詩人才子進入皇帝的幕府，許以高官厚祿。這事吸引力太大了，長安一下湧來了上萬讀書人，而品評所有詩文的大權，全都在上官婉兒一人之手！

唐朝人本來愛作詩，經過皇帝和皇妃的帶動，詩詞比賽就成為一種潮流，這大概是中國歷史上最早舉行的詩詞大會了，而總評審就是上官婉兒。曾經有一回正月，唐中宗大宴群臣，又下令大家以眼前的場景賦詩，讓上官婉兒從中選一篇。大家都絞盡腦汁，咬著筆頭希望奪魁。

當天的評比非常激烈，總共收到一百多首詩，只要上官婉兒覺得不行的，詩稿就會從她坐的彩樓上扔下來。一時間宮裡像下起了雪，每落一個紙團，樓下的人都要嘆息一回，因為有希望的詩和人越來越少了。

最後留下的兩個人是沈佺期和宋之問，他們的詩遲遲沒有飄下來。而他倆仰著脖子，望著樓上上官婉兒坐的地方，心裡不斷地敲鼓。最後結果出來了，沈佺期落選，宋之問奪冠。他們倆的詩是這樣的：

先看沈佺期的一首《奉和晦日駕幸昆明池應制》：

法駕乘春轉，神池象漢回。雙星移舊石，孤月隱殘灰。
戰鷁逢時去，恩魚望幸來。山花緹綺繞，堤柳幔城開。
思逸橫汾唱，歡留宴鎬杯。微臣雕朽質，羞睹豫章材。

再看宋之問的《奉和晦日幸昆明池應制》：

春豫靈池會，滄波帳殿開。舟凌石鯨度，槎拂鬥牛回。
節晦蓂全落，春遲柳暗催。象溟看浴景，燒劫辨沉灰。
鎬飲周文樂，汾歌漢武才。不愁明月盡，自有夜珠來。

上官婉兒對此評論說：「沈佺期和宋之問兩個人的詩都不錯，但是就最後一句而言，沈佺期不如宋之問，因為詩韻未絕，整首詩的氣場就往上走了幾分。」

其實這兩首詩都是典型的皇家應制詩，內容都是歌功頌德的，缺乏真情實感。上官婉兒本人也是寫應制詩的高手，她經常同時代替唐中宗、韋后和安樂公主作好幾首詩，但她有個突破，就是從眼前景色寫到了更廣闊的山水田園，這實際上開拓了唐代的園林山水詩這一題材。其中最著名的是《遊長寧公主流杯池》組詩二十五首，既有三言、四言，也有五言、七言。

三言的：

逐仙賞，展幽情，逾昆閬，邁蓬瀛。

遊魯館，陟秦臺。汙山壁，愧瓊瑰。

四言的：

枝條鬱鬱，文質彬彬。山林作伴，松桂為鄰。
清波洶湧，碧樹冥蒙。莫怪留步，因攀桂叢。

五言的：

放曠出煙雲，蕭條自不群。漱流清意府，隱几避囂氛。
石畫妝苔色，風梭織水文。山室何為貴，唯餘蘭桂熏。

七言的：

參差碧岫聳蓮花，潺湲綠水瑩金沙。何須遠訪三山路，人今已到九仙家。

好一個洋洋灑灑！

其實上官婉兒生活的時代，是五言律詩漸漸定型的時代，像赫赫有名的「初唐四傑」中，盧照鄰和駱賓王擅長歌行（屬樂府詩一類，漢魏以後的樂府詩，題名為「歌」和「行」的頗多，如《大風歌》、《燕歌行》等），王勃和楊炯擅長五律。他們因為離政治中心比較遠，所以風格已經擺脫了宮廷詩的華麗，成為詩壇由初唐向盛唐過渡的見證。而與他們同時期的沈佺期和宋之問，在詩史上的評價相對比較低，因為這兩個人也確實存在人品問題（如大力巴結武則天的寵臣張家兄弟），影響了他們後來的評定。

這組詩寫在景龍四年，也就是李顯當皇帝的最後一年。其實在那幾年裡，朝政大權早就落在韋后手裡了，而韋后不是武則天，她沒有那樣的政治能力和高度，她和安樂公主一起做了很多荒唐事，引起了李家人的不滿。尤其是太平公主，她覺得自己無論是實力還是出身，都比韋后更有資格效仿武則天掌控大權。

總之，大唐初年的皇家女人們，許多都作著當大政治家的夢，韋后身邊的上官婉兒也不例外。她和武則天的姪子、韋后的情夫武三思有著說不清的關係，又跟兵部侍郎崔湜曖昧，同是詩人的崔湜還為她寫過一首詩《相和歌辭・婕妤怨》：

不分君恩斷，新妝視鏡中。容華尚春日，嬌愛已秋風。
枕席臨窗曉，幃屏向月空。年年後庭樹，榮落在深宮。

詩是寫得情意綿綿，但崔湜這個人的名聲可不怎麼樣，他有告密史，曾先後依附武三思、韋后和上官婉兒，最後又攀上了太平公主。他在世人的眼裡，是一個小人。

最後韋后勢力走向了滅亡，是因為這對母女幹了一件匪夷所思的事情，她們毒死了當時的皇帝李顯，也就是她們的丈夫和父親，要知道李顯至死不渝地愛著她們，是她們最忠實的保護力量。李顯一死，李家人就動手了，當時的政治新星——二十五歲的臨淄王李隆基上場，他和姑姑太平公主攜手發動了唐隆之變，親自率領禁軍官兵攻入宮中，殺死韋后、安樂公主及所有的韋后勢力，把自己的父親李旦迎上帝位，成為唐睿宗。

早在李隆基闖宮前，覺得韋后沒底線也不可能有前途的上官婉兒，做出了一個決定：倒向李家王朝。她和太平公主一起草擬了一份唐中宗的遺詔，讓唐中宗的兒子李重茂當太子，稱帝後由韋后知政事，而關鍵之處在於讓相王李旦參謀政事。也就是說，讓李旦來當攝政王！

李重茂只是個十幾歲的孩子，影響不了大局，本來朝政是牢牢握在韋后手裡的，但讓李旦當攝政王，韋后很不滿意，但她的皇太后沒當幾天就走到了生命的終點。在李隆基率御林軍入宮的時候，上官婉兒手執蠟燭帶宮女去迎接，並把她之前擬的遺詔拿給李隆基的手下劉幽求看，以證明自己對李唐宗室的忠心。

但是李隆基繼承李世民的作風，又是祖母武則天最欣賞的孫子，他的回應完全是一個政治家的反應：「此人不可留。」他要剷除一切可能威脅到李家的殘存勢力，所以對既是武則天的舊臣，又曾是韋后心腹的上官婉兒，他是非殺不可。況且，李隆基從小就目睹父親和幾個叔伯的遭遇，對女人當政這件事非常反感，他是絕不能讓大唐再出一個武則天了。

兩年後，已成為太子的李隆基又再次先發制人，剷除了早就在暗處預謀皇位的姑姑太平公主和她的勢力。李隆基正式即位，成為唐朝歷史上的第九位皇帝，世稱玄宗，年號先天。

上官婉兒的經歷是如此複雜，她學富五車卻一生陷在宮鬥的中心無法自拔，被權力蠱惑又被權力顛覆，成為一個犧牲品。對於她做為詩人的一面，在政治上站在她對立面的李隆基卻是讚賞的。開元初年，他讓大學士張說把上官婉兒的詩作都收集起來，編成了文集二十卷，同時還讓張說作序，肯定了她做為首席宮廷女詩人的成就。而後來的《全唐詩》，則收錄了上官婉兒遺詩，共三十二首。

三冬季月景龍年，萬乘觀風出灞川。遙看電躍龍為馬，回矚霜原玉作田。

鸞旂掣曳拂空回，羽騎驂驔躡景來。隱隱驪山雲外聳，迢迢御帳日邊開。

翠幕珠幃敞月營，金罍玉斝[5]泛蘭英。歲歲年年常扈蹕[6]，長長久久樂升平。（《駕幸新豐溫泉宮獻詩三首》）

榮華富貴都是歷史的煙雲，籌謀一生的上官婉兒不會想到在她死後，緊接著就是「開元盛世」，她也不會想到盛唐的詩歌風流達到唐詩的頂點，而與她有過關聯的那些人和名字，像崔湜、沈佺期、宋之問，都一一被賜死，被流放。只有她主持過的修文館，在經唐玄宗改成了弘文館後，還吸引著天下學士。

而被包圍在鮮花中的人尚且如此，被排擠在權力之外的初唐四傑，他們的人生又如何呢？因為《滕王閣序》蜚聲四海的王勃，十四歲就經唐高宗親自面試入宮，後來侍奉章懷太子李賢，結果因為一篇《檄英王雞》（李賢和李顯兩位皇子鬥雞）觸痛了唐高宗的神經，被認為鼓吹兄弟相殘（玄武門的陰影）而被趕出宮。這之後王勃宦海沉浮從未順利，最後在探父時渡海溺水而死，死時年僅二十七歲。

和唐玄宗首席筆桿張說是好朋友的楊炯，先在弘文館待過幾年，後來跟著李顯，又因為李顯被武則天趕下臺落得被貶，沒奈何只好厚著臉皮寫詩給武則天拍馬屁，才好不容易得以出任縣令，最後病死在任上。

駱賓王是四人中歲數最大的一個，也是出身最低、家境最差的一個。青年時，他恃才傲物到處得罪人，快五十歲才當了個九品芝麻官。這之後他想通過打仗立功升官，才升上去又因為被人誣告蹲了大牢。被激怒的駱賓王在晚年終於做了件大事——參加徐敬業（唐初名將李勣孫）反對武則天的兵變，還寫了篇《為徐敬業討武曌檄》，最後生死不明。

四人中出身名門的盧照鄰，自幼拜大儒為師，家境比其他人都好，但他得到的官職是最小的（四川新都縣尉），再後來連這樣當小官的機會也沒有了。盧照鄰得了怪病，半身不遂，後來他實在受不了折磨投水自盡了。

屬於初唐的一頁就此翻過。人間的是非成敗，轉頭空。

5 罍、斝：音同「雷、甲」，皆指酒器。
6 扈蹕：隨從皇帝出行。

她見證開元盛世，最愛九五至尊，經歷後宮爭豔，最後生死成謎

有人說人的一生就像一部史詩，尤其是那些經歷了風波和離亂的人生，更是如此。

一百四十年，國容何赫然。隱隱五鳳樓，峨峨橫三川。
王侯象星月，賓客如雲煙。鬥雞金宮裡，蹴鞠瑤臺邊。
舉動搖白日，指揮回青天。當塗[7]何翕忽，失路長棄捐。
獨有揚執戟，閉關草太玄。（李白《古風其四十六》）

這就是盛唐啊，中國歷史上最激動人心的年代之一。大詩人李白隨著時間線緩緩步入長安城門時，他望見的正是這樣一幅景象：皇家的森嚴與華麗、王族的悠閒與富足，和城中繁榮的市民經濟以及笙歌燕舞一起，成為他視聽上的刺激。而他嘆了一口氣，看著自己空空的背囊。

這是李白的二進長安了，時間是在唐玄宗天寶元年，即西元七四二年。這一年，他四十一歲。而這一年的大明宮中，唐玄宗心情不錯——他費了好大一番周折，終於把自己的兒媳、原本的壽王妃楊玉環弄進了宮，雖然還沒有冊封，但他看著眼前這個人，就像看到了自己死去的愛妻武惠妃。雖然她們的體型面貌都不同，但在神態上多有相似之處。

武惠妃死後，唐玄宗不是第一次選妃了。早在武惠妃去世的第二年，心腹高力士就前往福建、廣東和江南地區選妃，最後帶回來的少女中，有一個叫江采萍的女子，是福建莆田人，特別合唐玄宗的心意。究其原因是這個江采萍精通詩詞歌賦，尤其寫的一手好詩，讓素來熱愛文藝的唐玄宗李隆基很高興。

在遇見壽王妃楊玉環之前，李隆基寵愛江采萍多年，因為她十分愛梅，打扮又素雅，就封她作「梅妃」。而梅妃進宮的時候，李隆基已年過半百，大唐在一片富麗奢華的氣氛中，又行進了二十多年。年輕的時候，唐玄宗任用謀臣姚崇和耿直的宋璟，中年時又先後起用了張說和清雅的張九齡為宰相，他們陪著唐玄宗見證了盛世的從無到有。做為皇帝，文武雙全，精通詩詞和音樂歌舞的李隆基，天生地對文人有一種親近感。無論是在朝堂還是後宮，只要聽到詩詞

7 當塗：執掌大權，身居要津。

樂曲聲響起，他都會不自覺地停下腳步。

盛唐正是詩詞的好時代，像張說和張九齡這樣的大文學家，便能夠出將入相。在他們的帶動之下，像孟浩然、王維、李白、王之渙、王昌齡、崔顥、高適、杜甫等一大批光耀詩壇的名字脫穎而出。

張說有很多門生，張九齡則舉薦提拔了一大批人（其中就有孟浩然和王維），為開元中興儲備了強大的人才庫。李白沒有那麼幸運，他第一次沒見到張說，第二次又沒趕上張九齡，他遇到的是死去的武惠妃的心腹李林甫。這個人從開元二十二年（西元七三四年）起當宰相，一當就是十九年。從他上任開始，唐玄宗就像變了一個人，從當年的滿懷銳氣到漸漸耽於享樂，朝廷中人議論紛紛。

進入晚年的李隆基，的確和年輕時的心境大不相同了。當年他以大唐昌盛為第一使命，而到晚年覺得自己可以瀟灑人生了。他常常無不驕傲地與人說起開元年間的成就：在軍事上加強防務，收復遼西十二州，終止了與西突厥之間的戰爭，在西域成功阻止了吐蕃勢力的北上；在商業上，長安發展成為世界上最大和最繁華的都市，經濟超過了同一時期的拜占庭帝國以及阿拉伯帝國；在文化上，當時的東亞鄰國新羅、日本等國的政治、文化都受大唐影響，後來日本的許多建築也是仿照當時長安城的模式建造的；而在藝術上，大唐已經擁有最一流的詩人隊伍，戲曲歌舞的水準也在快步前進當中。

他念念不忘的武惠妃就擅長歌舞，她給玄宗先後生了四男三女共七個孩子，前三個都夭折了，讓夫妻倆悲痛萬分。活下來的子女中，惠妃最愛的兒子是李瑁（壽王，楊玉環的前夫），她去世的直接原因就是為了能讓兒子李瑁當上太子，她不惜一切手段害死了太子瑛、鄂王瑤、光王琚這三個皇子，串通李林甫罷免了反對派張九齡。三個年輕人的身影後來成了她的噩夢，武惠妃在抑鬱和驚嚇中死去了。開元二十五年（西元七三七年）的十二月，武惠妃身死，此時她只有三十八歲。武惠妃死後被玄宗追贈貞順皇后之位，得到了她夢寐以求的名號，可惜已經沒有意義了。

開元二十六年（西元七三八年）開始的大明宮，到處是梅妃的身影了，她和玄宗互動的方式是詩詞。他們在宮裡種了許多梅花，玄宗還為她和詩作曲。梅妃比惠妃小十幾歲，比惠妃更有文采，但是性格要更內向。最大的缺點是入宮多年後，梅妃一直未育，這讓皇帝在回憶起當年和惠妃一起擁抱孩子們的情景時，感到悵然若失。他是喜歡熱鬧的，他覺得只有熱鬧才能驅散一個君王高處不勝寒的寂寞。

後人在小說《隋唐演義》中夢幻般地描述梅妃和玄宗的相處，還寫到嶺南刺史韋應物和蘇州刺史劉禹錫連夜進貢珍品梅花博君主的歡心。這就很不客觀了，歷史上的韋應物在開元二十五年才出生，這時應該還是個兒童；劉禹錫更晚了，他都沒趕上盛唐，他出生的時間是唐代宗大曆七年（西元七七二年），他出生時唐玄宗已經去世十年了，他們是沒有任何可能相識的。

但是梅妃的不快樂是真實的，她生於嶺南漂在長安，長久的離家，身邊也沒有培養任何心腹，她是孤獨的。而且在楊玉環進宮後，唐玄宗很快就把她冷落了。即使他偶爾召見梅妃，也會受到阻撓。在淒涼的心境中，這個孤獨的女人寫了一篇《樓東賦》。

玉鑒塵生，鳳奩香殄。懶蟬鬢之巧梳，閑縷衣之輕練。苦寂寞於蕙宮，但凝思乎蘭殿。信飄落之梅花，隔長門而不見。況乃花心颺恨，柳眼弄愁。暖風習習，春鳥啾啾。樓上黃昏兮，聽風吹而回首；碧雲日暮兮，對素月而凝眸。溫泉不到，憶拾翠之舊遊；長門深閉，嗟青鸞之信修。

憶昔太液清波，水光蕩浮，笙歌宴賞，陪從宸旒。奏舞鸞之妙曲，乘畫鷁之仙舟。君情繾綣，深敘綢繆。誓山海而常在，似日月而無休。

奈何嫉色庸庸，妒氣衝衝。奪我之愛幸，斥我於幽宮。思舊歡之莫得，想夢著乎朦朧。度花朝與月夕，若懶對乎春風。欲相如之奏賦，奈世才之不工。屬愁吟之未盡，已響動乎疏鍾。空長嘆而掩袂，躊躇步於樓東。

這篇賦有個問題，過於小說化，因為它出自於宋代的文言傳奇小說《梅妃傳》，所以和《隋唐演義》一樣，有不少值得推敲的地方。但是從天寶二年（西元七四三年）後，梅妃一定是失寵了。因為這年十月，唐玄宗風風光光地帶著楊玉環前往驪山溫泉宮。而在翰林院候補了一年的李白，被玄宗叫出來描寫美人和盛世的情景，於是就有了著名的《清平調》。

雲想衣裳花想容，春風拂檻露華濃。
若非群玉山頭見，會向瑤臺月下逢。（其一）

一枝紅豔露凝香，雲雨巫山枉斷腸。
借問漢宮誰得似，可憐飛燕倚新妝。（其二）

名花傾國兩相歡，常得君王帶笑看。
解釋春風無限恨，沉香亭北倚欄杆。（其三）

李白還沒有興奮多久，幾個月後就離開長安了。他這次離開長安是因為得罪了楊玉環和高力士，被唐玄宗討厭，李白想要成為一位大政治家的理想徹底破滅了。

滿腹才子傲氣的李白不再能打動玄宗，就像一身才女清高心氣的梅妃也不再讓他滿足，他越來越喜歡濃豔、豐腴和充滿誘惑力的感官刺激，而這時候，開端於貞觀之治，經歷過唐高宗和武則天，最終集成於李隆基之手的這場盛世已經快走到盡頭了。

在楊玉環封貴妃後的第二年冬天，雪下得很盛，蓋住了宮裡的梅花。唐玄宗偶然想起已經被冷落很久的梅妃，派人給她送去一斛外國使者剛剛進貢的珍珠。珍珠原封不動地還回來了，還換來了梅妃的一首詩，叫《謝賜珍珠》。

柳葉雙眉久不描，殘妝和淚汙紅綃。長門盡日無梳洗，何必珍珠慰寂寥。

一輩子也沒有強硬過的梅妃，最後大膽地反抗了一回——既然感情已不在，又何必虛偽地問長問短？不如你看你的熱鬧，我守我的冷宮，大家各得其所。

一場深宮的愛情終究有始無終，唐玄宗悵然若失，他命令樂府為這首詩譜一個新曲子，取名《一斛珠》。再後來《一斛珠》就成了詞牌名，而《謝賜珍珠》的原文收入了《全唐詩》的第五卷。

天寶十四年（西元七五五年），「安史之亂」爆發，第二年夏天，唐玄宗想帶著楊貴妃和當時任宰相的國舅楊國忠一起逃往西南，結果在途經陝西興平的馬嵬坡時，早就策劃好的將士們一擁而上殺了楊國忠，逼迫楊貴妃自縊。而唐玄宗明白，這次馬嵬坡之變是太子李亨一手策劃的，目的是讓他退位，但他自身難保，無可奈何。

楊貴妃死的時候是三十八歲，和唐玄宗最愛的武惠妃去世時年齡一樣。而等再過了一年，當唐玄宗從避難的成都返回日思夜想的長安時，連梅妃的蹤影也不見了。形單影隻的老人，過去的風雲皇帝一個人孤零零地住在興慶宮，當著不甘心的太上皇。他實際上是被軟禁了，也被限制了對外交往的自由。

對此，一代強人唐玄宗的心裡是清清楚楚的，但他並不恨兒子，因為飽讀史書和兵書的他明白，這是歷史的必然。而且在天下未穩的情況下，他覺得只有相對強勢的李亨能保住祖宗的基業。畢竟，這是李家子弟的天下！最後當老宮女告訴他，他回來尋找的梅妃早已在戰亂中失蹤時，他想起昔日的一切，感慨萬分。最後的情分化作了一首詩。

憶昔嬌妃在紫宸，鉛華不御得天真。霜綃雖似當時態，爭奈嬌波不顧人。（《題梅妃畫真》）

他哪裡是在懷念梅妃，他是在懷念他的盛世風流，而在這段盛世中從未有過選擇權的梅妃，大概會回頭羨慕那替她傳信的宮女，她們還有被遣放出宮，尋求人生幸福的機會，而她沒有了。身為皇帝的女人，一入宮門深似海。而她何嘗願意這樣不能自主、不被尊重地過一生？

大唐寶應元年（西元七六二年）四月，孤獨了多年的李隆基以太上皇的身分在長安抑鬱病故，終年七十六歲；半年後，流落民間貧病交加的李白去世，終年六十有一。他們未能同遊人間的盛世，卻一起死於人生的荒途。

他們都是盛唐人，而盛唐卻已消失在江湖中。

只因李季蘭，大唐有奇葩

一個人一時浪漫並不難，但要一輩子都保持一種天真浪漫、無憂無慮的性情，那可不容易，在大唐有美女詩人做到了這點，她懷了一輩子的少女心。

她是浙江烏程（今浙江省湖州）人，原名李治（一說李紿），字季蘭。

李季蘭出場的時間是盛唐的前期，是唐玄宗執掌江山的年代。差不多從西元七一三年到七四一年，大唐政局穩定，經濟繁榮，文化昌盛，國力富強，唐朝進入全盛時期，是當時世界上最強盛的國家，史稱「開元盛世」。那個時候的詩壇群星璀璨，有李白、杜甫、王維、孟浩然、王昌齡……等人，像王昌齡寫的邊塞詩，一下筆就氣吞山河：

秦時明月漢時關，萬里長征人未還。但使龍城飛將在，不教胡馬度陰山。

只有盛唐詩人有這樣的氣魄和自信，也只有盛唐的搖籃，才能培養出像李季蘭這樣的文藝奇葩。這姑娘出身官宦大戶，但從小不拘一格，六歲就會指著薔薇架對父親說：「經時未架卻，心緒亂縱橫。」她的話驚到了她的父親，他聽到後心想小小年紀的姑娘已經知道恨嫁了，看來長大了必定作風不正，怎麼辦？不如乾脆讓女兒入道觀修行。

就這樣，李季蘭從小進了道觀。在浙江的青山綠水間，她長到了十七八歲，一個女人最美的年紀。可她的性格變了嗎？沒有，非但沒有，她和來過江南的大唐才子，都有了深深淺淺的交情。

因為唐代思想作風開放，許多道觀實際上成了社交舞臺，一些出名的女道士更是高級交際花。李唐王朝因為把道教奉為國教，使得皇家有些不可描述的事也藉道觀而進行，例如：唐高宗李治為了娶到父親李世民的妃子武則天，就將其安排到寺院過渡；唐玄宗李隆基看中了貌美的兒媳楊玉環，也是曲線救國地將其送往道觀，改個叫太真的道士名，然後風風光光地封為貴妃；連唐玄宗的親妹妹玉真公主也是女道士，而且和大詩人王維傳過緋聞。

環境造就人，何況多情的李季蘭？她交了男朋友又有男性的好朋友，豔名廣播，怡然自得。

百尺井欄上，數株桃已紅。念君遼海北，拋妾宋家東。

這首《春閨怨》，字字懷春，難以想像它會出自一個女道士之手。寫這些旖旎詩詞的時候，李季蘭已經愛上了一個叫朱放的人。這人原來是個隱士，可跟李季蘭相戀後不久就到外地做官去了，兩個人變成了異地戀。

不到二十歲的李季蘭無所畏懼，她就是要愛，還要愛得明明白白，用一首接一首的詩表達自己的相思之情：

人道海水深，不抵相思半。海水尚有涯，相思渺無畔。
攜琴上高樓，樓虛月華滿。彈著相思曲，弦腸一時斷。（《相思怨》）

還有：

朝雲暮雨鎮相隨，去雁來人有返期。玉枕只知長下淚，銀燈空照不眠時。
仰看明月翻含意，俯眄流波欲寄詞。卻憶初聞鳳樓曲，教人寂寞復相思。（《感興》）

再來：

望水試登山，山高湖又闊。相思無曉夕，相望經年月。

鬱鬱山木榮，綿綿野花發。別後無限情，相逢一時說。（《寄朱放》）

戀愛不能當飯吃，而讀書人的理想終究是修身齊家治國然後平天下，走遠了的朱放漸漸覺得，李季蘭的言行太出格，實在不能成為一個官員的伴侶。曾經有一回江南文壇聚會，詩人劉長卿來了，他因為得了疝氣，特殊部位疼，所以整天都要用個布囊托起睪丸。大家都知道這件事，可李季蘭偏要尋他的開心，她一語雙關地問：「山（疝）氣日夕佳？」劉長卿也是不慌不忙，還用了陶淵明的一句詩回答她：「眾（重）鳥欣有託。」人們笑瘋了，永遠記住了李季蘭的段子。

詩人閻伯鈞和李季蘭也有一段情。但他也同朱放一樣，丟下熱戀中的李季蘭去外地當官了。而她深情款款地寫了首《送閻二十六赴剡縣》。

流水閶門外，孤舟日復西。離情遍芳草，無處不萋萋。

妾夢經吳苑，君行到剡溪。歸來重相訪，莫學阮郎迷。

偶爾得到閻伯鈞的書信時，她又柔腸百轉。

情來對鏡懶梳頭，暮雨蕭蕭庭樹秋。莫怪闌干垂玉箸，只緣惆悵對銀鉤。（《得閻伯鈞書》）

因為從情人的信裡，她看不出那種思念的心情，有的盡是些客套話，這讓她明白，兩個人之間是不可能的了。

李季蘭始終沒有明白，無論身處怎樣的時代，人們對自己和別人一般都是用兩套標準衡量的，她的情人們喜歡她是因為她的坦蕩，離開她是因為她的放蕩，而坦蕩與放蕩之間，有時只是因為出發點和角度不同。但表裡如一的李季蘭想不通這一點，她只是發現身邊的男性朋友越來越多，而沒有一個可以交託自己的感情。所以她愁到深處，常常去找朋友陸羽喝茶。

陸羽這個人，在當時名氣一般，在今天名氣較大，他寫了一本《茶經》，這是中國最早的茶書，所以他被現代人稱為「茶聖」。不過無論從流傳的哪種資料來看，陸羽都是一個長得不好看的人，而且有口吃，這註定了他和喜歡美少年的李季蘭之間，是純潔的友誼。這份純潔的友誼還影響到另一個人——中國山水詩創始人謝靈運的十世孫，唐代著名詩人、茶僧，吳興（今浙江省湖州市）杼山妙喜寺住持皎然。這三個人幾乎成了以茶會友的代名詞。

李季蘭寫給陸羽的詩是這種風格：

昔去繁霜月，今來苦霧時。相逢仍臥病，欲語淚先垂。
強勸陶家酒，還吟謝客詩。偶然成一醉，此外更何之。（《湖上臥病喜陸鴻漸至》）

通篇沒有一絲的曖昧，可對皎然呢？那就是另一番情形了。開放的唐朝人好像沒有身分和年齡的禁忌，年紀也比皎然大不少的李季蘭給他寫了首《結素魚貽友人》，巧妙地試探他。

尺素如殘雪，結為雙鯉魚。欲知心裡事，看取腹中書。

皎然心思敏銳，他做了一首《答李季蘭》。

天女來相試，將花欲染衣。禪心竟不起，還捧舊花歸。

不愧是謝靈運的後人，皎然輕輕地將李季蘭的化骨綿掌擋在身外，他說我的心裡只有佛。而李季蘭情知此路不通，從此亦不做他想。在風景明麗的江南，當她收起少年的心性，真的打算從此寄情山水時，中斷盛唐之路的安史之亂卻爆發了。

這一亂就是八年。而就在戰爭爆發前不久，做為詩人的李季蘭奉皇帝的宣召進京面聖，七十歲的唐玄宗看到四十多歲的李季蘭後大失所望，他只得悻悻地說了句：「原是一俊媼（漂亮的老太婆）。」

李季蘭為此寫詩自嘲道：

無才多病分龍鍾，不料虛名達九重。仰愧彈冠上華髮，多慚拂鏡理衰容。
馳心北闕隨芳草，極目南山望舊峰。桂樹不能留野客，沙鷗出浦漫相逢。（《恩命追入，留別廣陵故人》）

她笑這命運的荒誕，同時又感慨這人世間的情分淡薄。

至近至遠東西，至深至淺清溪。至高至明日月，至親至疏夫妻。

這首《八至》是李季蘭對自己一生和世間姻緣的感悟。她的少女心在冷冷的世俗面前撲空了一次又一次，一片深情都化作故鄉的流水。她的坦蕩和不加掩飾，是人們眼中的行為不端；而她的名氣和詩篇，卻最終把她推向了深淵。

要知道自古以來朝廷最難辦的一件事就是「削藩」。什麼是「削藩」呢？就是中央專制的皇權和由皇帝分封的地方王國勢力的矛盾激化後，皇帝想把交給地方的實權拿回來，實施中央對地方的直接管轄。那麼這樣一來，勢必影響到本來被分封的地方藩王的各種利益，由此就引發了更大的危機。

而在李唐王朝，由於安史之亂的直接原因就是藩鎮割據，像安祿山這樣的藩王權力尤其是軍權過大（此時的邊鎮藩王之軍總共五十萬，安祿山獨占三十萬，而禁軍不過八萬），引發了皇朝的動盪，所以當皇帝喘過氣來，想的第一件事就是削藩。在晚節不保的唐玄宗退位，又經過了唐肅宗和唐代宗這兩朝二十三年後，正當盛年的唐德宗（登基時三十八歲）很想幹出點大事業，再現開元那般的盛世，不過他的運氣和手段都不算好。

撇開個人能力的因素不講，唐玄宗接手的是剛剛經過了「貞觀之治」的唐朝，國家兵強馬壯，李家眾望所歸；而唐德宗接手的是剛剛經過了「安史之亂」的唐朝，百姓被嚇破了膽，士兵已經厭戰，人們都想過平靜的生活，而唐德宗打破了這一平靜——他讓暗流湧動的地方勢力直接站到了皇帝的對立面，這樣一來國家又亂了。而唐德宗逃離長安，留下他的子民在戰火中煎熬。舉兵不當的皇帝，從此信用破產。

在動盪中，留在長安又已經上了年紀的李季蘭灰頭土臉地逃命，結果還是落到了拿下長安的叛將朱泚的手裡。而做為知名人士，她被要求寫詩歌頌這位新的統治者，李季蘭為了保命照做了。也正是李季蘭親筆寫的頌詩，成了她日後不忠朝廷的鐵證。朱泚政權很快失敗，唐德宗回來收復長安，對李季蘭只說了兩個字：「撲殺。」已經風燭殘年的一代女詩人，就此倒在了命運的權杖下。而她為《全唐詩》留下了十六首詩。

當李季蘭的死訊傳到千里之外的湖州時，已經用畢生心力完成了《茶經》的陸羽，悲從中來，從此避世隱居。終此一生，他以藍顏知己的身分見證了李季蘭的風流，用說不出口的情愫安撫了她的寂寞，而由此，卻也記錄了大唐詩史的燦爛一頁。他沉吟著提筆，為她留下了一首《會稽東小山》。

月色寒潮入剡溪，青猿叫斷綠林西；昔人已逐東流去，空見年年江草齊。

當李季蘭最後一次回眸，走進盛唐楊柳依依、夕陽無限好的惆悵中時，她並不會知道，盛唐的風流即將掩卷嘆息……

同嫁一個皇帝的宋氏五姊妹，是大唐模範嗎？

你一定從小就會背《論語》，但你讀過《女論語》嗎？這是寫在中唐貞元年間的一部女子訓誡書，和東漢班昭的《女誡》、明成祖徐皇后的《內訓》、明末節婦劉氏的《女範捷錄》合稱《女四書》，與西漢劉向的《列女傳》並列為中國古代女性的必備德育教材。

那麼《女論語》寫的是什麼呢？整本書其實是站在男人的角度，教導女人該如何立身，如何勞動，如何侍奉丈夫、侍奉父母、侍奉公婆，如何持家待客，如何教育孩子，又如何在萬一不幸丈夫早死的情況下守節到老的規矩。

比如《事夫》一章。

夫有言語，側耳詳聽，夫有惡事，勸諫諄諄。莫學愚婦，惹禍臨身。夫若外出，須記途程。黃昏未返，瞻望相尋，停燈溫飯，等候敲門，莫學懶婦，先自安身。夫如有病，終日勞心。多方問藥，遍處求神。百般治療，願得長生。莫學蠢婦，全不憂心。夫若發怒，不可生嗔。退身相讓，忍氣低聲。

這是從衣、食、住、行等多方面，規定了女人要如何關心和侍候丈夫。這本書的作者是來自同一家族的五個姊妹，她們文采出眾，聰慧過人，在中唐時的後宮乃至朝廷內外都有著不小的影響力。她們分別是宋若莘（《舊唐書》作宋若華）、宋若昭、宋若倫、宋若憲和宋若荀，史稱宋氏五姊妹。

這還要從中唐說起。自安史之亂後，唐朝就進入了一個從撥亂反正到盡量維持的平淡時期。宋家五姊妹的出場時間是在貞元四年（西元七八八年），而這一年是皇帝唐德宗執政的第九年，他四十六歲，正處於一個深沉的年紀。

唐德宗李適是個矛盾體，他文武雙全但性格多疑而且剛愎自用，他心地不壞但後來卻大肆起用佞臣，他也曾力圖簡樸但最後卻大肆斂財……為什麼會有這樣的前後落差呢？這跟他的人生經歷有很大的關係。

李適登上皇位的經歷也並不簡單。他十四歲時遭遇安祿山造反，曾祖父唐玄宗帶著一大幫皇子皇孫倉皇出逃，李適和祖父李亨（唐肅宗）、父親李豫（唐代宗）都在隊伍中，但是他地位不高的母親沈氏（今浙江省湖州市人，小名沈珍珠）卻沒來得及逃走，被叛軍俘獲，從西京長安被劫掠到東都洛陽，受盡了屈辱。

馬嵬坡之變後不久，李亨稱帝，玄宗退出政治舞臺，身為李亨長子的李豫被封為天下兵馬大元帥並收復了洛陽。他找到了沈氏，並在第二年（西元七五八年）被立為皇太子，只是他一直未給沈氏一個名分，也沒有將她帶回長安。這使得沈氏又在乾元二年（西元七五九年）史思明的再次叛亂中被擄走了，從此再無音信。

李適在廣德二年（西元七六四年）成為皇太子，大業十四年（西元七七九年）登基成為皇帝，登基後就發起了聲勢浩大的尋母行動，並遙尊沈氏為「皇太后」。但是李適的這片心被無情的現實打敗——他屢次被冒名頂替者欺騙，終生也沒有找到真正的沈太后。現實是：李適當皇帝的時候已經三十七歲，他的生母沈珍珠在動亂中離開人世的機率是很大的！

這件事很大地影響了李適對人的信任，他缺乏安全感，喜歡翻舊帳，情緒多變且多疑。而且即位後因為急於求成，在沒有把握的情況下就開始削藩，結果導致天下大亂，鳳翔節度使朱泚造反稱帝。直到興元元年（西元七八四年）的七月，朱泚兵敗被殺，他才回到長安。

在叛亂年間，因為李適的失策造成三朝元老、著名書法家顏真卿的被害，造成名將段秀實的被殺，人心紛亂。他不得不接受翰林學士陸贄的建議發布《罪己詔》，歷數自己的錯誤，感動了他手握軍權的重臣們，才得以最終贏得了戰爭。

太平的得來是如此不易！李適從此很少琢磨軍事，專心致力於文化建設，他號召從皇家開始，做好民間的道德表率。為了宣導文治，文采出眾的他（《全唐詩》裡有李適作品十五首）經常和大臣們詩酒趁年華，主要目的就是施行傳統的禮樂教化功能，希望天下人安分，恢復大唐盛世的旗幟。

就在這時，他聽說了著名的宋家五姊妹，雙方對答之下，李適大喜，把五姊妹全部召進了後宮。

而宋若莘、宋若昭、宋若倫、宋若憲和宋若荀這五朵姊妹花，來自清河宋氏家族，是初唐詩人宋之問的後輩。她們家境普通但從小飽讀經書，是滅絕師太型的女博士。她們也胸懷大志，看不起一般人的生活，不談感情，不化妝打扮，抱定終生不婚的態度要做一番大事業。

在大唐後宮，她們的存在絕對非同尋常——有妃位但不巴結皇帝，所有人都稱她們為「學士」；而由她們教導的皇子皇女包括後來的王妃、駙馬，見了五姊妹都要畢恭畢敬地喊一聲「先生」。大姐宋若莘同時還掌管六宮文學，被加封為「外尚書」。

唐德宗喜歡寫詩，所以每次跟大臣們風雅唱和時，一定會讓宋家姊妹前來助興。所以在宮裡，這五位女學士作了不少詩文，比如宋若莘的《嘲陸暢》。

十二層樓倚翠空，鳳鸞相對立梧桐。雙成走報監門衛，莫使吳歈入漢宮。

還有宋若昭的《奉和御制麟德殿宴百僚應制》：

垂衣臨八極，肅穆四門通。自是無為化，非關輔弼功。
修文招隱伏，尚武殄妖凶。德炳韶光熾，恩沾雨露濃。
衣冠陪御宴，禮樂盛朝宗。萬壽稱觴舉，千年信一同。

以及宋若憲的《奉和御制麟德殿宴百官》：

端拱承休命，時清荷聖皇。四聰聞受諫，五服遠朝王。
景媚鶯初囀，春殘日更長。命筵多濟濟，盛樂復鏘鏘。
豐鎬誰將敵，橫汾未可方。願齊山嶽壽，祉福永無疆。

對她們的存在，中唐詩人王建寫了一首《宋氏五女》。

五女誓終養，貞孝內自持。兔絲自縈紆，不上青松枝。
晨昏在親傍，閑則讀書詩。自得聖人心，不因儒者知。
少年絕音華，貴絕父母詞。素釵垂兩髦，短窄古時衣。
行成聞四方，征詔環佩隨。同時入皇宮，聯影步玉墀。
鄉中尚其風，重為修茅茨。聖朝有良史，將此為女師。

顯然在當時人的眼裡，宋家姊妹是偶像一般的存在，更是家家父母都希望女兒學習的「別人家的孩子」。她們在社會輿論上占領了制高點，但她們的詩文，只有這三首被收入了《全唐詩》，除此外，也沒有更多的作品來證明她們的才華了。但從這幾首詩的主題和內容看，宋家姊妹的主要創作方向還是宮廷詩，但她們的宮廷詩又不同於上官婉兒的詩，詩中沒有對大自然和田園山水的描寫，也沒有個人的感情和態度，使得整個作品的內容比較空洞，沒有什麼共鳴。

貞元二十一年（西元八〇五年），李適去世，歷經短暫的一任唐順宗（李適長子）後，李適之孫李純成為唐憲宗，而人到中年的五姊妹地位巋然不動。大姐宋若莘在十五年後去世時，還被贈河內郡君。而宋若莘去世後，因為老二宋若昭的會做人，唐憲宗的兒子、年輕的唐穆宗李恆讓她接管宋若莘的所有職權，並封她為尚宮（唐朝時，後宮仿照朝廷的六部設六局：尚宮局、尚儀局、尚服局、尚食局、尚寢局、尚工局，六局首席女官合稱「六尚」，各定員二人，正五品。尚宮便是尚宮局的首席女官，為皇后的總顧問）。

宋若昭一生經歷了唐德宗、唐順宗、唐憲宗、唐穆宗、唐敬宗共五朝，在唐敬宗寶曆初年（西元八二五年）去世，她在宮中一共待了三十七年，熬到讓所有人都不得不服的程度，最後唐敬宗用隆重的皇家禮節安葬了她。而在宋若昭去世時，五姊妹中的老三宋若倫和小妹宋若荀都已過世，只剩老四宋若憲在唐文宗大和中期（西元八三一年左右），因為捲入黨爭，觸怒了唐文宗，結果先被幽禁後又被賜死。

宋家五姊妹歷來被大家看成典範，在《女論語》裡像男人一樣對女人評頭論足，把「女德」高掛在嘴邊，勸他人潔身自好、深居簡出、清心寡欲，但自己卻始終高調地在權力的漩渦中打轉。和武則天時期的女詩人上官婉兒不同，她們追求的不是江山社稷，而是名垂青史，並且為這追求做出了不懈的努力。表面清靜的宋家姊妹，其實內心有極度的狂熱和野心：因為按照律法，女人無法透過正常的科舉進入仕途，也無法成為學術和文壇的核心，她們就主動放棄了在她們看來無意義的婚姻，放棄了平常人的生活和感情，全力追求個人目標的實現。

古代女子的禮儀規範「行不露足，踱不過寸，笑不露齒，手不上胸」中的「笑不露齒」的出處正是《女論語》，其原文是：「凡為女子，先學立身。立身之法，惟務清貞，清則身潔，貞則身榮，行莫回頭，語莫掀唇。」可見，《女論語》就是這幾個聰明的女知識分子針對現實精心打造的輿論工具，而她們揚名的希望，終於通過劍走偏鋒的冒險成功了！

但是會寫《女論語》，就會成為大唐的道德模範嗎？那也不一定。人生在世幾乎無處不江湖，唐德宗李適那麼醉心於文化建設，還把幫他寫《罪己詔》的性格耿直的陸贄趕出京城直至陸贄抱恨而終；他自己喜歡追著別人索要貢禮，還勸當宰相的陸贄不要太清廉。而宋家五姊妹中最後留下的老四宋若憲的死，正是因為收受了牛黨中人李宗閔的賄賂而獲罪，連帶家族中的弟姪女婿等十三人遭連坐，流放到了外地。

如果滅絕欲望是為了更大的欲望，這不是虛偽是什麼呢？

中唐時期的女詩人並不多，出名的只有薛濤和李季蘭，她們的人生都很不順利，但她們的可貴之處是一生都保持了真性情，所以詩歌中有飛揚的文采和個人思考，尤其薛濤在自身不平的情況下能寫出高亢深遠的邊塞詩，更加說明了一個知識分子的人格，這也是她在後世得到世人尊重和敬佩的原因。

唐朝是詩歌最好的時代，而最好的唐詩應該有力量、有氣象、有風骨、有內涵，是時代的見證和作者內心的昇華。那什麼樣的唐詩才算好詩呢？不妨品讀唐德宗時期著名詩人柳宗元所寫的《江雪》。

千山鳥飛絕，萬徑人蹤滅。孤舟蓑笠翁，獨釣寒江雪。

字字借景，說盡人生，這才是真名士自風流！

從底層歌妓到絕世寵妃，她被皇帝深愛，到頭來只剩一首金縷衣

「命運」兩個字是世界上最意味深長的詞語，有人一生榮華富貴從不知憂苦為何物，也有人一輩子苦苦地在泥濘中掙扎，連基本的生活保障都成為奢望，就像中唐時的美人——杜秋娘。所以這不是一個愛情故事，而是浸透了愛與哀愁、得到與失去、磨難與曲折的一部人世沉浮錄。

杜秋娘的人生從一開始就透著悲情，她出生在唐德宗貞元七年（西元七九一年），而她的出生本是意外——只因身為官妓的生母與身為官員的生父一度兩情相悅，情濃處生下一個孩子。可男人沒多久就調任遠方，從此人間蒸發了。秋娘的母親無奈，只好帶著女兒流落到了金陵（今南京市）的妓院落腳，從有供養的官妓淪落成了賣笑的民妓。在這樣不堪的生活裡，她教給女兒的只有一件事——人世艱辛，無論將來遇到什麼樣的事，都要想辦法活下去。

杜秋娘有詩詞音樂上的天賦，她從小習文練字，又會給詩詞譜曲，自己編成舞蹈來表演。

正因為她才華出眾，讓她在十五歲時脫離了青樓，被當時的鎮海節度使李錡買進府中成了一名歌舞姬。而李錡是什麼樣的人呢？他是李唐王室的遠親，是唐德宗的寵臣，為人驕橫，是地方一霸，控制了整個江南一帶的漕運。他得到杜秋娘的時候，已經六十六歲了。

李錡最愛聽杜秋娘唱她自己填詞譜曲的《金縷衣》。

勸君莫惜金縷衣，勸君惜取少年時。花開堪折直須折，莫待無花空折枝。

歌聲清越婉轉，他聽得如痴如醉，想起了許多好時光。而杜秋娘原本以為，她這一生的宿命大概就是做眼前這個年齡夠當自己祖父的男人的侍妾，所以她表演得很賣力，在眾多姬妾中，她深得李錡的寵愛。

可平靜不久就被打破了。由於這一年（即元和元年，西元八〇六年），剛剛當上皇帝的唐憲宗發動削藩（史稱「元和削藩」），引發了各地節度使的恐慌和叛亂，身為鎮海節度使的李錡公然造反，最終兵敗，在元和二年被殺。李錡死後，他的家產全部充公，他的姬妾也都被充為宮奴，杜秋娘又當起了歌舞姬。而她這次的表演對象，是皇帝李純。

秋娘又演唱了她拿手的《金縷衣》，而年輕的男人心頭一動，他轉過頭來看著她，想起了自己這一生的理想和抱負——讓大唐再現貞觀之治和開元盛世的風采，讓大唐光耀千秋！而歲月經不起蹉跎，原來最好的時光就在眼前！

於是他快步走過去，拉起了杜秋娘的手。這一年，他二十九歲，而她剛滿十六歲。對杜秋娘來說，能夠得到一個身居萬萬人之上的男人的感情，簡直是想都不敢想的事，而且這個人還跟她年貌相當，對她和顏悅色，舉止溫文爾雅，品位出類拔萃……這一切就像一個夢啊！

整整有十四年的時間，杜秋娘都沉浸在這個充滿了花好月圓的夢裡。李純待她非常好，連煩心的朝政也向她傾訴，他們攜手同遊了皇家園林的每一處，她還得了個封號叫「秋妃」。李純特別喜歡她的聲音，經常要聽她唱的《金縷衣》。而皇帝還年輕，也沒有立皇后，宰相李吉甫勸他廣納美女多育皇子，唐憲宗就很輕快地回答說：「我有一秋妃足矣！」唐憲宗對她的愛惜，溢於言表。

而杜秋娘不會知道，她在後宮中的這十幾年，是唐朝歷史上最後的一個高潮了。由於唐憲宗苦讀經史，天天用唐太宗、唐玄宗的故事激勵自己，立志做一代明君，所以他在位的元和年間，的確出現了一個政局穩定、經濟恢復發展的小高潮，史稱「元和中興」。但遺憾的是，這場「元和中興」的基礎是不牢固的，國家還有很多問題沒有解決，比如人口、賦稅，而憲宗對此也拿不出更多辦法，所以中興並沒有成為另一個盛世。

可是元和年間的唐詩，又迎來了一個好時代。有一群詩人走上文壇，開始熠熠生輝，他們中，以韓愈、柳宗元、孟郊、賈島、李賀、劉禹錫、元稹、白居易這八個人最有代表性，人稱「元和八大詩人」。而元和詩人又有三個朋友圈：一是韓孟詩派（韓愈、孟郊），二是元白詩派（元稹、白居易），三就是以劉禹錫、柳宗元為代表的貶謫詩人。

唐詩的內容和風格與國家政局有很大的關係，與詩人的境遇則有更直接的關係。在唐憲宗以及他父親唐德宗在位的這幾十年裡，韓愈、柳宗元、劉禹錫、元稹、白居易這些人都先後多次被貶，尤其是韓愈，差點闖了大禍。

因為唐憲宗人到中年後身體不太好，就迷信起來，而且迷信到令人吃驚的程度——他舉行大規模的佛事活動，派遣特使去陝西鳳翔的法門寺迎一塊據說是釋迦牟尼留下來的佛骨。他先把這塊迎回來的佛骨放在皇宮裡供奉，然後覺得不過癮，又送到寺院裡讓各位王公大臣乃至富商大戶們瞻仰。這樣一來，京城的人們不管是不是佛教徒，都要表示一下對皇帝信仰的支持了。於是京城裡的官、商、民各界紛紛響應並捐款，有的人沒錢，就用香火在頭頂、手臂上燙幾個香疤，也算有誠心。京城裡突然處處談佛，人人爭著拜佛捐功德了。

韓愈跟別人不一樣，他不但不討好皇帝，還寫了篇文章《諫迎佛骨表》拿給憲宗看。他說古代的堯舜禹都不信佛但健康長壽，而後來佛事傳入中國，迷戀它的皇帝和王朝都沒有善終，所以他認為佛不可靠，反對迎佛骨一事。

憲宗這輩子都沒被人這麼數落過，韓愈這次是把他惹惱了！他找來宰相裴度，說自己被韓愈誹謗，還被詛咒了，實在不能忍，要處死韓愈。裴度還有許多大臣替韓愈求情，說他就是這麼個牛脾氣，確實沒存壞心眼。唐憲宗這才免了韓愈的死罪，把他貶到廣東潮州去當刺史，眼不見心不煩。

但為什麼韓愈會捨命相諫呢？為什麼眾大臣會冒死求情？因為在元和時期，無論是在朝堂的文臣武將，還是身在後宮的妃嬪如杜秋娘，包括還沒有功名的有志青年，都很珍惜這來之不易的和平，都希望這樣的好時光能夠維持得久一些，再久一些，而唐憲宗這麼一鬧，自然是不得人心了。所以韓愈在被趕出京城的路上，給來送行的姪孫韓湘寫了首詩。

一封朝奏九重天，夕貶潮州路八千。欲為聖明除弊事，肯將衰朽惜殘年。

雲橫秦嶺家何在？雪擁藍關馬不前。知汝遠來應有意，好收吾骨瘴江邊。（《左遷至藍關示姪孫湘》）

他說我已經老了，就剩這片忠心，就是拚了命也要為皇上除害！

事情鬧得沸沸揚揚，對焦躁不安、聽不進不同意見的皇帝，杜秋娘好言相勸：「王者之政，尚德不尚刑，豈可捨成康文景，而效秦始皇父子乎？」她的意思是，只有讓人心服口服、有品德有胸懷的君主，才能建立盛世，您千萬不能反過來啊。

而在民間，這時也有人關心元和以來的軍事，他苦讀兵書，躊躇滿志，後來把專門研究孫子的心得寫成了十三篇《孫子》注解，還發表了許多政治經濟評論。他是誰呢？他就是晚唐詩壇的重要代表人物杜牧，這一年他十七歲。他的古體詩深受杜甫、韓愈這兩位詩人的影響，很擅長將敘事、議論、抒情三者融為一體，風格古樸純厚。不過這時候的他，還是個沒有參加科舉考試的小青年。

總之，所有人都希望元和能夠輝煌，但關鍵的是，這時候的憲宗已經變了！他已不是初遇杜秋娘時的那個翩翩青年，現在的他不但焦躁迷信，還重用宦官，這直接導致了他後來因皇位繼承問題而被殺，宦官內常侍陳弘志和王守澄合謀下毒，唐憲宗於元和十五年正月暴死在大明宮內，這成為唐朝一大懸案。而這場懸案的幕後主使，直指唐憲宗的貴妃郭氏和她的親生兒子——太子李恆。

一個人得到過這世間最難得的愛和地位，突然一下子就失去了，會是一種什麼感受呢？我們無法得知杜秋娘的心情，只知道她後來在唐穆宗李恆的安排下，成了皇子李湊的保姆兼教師。她撫養李湊八年，在這其間，經歷了穆宗和敬宗兩個皇帝。接下來成為唐文宗的李昂，是李湊的二哥。

李湊是漳王，這時候十幾歲，卻碰上文宗大和五年（西元八三一年）宦官王守澄（給唐憲宗下毒的人之一）與宰相宋申錫發生了矛盾。於是宋申錫這一派密謀要除掉宦官王守澄，立李湊為帝。誰知道計畫洩露，少年李湊被貶為庶民，宋申錫被貶為開州（今重慶）司馬，而一手撫養李湊成人的杜秋娘被剝奪了一切封號和待遇，被趕回了老家。

人生究竟有沒有苦盡甘來的時候？杜秋娘的故事告訴我們，有時，沒有最倒楣，只有更倒楣。回到南京的杜秋娘，無兒無女，無親無戚，物是人非，她只能寄居在城外的道觀裡，靠官府供養——當時的宰相李德裕知道她是前朝的娘娘，很同情她，定期會安排人給她發放救濟金。

很快連這一點希望也沒有了！因為李德裕是唐朝歷史上著名的牛李黨爭的領袖人物，他對杜秋娘的照顧被人說成是勾結餘孽圖謀不軌，因此被貶職。而過去的秋妃杜秋娘沒有了經濟來源，最後只能靠替人織布換幾個錢吃飯。

一晃快三十年過去了，已經四十多歲，落魄潦倒又窮病纏身的杜秋娘，再次唱起少女時的成名曲，她的一生就這樣和元和中興的希望一起，成了一場夢。而她在夜深人靜時，曾將人生的這份無可奈何唱給身邊的一位青年，他安靜地聽著，最後寫成了一首著名的《杜秋娘詩》，全詩共一百一十二句，是唐詩中的長篇名作，我們來看幾段：

京江水清滑，生女白如脂。其間杜秋者，不勞朱粉施。
老濞即山鑄，後庭千雙眉。秋持玉斝[8]醉，與唱金縷衣。
濞既白首叛，秋亦紅淚滋。吳江落日渡，灞岸綠楊垂。
聯裾見天子，盼眄獨依依。椒壁懸錦幕，鏡奩蟠蛟螭。
低鬟認新寵，窈嫋復融怡。月上白壁門，桂影涼參差。

8 斝：音同「甲」，借指酒盃。

金階露新重，閑捻紫簫吹。莓苔夾城路，南苑雁初飛。
紅粉羽林杖，獨賜辟邪旗。歸來煮豹胎，饜飫不能飴。
咸池升日慶，銅雀分香悲。雷音後車遠，事往落花時。
燕禖得皇子，壯髮綠緌緌。畫堂授傅姆，天人親捧持。
虎睛珠絡褓，金盤犀鎮帷。長楊射熊羆，武帳弄啞咿。
漸拋竹馬劇，稍出舞雞奇。嶄嶄整冠珮，侍宴坐瑤池。
眉宇儼圖畫，神秀射朝輝。一尺桐偶人，江充知自欺。
王幽茅土削，秋放故鄉歸。觚稜拂斗極，回首尚遲遲。
四朝三十載，似夢復疑非。潼關識舊吏，吏髮已如絲。
卻喚吳江渡，舟人那得知。歸來四鄰改，茂苑草菲菲。
清血灑不盡，仰天知問誰。寒衣一匹素，夜借鄰人機。
我昨金陵過，聞之為歔欷。自古皆一貫，變化安能推。

這是唐大和七年（西元八三三年）的一個寒夜，聽歌的人是曾經的少年杜牧，他的心境已今非昔比了。在最有激情和熱情的時候，沒有趕上參與國家的中興，到二十幾歲中了進士，卻一直擔任校書之類的小官，他深感不得志。杜牧看著眼前的杜秋娘，又想起了自己的一段感情——他在江西觀察使沈傳師手下做副官的時候，愛過歌妓張好好，可是張好好卻成了杜牧上司的弟弟沈述師的小妾，這讓他非常失落。

可是人生就是一個不斷追求的過程，就算是皇帝，尚不能左右自己的結局，何況是普通人？杜牧想了想自己，也想了想已經去世的韓愈、孟郊、元稹、柳宗元這些人，他笑了一笑，搖搖頭，又補了一段《杜秋娘詩序》：

杜秋，金陵女也。年十五，為李錡妾。後錡叛滅，籍之入宮，有寵於景陵。穆宗即位，命秋為皇子傅姆。皇子壯，封漳王。鄭注用事，誣丞相欲去異己者，指王為根。王被罪廢削，秋因賜歸故鄉。予過金陵，感其窮且老，為之賦詩。

他大概不會料到兩年後，他會再遇舊愛張好好，而張好好也和杜秋娘一樣流落民間，她在酒家當賣酒的女招待。為什麼生活會是這樣？為什麼人生總是連一丁點的美好，也不讓人留在回憶裡？杜牧感慨萬分，他迷惘地說：

落魄江南載酒行，楚腰腸斷掌中輕。（一作「楚腰纖細掌中輕」）
十年一覺揚州夢，贏得青樓薄倖名。（《遣懷》）

對杜牧筆下的傳奇女子杜秋娘，一生都很欣賞他的李商隱說過：「杜牧司勛字牧之，清秋一首杜秋詩。」他們都知道，唐詩所記載的是這人世間最浩大的希望，是一段又一段無法重現的好時光。

所以，勸君莫惜金縷衣，勸君惜取少年時。

不婚主義者薛濤的價值觀

有人說薛濤是唐代最美的女詩人，這一點由於缺乏圖片資料已無從考證，但和同朝代出現並活躍在大唐詩壇的李季蘭、魚玄機以及劉采春相比，她在歷史上贏得的讚譽和惋惜無疑是最多的。做為一代名妓，人們一面津津樂道她的風流韻事，一面又被她筆下那個不復再來的盛世折服。

薛濤生活的時代，是大唐從中年走向晚年的過渡期。在歷史的車輪裡，人們剛剛經過了安史之亂，驚魂未息，對太平和歡樂的嚮往正空前強烈。

薛濤的一生都生活在成都，可她並不是四川人，而是道道地地的長安人。因為父親薛鄖是官員，調任四川卻死在任上，十幾歲的薛濤從此就要靠自己扛起生活的重擔。在那個女人生活不易、尤其官宦人家的落魄小姐求生更加困難的時代裡，她最終還是走上了出賣聲名的官妓道路。（古代官妓由國家財政供養，只賣藝不賣身，是傳播音樂的樂籍中人，但戶籍地位是比平

民更低一等的賤民）

「枝迎南北鳥，葉送往來風。」據說這是薛濤八歲時寫的詩，也是暗喻了她一生命運的警語。從少年喪父到成年後的一路顛簸，這個心氣很高的姑娘努力打好自己手上的每一張牌，可她總是敗下陣來。

薛濤才貌雙全，是著名的文藝女青年，憑才華在中唐嶄露頭角。剛滿十六歲時，初入名利場，她在大庭廣眾之下，對著當時的劍南西川節度使（當時的四川省最高行政首長）和各色人等，不慌不忙地寫了一首《謁巫山廟》：

亂猿啼處訪高唐，路入煙霞草木香。山色未能忘宋玉，水聲猶似哭襄王。
朝朝夜夜陽臺下，為雨為雲楚國亡。惆悵廟前多少柳，春來空斗畫眉長。

當時的劍南西川節度使是韋皋，中唐名將，也是個詩人，時年已經五十歲了。他看到薛濤，想起了年輕時和與眼前的薛濤年齡相仿的女孩玉簫相戀的往事，而佳人已逝，只餘萬千惆悵。他感慨這少女的似曾相識，感嘆她的才華，對她油然起了好感。

韋皋是薛濤生命中的第一個男人，也是她的恩人兼頂上司，還是她生活的實際操縱者。喜歡她的時候，他不惜向朝廷奏請，為薛濤申請「校書郎」的官職。而這一份主要職責是公文撰寫和典校藏書的工作，雖然官階不高（只有從九品），但門檻卻很高（按規定只有進士出身的人才有資格擔當此職），像白居易、王昌齡、李商隱、杜牧等都是從這個職位上做起來的，一個女子想當校書郎？那差不多算是異想天開吧。

薛濤自己也清楚，所以她沒有把這個舉薦太當真，但因為年少氣盛，也因為名氣太大，許多人想見韋皋，都會先拜薛濤的後門，結果變成「舞弄政務」，這大大地觸怒了韋皋。他盛怒之下把薛濤發配到松州（今四川省松潘縣）「勞軍」，而薛濤用一篇《十離詩》，熄滅了韋皋的怒氣，挽回了他的心。

馴擾朱門四五年，毛香足淨主人憐。
無端咬著親情客，不得紅絲毯上眠。（《十離詩・犬離主》）

越管宣毫始稱情，紅箋紙上撒花瓊。

都緣用久鋒頭盡，不得羲之手裡擎。（《十離詩．筆離手》）

雪耳紅毛淺碧蹄，追風曾到日東西。
為驚玉貌郎君墜，不得華軒更一嘶。（《十離詩．馬離廄》）

隴西獨自一孤身，飛去飛來上錦茵。
都緣出語無方便，不得籠中再喚人。（《十離詩．鸚鵡離籠》）

出入朱門未忍拋，主人常愛語交交。
銜泥穢汙珊瑚枕，不得梁間更壘巢。（《十離詩．燕離巢》）

皎潔圓明內外通，清光似照水晶宮。
只緣一點玷相穢，不得終宵在掌中。（《十離詩．珠離掌》）

跳躍深池四五秋，常搖朱尾弄綸鉤。
無端擺斷芙蓉朵，不得清波更一游。（《十離詩·魚離池》）

爪利如鋒眼似鈴，平原捉兔稱高情。
無端竄向青雲外，不得君王臂上擎。（《十離詩·鷹離鞲》）

蓊鬱新栽四五行，常將勁節負秋霜。
為緣春筍鑽牆破，不得垂陰覆玉堂。（《十離詩·竹離亭》）

鑄瀉黃金鏡始開，初生三五月徘徊。
為遭無限塵蒙蔽，不得華堂上玉臺。（《十離詩·鏡離臺》）

眼高於頂，因紅而傲，恃寵而驕，年輕的薛濤意識到，自己犯了所有文人都容易犯的通病。問題是，她是一個地位卑下的人，如果沒有掌握實權者的幫助，是無法改變自身處境的。也就是從這篇《十離詩》開始，薛濤已經認識到了什麼叫人心難測、世態炎涼，她抱定決心要過獨立的生活，用詩篇走出獨樹一幟的人生。

後人在評論薛濤的時候，常說她的字和詩文「無雌聲」，而有男子氣概。那是因為她是一個生氣勃勃而且有野心的女詩人，她的地位與處境，並沒有影響她看事物的眼光和格局。略為可惜的是薛濤出生時，已經錯過了和三位雄踞大唐詩壇金字塔尖的詩人李白（詩仙）、杜甫（詩聖）和王維（詩佛）交流的機會，不過好在還有白居易、柳宗元、韓愈、劉禹錫、元稹、韋應物這些風流倜儻的才子們，和她唱酬應對。尤其寫的一手深情好詩的元稹，更是她一生中唯一深愛過的男人。

元和四年（西元八〇九年）春天，一身詩意的年輕才俊元稹以監察御史的身分來到四川，通過安排，他見到了薛濤。而這時的薛濤早已不是那個青春爛漫的小姑娘了，她為自己贖身脫離了樂籍，自謀生路，在成都的浣花溪畔開了個造紙工坊製售薛濤箋（這是一種由薛濤設計的紅色箋紙，便於寫詩，長寬適度。它原用作寫詩，後來也逐漸用作寫信，流傳至今，一度影響了當時的文化風尚）。

用現代化的眼光來看，薛濤從文藝女青年成了一名職業女性。而當代女作家亦舒是這樣描述職業女性的：「她要很聰明，要很早就明白自己必須養活自己這個道理，並且肯付出心血時間，把工作當作事業來做，不求親靠友，也不寄人籬下，更不屑玩絲蘿得托喬木那套戲碼。她也許對愛情並不能完全清醒，有時也會泥足深陷，但是始終知道，只有工作才能真正搭救一個人，寂寞也許，空白也許，但是永遠自尊自重自愛。」

薛濤就是這段話的大唐版本。她才貌雙全，聲名在外，但自從贖身後，一直未嫁人，直到四十一歲這年，才愛上比自己小十一歲的元稹。在熱戀中，她寫下了一首《池上雙鳥》送給元稹：

雙棲綠池上，朝暮共飛還。更憶將雛日，同心蓮葉間。

用女人的眼光看，元稹是真好啊，他相貌堂堂，年輕有為，而最難得的，他有和薛濤相匹配的才情和趣味。但是人生永遠是不圓滿的，在這千好萬好之中，薛濤發現，元稹唯獨缺少一片真心。凡是遇到的美麗女人，他都是欣賞的、讚揚的、愛慕的、追逐的，所以他既多情，卻又真無情。

在薛濤與元稹熱戀的那個春天，成都的花開得正盛，而元稹的結髮妻子韋叢已經快不行了。

元稹坐臥不寧，因為一方面他對韋叢是有感情的，另一方面她是他人生的轉捩點——做為沒落名門的後代，韋叢是他最理想的婚姻對象，因為她是京兆名門韋夏卿的女兒，給他帶來了向上爬的機會。為此，他拋棄了曾經熱烈追求過的鶯鶯。

韋叢是個知書達理的貴族小姐，性格非常好，可惜命不長，她在元稹的生命裡只占據了短短幾年的光陰，才二十七歲就離開了人世。元稹給韋叢寫過十六首詩，其中有一首我們最為熟悉的《離思》：

曾經滄海難為水，除卻巫山不是雲。取次花叢懶回顧，半緣修道半緣君。

這是中國文學史上最出色的悼亡詩之一，卻出自於一個不忠貞的人之手。因為元稹在妻子病重時還在和薛濤廝磨，離開薛濤回京後又把薛濤拋在了腦後。妻子死後沒多久他就納了妾，等妾生下一對子女後又續娶了繼室裴氏。

而這一切，人在成都卻消息靈通的薛濤都聽說了。因為元稹和薛濤有一個共同的詩人朋友圈，他在官場上的起伏和情場上的得意，一點不落地傳進了她的耳朵裡。她對元稹還有著念想，寫過《贈遠》一詩：

芙蓉新落蜀山秋，錦字開緘到是愁。閨閣不知戎馬事，月高還上望夫樓。
擾弱新蒲葉又齊，春深花落塞前溪。知君未轉秦關騎，月照千門掩袖啼。

薛濤在詩裡說：微之啊（元稹字微之），我還沒有忘記當年的約定，你是不是已經把我忘了呢？

元稹還真的想起過薛濤。他在長安當了三個月宰相，結果被人排擠，後調任浙東觀察使。就是在這個事業低潮期，他想起薛濤，想把她接到紹興，而且託人帶信給她。可是薛濤已經不是當年他們初見時的樣子了，多少年過去，她已經老了。而人世間有欲無情的愛，根本就經不起歲月的摧殘。

果然元稹在這段時間，又毫不意外地戀上了浙江名伶劉采春，薛濤左等右等不見人，看出了元稹的冷淡。薛濤冷靜地從這場戀愛中轉身了，她心裡很清醒：自己還愛著元稹，可是做為一個有著豐富閱歷和社會經驗的人，她明白世間最靠不住的就是愛情，所以她不糾纏、不掙扎也不多話，默默地走開了。

薛濤關了她的家門，從此也關上了心門。她不再化妝只穿道袍，在成都錦江畔過上了隱居生活。這在後世被稱作「斷捨離」。

有意思的是，薛元分手後，薛濤還收到了她和元稹的共同好友白居易的來信。大詩人白居易洋洋自得地告訴薛濤：

峨眉山勢接雲霓，欲逐劉郎北路迷。若似剡中容易到，春風猶隔武陵溪。（《贈薛濤》）

他的意思是，元稹那裡妳是沒希望了，他不要妳了，但也許我能接收妳啊！

看清了人生真面目的薛濤，沒有回這封信。在成都仲春的暮色裡，她望著錦江日夜不息的流水，提筆留下了四首《春望詞》。

花開不同賞，花落不同悲。欲問相思處，花開花落時。

攬草結同心，將以遺知音。春愁正斷絕，春鳥復哀吟。

風花日將老，佳期猶渺渺。不結同心人，空結同心草。
那堪花滿枝，翻作兩相思。玉箸垂朝鏡，春風知不知。

唐大和五年（西元八三一年），元稹在任武昌節度使期間突然去世，終年五十二歲。白居易聽說後為他作《祭元微之文》，悼念亡友。而薛濤呢？她再沒發出過一點聲音，終此一生，她不再提起元稹的名字，更沒說過他一個不字。她將與元稹的愛戀，低調隱忍到了生命的最終點。

第二年的夏天，某天薛濤推開窗，看見成都的花開得還是那麼燦爛，而她笑了一笑，就猝然地倒了下去。終年六十三歲。

同時代的詩人王建對薛濤一生有很好的概括，就是那首《寄蜀中薛濤校書》。

萬里橋邊女校書，枇杷花裡閉門居。掃眉才子於今少，管領春風總不如。

從此「女校書」一詞就成為薛濤在歷史上的代稱。而當時任劍南西川節度使的段文昌更親自為她撰寫墓誌銘，並題寫墓碑「西川女校書薛洪度墓」。這座薛濤墓至今還在，位置就在今成都望江樓公園西北角的竹林深處。

薛濤一生名氣極大，作品也豐富，到現在仍有存世詩歌九十一首，《全唐詩》錄存其詩一卷。而她的身邊仰慕、暗戀她的男性朋友極多，他們有的是社會名流，有的是文人騷客，可她偏偏選擇了一條終生不婚的道路，並非故作灑脫，而是她太清醒了——自古以來門不當戶不對的愛情，無一不是以悲劇收場。而她一生都想做自己的女主角，自給自足，自力更生，無論從經濟上還是感情上，都不想依附於任何人。而這正是薛濤的價值觀，也是大唐第一女詩人的風骨，更是後來無數人讚頌、敬佩她的原因。

是啊，無論男人還是女人，一個人終究可以靠的無非是自己，要什麼歸宿呢？我，就是我這一生的結局。

大唐樂壇女明星的長恨歌

這世界上確是有那麼一類人，對自己無能為力的命運是那樣清醒而絕望。

大唐元和十五年（西元八二〇年）正月的長安城，籠罩在愁雲之中，原因是剛剛四十三歲的唐憲宗李純突然在大明宮死去了，他的死多有蹊蹺。但是很快，二十六歲的皇太子李恆即位成為唐穆宗，他同時將自己的生母郭貴妃冊立為皇太后，又在朝中物色自己中意的大臣。

經過面試，人到中年的詩人元稹進入了被考察的第一梯次。遭遇十年貶斥才回京的元稹格外珍惜這次機會，他表現良好，一路從祠部郎中、知制誥升到翰林承旨學士、中書舍人，然後在長慶二年（西元八二二年）坐上了宰相的位置，但僅僅三個月的時間就再度被貶，先後被調任為同州刺史、浙東觀察使。

當他心灰意冷地走在暮春的暖陽下時，江南張開了懷抱。一個叫劉采春的女詩人，乘著歌聲的翅膀來到了元稹身邊。這是他生命中相遇的第二個著名女詩人。

劉采春是江蘇淮安人，出身是個唱參軍戲的，這是一種非常世俗化的劇種，是唐代時流行的一種滑稽戲（類似今天的相聲，後來演變為宋元時的雜劇），主要在市民階級中演出。她還有副數一數二的好嗓子，唱歌時據說「聲徹雲霄」，有穿透力，要活到今天參加「中國好聲音」也是熱門選手。

要說劉采春在當時受追捧的程度，堪比民國時一代歌后周璇在上海灘的影響力。她擁有自己的戲班，有自己的創作團隊，丈夫周季崇也是知名藝人。她經常在江南演出，她唱過的每一首歌，都會成為當年的流行金曲。總之，她是大唐樂壇最紅最耀眼的女明星。

第一眼見到劉采春時，元稹就想起了薛濤，想起那時候髮妻韋叢還沒有去世，他也風華正茂，對世界充滿了信心。睿智通達的薛濤，見證了他躊躇滿志的青年，而步入暗流險灘的中年後，他遇到了像江南豔陽天一樣的劉采春。

唐詩在冥冥中將許多人的命運連結在一起，在困苦的歲月裡給人帶來信心和希望。就像劉采春留給《全唐詩》的六首《囉嗊曲》（詞牌名），是這樣的句子：

不喜秦淮水，生憎江上船。載兒夫婿去，經歲又經年。

借問東園柳，枯來得幾年。自無枝葉分，莫恐太陽偏。
莫作商人婦，金釵當卜錢。朝朝江口望，錯認幾人船。
那年離別日，只道住桐廬。桐廬人不見，今得廣州書。
昨日勝今日，今年老去年。黃河清有日，白髮黑無緣。
昨日北風寒，牽船浦裡安。潮來打纜斷，搖櫓始知難。

你看，這詩通篇都是大白話，充滿了生活氣息。那是因為，和元稹、韋叢、薛濤等人都不同，劉采春是一個出身草根，在江湖飄零的藝人，她沒有受過良好的教育，在講究等級和門第的社會裡，從事著一份人們眼中下九流的工作。所以儘管才二十幾歲的年齡，劉采春已經走過很多地方，見過許多人，她深知人性的善與惡、美和醜，而她也將這些觀察和體會，融入了自己的舞臺表演裡。

而劉采春的詩與歌，無論在哪個時代看來都很明確，充滿了婦女的哀怨。那是因為在經歷過「安史之亂」的中唐，傳統的黃河流域經濟受到破壞，而江南因為離政治中心較遠，處於相對安定的社會環境中。許多為躲避戰亂的中原人，拖家帶口地搬到了江南，開始他們的新生活。

而這些人中有不少是既有錢又有閒的文化人和富豪，這也是中國歷史上的第二次「衣冠南渡」（第一次是西晉的「永嘉之亂」，第三次是北宋的「靖康之難」）。

這一時期，江南各地的人口數量快速增長，以長江南岸的蘇、常、潤、升諸州和越、杭等州最為密集。南北遷徙不僅給南方帶來了勞動力和思想文化，也促進了工商業的發展。許多大家族、大富豪的到來，促使江南的奢侈品行業和文化娛樂行業蓬勃發展。所以到元稹出任浙東觀察使的時候，江南最繁華的幾個城市已經聚集了大量的藝人，他們成為繁華世界的縮影。

在外奔波的商人們長年累月地不回家，免不了在外面花天酒地，留守在家的商人婦既無奈又無助，只好通過各種文化娛樂活動打發漫長的時光。這也就不難解釋，為什麼元稹的好朋友白居易會寫下著名的《琵琶行》，為什麼劉采春唱過如此之多的歌曲，因為市場需求相當廣闊！而她就在走南闖北的演出之中，聲名遠播。

女明星自有女明星的風采，舉手投足都是萬般風情。元稹一時間很迷戀劉采春，他甚至因為劉采春而忘了薛濤，還專門寫了一首詩《贈劉采春》：

新妝巧樣畫雙蛾，謾裡常州透額羅。正面偷勻光滑笏，緩行輕踏破紋波。

言辭雅措風流足，舉止低回秀媚多。更有惱人腸斷處，選詞能唱望夫歌。

所謂《望夫歌》就是《囉嗊曲》的別稱，是劉采春的成名曲，元稹聽了很多遍，他對這流行音樂很欣賞。而在劉采春眼裡的元稹和以元稹為代表的文化精英，是她從前無法涉足的交際圈。元稹的到來就像為她打開了一扇通往上流社會的窗戶，讓劉采春意識到世界上竟還有這樣優秀風流的人。這個常年混跡在小市民、小商人階層中討生活的女明星，感到自己的人生有了非一般的希望，連多年來相濡以沫的丈夫周季崇都不能打動她了。

於是她一轉頭，義無反顧地投入了元稹的懷抱（彼時的元稹正和第二任妻子裴淑分居兩地），在江南社會引發了流言蜚語。有一次，元稹在同僚聚會時喝醉了，在紹興東武亭寫了一首詩。

役役行人事，紛紛碎簿書。功夫兩銜盡，留滯七年餘。
病痛梅天發，親情海岸疏。因循歸未得，不是憶鱸魚。（《醉題東武》）

結果身邊姓盧的侍郎含酸帶諷地說：「您當然不會憶鱸魚，因為有鑒湖春色嘛！」原來元稹和劉采春的風流韻事，早已經人盡皆知了。這對元稹其實沒什麼，但是對劉采春後來的命運影響可就大了。

說話間，從大唐長慶二年（西元八二二年）到大和三年（西元八二九年），知名女歌星、女詩人劉采春，已經和著名詩人、失意官員元稹談了一場長達七年的戀愛，最終還是有始無終——這段感情以元稹離開江南，由浙東觀察使遷尚書左丞而告終。

回京時，元稹懷著對劉采春歉疚的心情，就像當年對薛濤那樣，情真意切地說：「我相信我們很快會再見面的。」可惜這一次他回長安又出長安，卻再也回不來了。這個男人，一生都想有所作為卻終究無法如願；而這個女人，追求富麗優雅的人生成了一場空。

唐大和五年（西元八三一年）的七月，五十三歲的元稹猝死在了他擔任武昌軍節度使的內府裡。消息傳到洛陽，白居易嚎啕大哭；消息傳到長安，裴淑一病不起；消息傳到成都，薛濤深閉了大門；而等消息傳到江南時，一直留在紹興不願回家鄉的劉采春，望著滔滔的江水，感到人生從此一去而不還了。

是的，在經歷過世間無限的精彩和絢爛後，她已回不到過去，回不到瑣碎的生活和平庸的丈夫身邊，元稹帶走了她生命中最好的時光，也帶走了她的夢。可他死去了，她還兀自留在夢中不願醒來，再也回不到歲月靜好的生活。可即使元稹活著，他也會很快地回歸到長安社交圈。他自身尚且難保，必然要跟她劃清界限，因為他們原本就是兩個世界的人，而婚外戀是不可能永無止境地談下去的！

對於像劉采春這樣心比天高的美人，當代作家王安憶在小說《長恨歌》裡塑造了一個十分相似的角色：民國時的上海灘，是各路野心家的樂園。一個出身上海里弄小市民家庭卻姿色出眾的姑娘，在偶然得到了「上海小姐」的桂冠後，成為她眼中的「大人物」——一個軍政要員的外室。而男人很快就死了，留下女人一輩子都活在虛幻的上海舊夢裡。這樣的執著，才是悲劇。

劉采春最後的精神似乎出了問題，有人說她投水而亡，也有人說她落髮出家，還有一種說法是認為她從此失蹤了。而曾經的看客們在更年輕的女演員陪伴下，逐漸忘記了這個唱過《望夫歌》的女人。長安的聲色連同江南的風月一起，成為當年的人心口上一顆越來越淡的朱砂痣。

什麼都發生了，可是什麼又都不曾發生。元稹死後，動盪的大唐又相繼送走了唐文宗李昂、唐武宗李炎、唐宣宗李忱、唐懿宗李漼、唐僖宗李儇、唐昭宗李曄等幾位皇帝，短短的幾十年間，帝國的命運江河日下，李唐王朝掙扎著走到了終點。

而晚唐的詩壇，再也沒有那種氣吞山河的豪邁了，宦官專權、朋黨傾軋、藩鎮割據、農民起義……問題叢生的社會，扼殺了許多有抱負之人的理想。才華橫溢的李商隱，因捲入牛李之爭，到處受排擠，潦倒一輩子；快人快語的杜牧，因為京官俸祿低，難以養家主動請求外放；性格不羈的溫庭筠，一輩子連個進士都沒考上，一生不得志……那些五言和七言絕句中動人心魄的友誼和愛情，越走越遠了。

那年離別日，只道住桐廬。桐廬人不見，今得廣州書。（《囉嗊曲·那年離別日》）

大唐女明星劉采春留下的愛與恨，永遠都在人世間輪迴，而命運的審判，從來都不會缺席。

讀懂大唐婚姻法的步非煙，絕不會死於婚外戀

來到晚唐，再看路上的風景，已不會有盛唐時的那種激動了。

先來看社會基礎。這時安史之亂已過去一百年了，看起來國家平靜無事，但無論朝野還是民間，都沉浸在一種紙醉金迷的氛圍裡。皇帝唐懿宗，除了喝酒設宴和到處巡遊，對其他什麼事都沒興趣，對本職工作一點都不上心。他還是個音樂迷，一天都不能沒有音樂，出門巡遊都要帶著幾百人的樂隊。

西元八五九年到八七三年，唐懿宗在位的十四年間，他一共任用了二十一位宰相：令狐綯、白敏中、蕭鄴、夏侯孜、蔣伸、杜審權、杜悰、畢緘、楊收、曹確、高璩、蕭寘、徐商、路岩、于琮、韋保衡、王鐸、劉鄴、趙隱、蕭仿、崔彥昭，創造了一項大唐紀錄，而這些人大部分都是平庸之輩。

這時候的詩壇除了李商隱、杜牧、溫庭筠、韋莊這些人，就沒有什麼重量級人物了，而且

李商隱和杜牧剛剛去世，剩下的溫庭筠和韋莊都走花間詞路線，他們寫的東西都反覆強調一些離愁幽怨，吃喝玩樂以及婦女們的衣著打扮、神態舉止，在立意和氣象上都與盛唐時代差遠了。

什麼是花間詞？來感受一下。

別來半歲音書絕，一寸離腸千萬結。難相見，易相別，又是玉樓花似雪。暗相思，無處說，惆悵夜來煙月。想得此時情切，淚沾紅袖黦。（韋莊《應天長・別來半歲音書絕》）

你們看，不是難相見，就是易相別，要不就是暗相思！不過，這也就不難解釋，為什麼會有女詩人步非煙的悲劇。

步非煙是大唐咸通（唐懿宗的年號）年間人，小家碧玉一枚，是河南府（洛陽）功曹參軍（唐代官職）武公業的愛妾。嫁給武公業的時候，她十六七歲，婚姻大事是由父母作主經相親決定的。而步非煙的父母選了個武將作女婿，是因為多年前的安史之亂讓老百姓嚇破了膽，他們希望女兒嫁給軍人，多一重未來的保障。

但步非煙卻是個文藝女青年，她很快就發現自己和丈夫的興趣是格格不入的。他喜歡舞刀弄槍，她偏愛吟詩弄樂，兩個人的話題牛頭不對馬嘴。於是聽慣了幽怨豔麗的花間詞的女青年步非煙，一直埋怨父母相親時不考慮自己的興趣愛好，找了一個完全不解風情的粗人。她，悶悶不樂。

說來也是巧合，就在武公業家隔壁，住著河南府的一個書記員，姓趙。他家有個二十歲的公子趙象，正在努力準備考秀才。而這個趙公子，看起來一表人才，每天都在自家庭院裡讀書舞劍，步非煙聽得清清楚楚。她對趙公子很是好奇。

某天，這個趙公子在家練劍，因為跳得高，望到了鄰居家的院子，瞥見了抱著詩集的步非煙。從此，對她念念不忘，還花錢買通了武家的看門人轉達自己的仰慕之心。那麼問題來了，一千年前的唐朝人難道就這麼隨便？難道那不是一個講究封建禮教和倫理綱常的舊時代嗎？

如果你有幸讀過唐朝人的離婚協議，就會深有感觸了。早在一九〇〇年，敦煌莫高窟出土了一批古代文獻，其中有一則《放妻書》，全文如下：

趙宗敏謹立休放妻書。

蓋說夫妻之緣，恩深義重，談論共被之因，結誓幽遠。凡為夫妻之因，前世結緣，始配今生夫婦，若緣不合，比是怨家，故來相對。妻則一言數口，夫則側目生嫌，似貓鼠相憎，如狼羊一處。既以二心不同，難歸一意，快會及諸親，各還本道。願妻娘子相離之後，重梳蟬鬢，美裙娥眉，巧呈窈窕之姿，選聘高官之主。解怨釋結，更莫相憎。一別兩寬，各生歡喜。

於○時○年○月○日謹立除書。

一別兩寬，各生歡喜，像不像現代人的愛情觀？在古代，已經離婚的男方對女方給出了這樣真誠的祝願，實在難能可貴。不過這是在「和離」狀態下，由中間人見證，經婚姻雙方當事人簽字蓋章完成的儀式。而非「和離」的情形就沒那麼體面了。

在唐代確立婚姻關係的第一步是立「婚書」。因為唐代法律明文規定長輩可以包辦子女的婚姻，而子女如果不聽，就會有被打一百大板的風險。因此，唐代的婚姻並非自由戀愛，也不能體現婚姻當事人的個人意願，其間造成的婚姻不和睦現象時有發生。

那麼兩人處不來，過不下去怎麼辦呢？也有法律對照。

一、協議離婚。即男女雙方自願離異的所謂「和離」（敦煌出土的《放妻書》就屬於這種，典型的雙方好聚好散）。

二、促裁離婚。指由男方提出的強制離婚，也就是「出妻」。出妻的理由共有七條，分別是：不順父母、無子、淫、妒、惡疾、多言、竊盜。只要妻子犯了其中任何一條，丈夫都可以名正言順地休妻。但是唐代法律有一個特別有人情味的地方，就是針對婦女的「三不去」——曾為公婆服喪三年者不去，娶時貧賤後來富貴者不得去，現在無家可歸者不得去。這就是說，如果夫妻雙方有著同甘共苦的多年生活經歷，有著白手起家的共同奮鬥史，雖然妻子犯了「七出」，丈夫也不能提出離婚。這實際上是保障了婦女的婚姻財產權。

三、強制離婚。夫妻雙方中的任何一方凡發現有「義絕」和「違律結婚」者必須強制離婚。「義絕」包括夫對妻族、妻對夫族的毆殺罪、姦殺罪和謀害罪；「違律結婚」指的是不經父母同意、高門與寒戶通婚、近親通婚、同姓結婚，這些都是唐代法律明文禁止的。

至於離婚再嫁和寡婦改嫁，在唐代都是正常現象，扣不上「不貞」這頂大帽子。據《新唐書・公主傳》的記載，在唐代公主中，曾改嫁過的有二十九人，其中五人甚至有改嫁三次的經歷，例如著名的太平公主。達官貴人也一樣，比如被世人熟知的唐宋八大家的韓愈的女兒也曾改嫁。

唐代以後的各個朝代，對女人可就沒這麼寬容了。

換句話說，唐代人的心態是比較放鬆的，他們對婚姻和愛情還可以有自己的追求，所以趙象公子若追求步非煙，完全可以在她和武公業離婚之後，明明白白地進行。但趙公子沒有這麼做，他希望的是暗地風流，他給步非煙寫了一首詩：

一睹傾城貌，塵心只自猜。不隨蕭史去，擬學阿蘭來。

而步非煙，在收受了趙家公子重金賄賂的僕人的慫恿下，果然回了一首詩。

綠慘雙蛾不自持，只緣幽恨在新詩。郎心應似琴心怨，脈脈春情更擬誰？

這一來一去就越聊越多，趙公子說：

珍重佳人贈好音，彩箋芳翰兩情深。薄於蟬翼難供恨，密似蠅頭未寫心。
疑是落花迷碧洞，只思輕雨灑幽襟。百回消息千回夢，裁作長謠寄綠琴。

眼看一連幾天沒消息，他又加了一首：

綠暗紅藏起暝煙，獨將幽恨小庭前。沉沉良夜與誰語，星隔銀河月半天。

這意思就是說我等得實在太辛苦了！接著等來了步非煙的回音，步非煙答道：

無力嚴妝倚繡櫳，暗題蟬錦思難窮。近來贏得傷春病，柳弱花欹[9]怯曉風。

原來她病了好幾天，沒法回信。那麼如果照正常的邏輯，趙公子愛著步非煙，他應該關心她的身體是否痊癒，精神是否愉快，但他沒有。他快馬加鞭地回信：

見說傷情為見春，想封蟬錦綠蛾顰。叩頭與報煙卿道，第一風流最損人。

9 欹：音同「依」，傾斜不正。

這次得來的是步非煙全盤托出的訴苦，她說自己不甘心嫁給一個武將過一生。她眼淚汪汪的寫道：

畫簷春燕須同宿，洛浦雙鴛肯獨飛。長恨桃源諸女伴，等閒花裡送郎歸。

可是，愛妳的人才關心妳的靈魂，想得到妳的人只在乎妳的身體。趙公子一看有戲，到底還是請武家的僕人打開了步非煙的房間，他趁武公業值夜班時，翻牆進院和美人抱在了一起。

趙公子得償所願後對美人說：

十洞三清雖路阻，有心還得傍瑤臺。瑞香風引思深夜，知是蕊宮仙馭來。

而步非煙認認真真地告訴他：

相思只怕不相識，相見還愁卻別君。願得化為松上鶴，一雙飛去入行雲。

步非煙這三首詩最後收錄在了《全唐詩》第八百卷，而她的生命終止在了二十幾歲的大好年華。因為私情洩露，丈夫逼問並逼迫她悔過，可她既不後悔也不求饒，活活地被打死了！步非煙死後，武公業對外宣稱她暴病身亡，把她葬在了洛陽北郊的邙山。左鄰右舍儘管多有疑問，但礙於種種原因都沒有深究。而趙家公子，竟嚇得喬裝打扮逃到浙江去了。

美人給這世界留下的遺言是：「生既相愛，死亦何恨。」她做為婚姻中的過錯方，把無過錯的一方的情緒逼到了牆角裡，徹底激怒了身為武將的丈夫。儘管他們並不相愛，但是按照大唐的婚姻法，她還是有機會和平結束婚姻，追求自由戀愛，和她的趙公子走到陽光下的。

但是很顯然的，如果以這樣的原因離婚，她會一無所有，而趙公子將名譽掃地，兩個人在社會上都很難立足。尤其對於一個還在追求功名、需要家族供養的男人來說，他不可能拿錦繡前程換一個無財產又無權勢的女人的深情。

所以步非煙所認為的自由戀愛，不過就是一場尋常的婚外情。結局是註定的悲劇，她死得很不值。而在這場鬧劇中，她本人、趙公子以及動用私刑殺妻的武公業，沒有一個是清白的，畢竟在一個縱情聲色、追求享樂的社會裡，怎麼可能會有千古絕戀呢！

而戀愛中的女人，一時看不清是可以理解的，但一直執迷不悟就是欠缺情商了。所以當才女步非煙遇上薄情寡義又貪生怕死的趙象時，她最大的錯誤是高估了自己的眼界，把小說當成生活範本，把自己活成了悲情女主角。她留給現代女性最大的教育意義是：無論對愛情還是婚姻，不要用幻想代替理性，要有眼力，也要有能力改變自己的命運。

見不得光的愛都不是真愛，要想被珍愛，就要從花瓶變成實力派。

豪放女魚玄機的命運有沒有其他可能？

沒有人能拒絕大唐的詩篇，就像沒有人能拒絕大唐的美人。何況這是一位隨時都能製造話題的美人！

時間的指標，已經指向唐宣宗大中十二年（西元八五八年）。一個中年人騎著瘦馬「噠噠」走在京都長安的街道上，他的目的地是平康坊。你可能不知道平康坊，那是中國古代歷史上的第一個「紅燈區」。根據《開元天寶遺事》卷二的記載：「長安有平康坊，妓女所居之地，京都俠少萃集於此。……時人謂此坊為風流藪澤。」這是妓女和各種江湖人物出沒的地方。

那麼，平康坊在哪裡呢？它位於當時長安東區第三街（自北向南）第五坊，東鄰東市，北與崇仁坊隔春明大道相鄰，南鄰宣陽坊，是每年進京應試的考生、外省駐京官吏和各地進京人員的聚集地。而當時的地方駐京辦叫進奏院，僅平康坊一地就有十五個進奏院，所以這裡整天熱鬧非凡。

這天，一個中年人心情很好地來到這裡，不是因為逛「紅燈區」，而是他找到一個人——一個叫魚玄機的少女，她是平康坊一個洗衣女工的女兒，這一年十四歲。而中年人這時已經很有名了，他是晚唐花間詞派的首席詞人，詞風豔麗，他的詩則與晚唐另外一位大詩人李商隱的詩齊名，有「溫李」之稱，沒錯，他就是溫庭筠。大詞人溫庭筠要找的這個姑娘也不簡單，她五歲學詩，七歲能文，十二歲已成為長安人口中的「詩童」。只因為身為讀書人的父親去世得早，她才跟著母親流落到了平康坊給人幫傭。

就在這一天，溫庭筠讓魚玄機以「江邊柳」為題作一首詩，年僅十四歲的她不慌不忙地就作了一首《賦得江邊柳》。

翠色連荒岸，煙姿入遠樓。影鋪秋水面，花落釣人頭。
根老藏魚窟，枝低繫客舟。蕭蕭風雨夜，驚夢復添愁。

一個大寫的「服」字！溫庭筠當場收下了這個叫魚玄機的年輕女弟子。魚玄機也從此走向了從被人同情到聲名狼藉的一生。

按照很多人的說法，魚玄機的美貌在唐朝四大女詩人中是無人能及的，但她的神經質和歇斯底里同樣也是第一名。她一生愛過很多人，但從未得到善終。

首先是溫庭筠。在平康坊長大的魚玄機受環境影響，非常自然地對老師有了親近之心。但是溫庭筠和魚玄機的年齡差是三十歲，而且他是個沒落貴族，既窮又醜，根本負擔不起對世界充滿了渴望的少女魚玄機的熱情。所以，經過認真考慮，他把魚玄機介紹給了唐宣宗大中十二年（西元八五八年）的新科狀元李億為妾。李億這時大概三十歲，早已結婚，而且其正妻是河東裴氏家族的女兒。

河東裴氏了不得！那是中國歷史上聲勢顯赫的高門望族，自秦漢以來，歷六朝而盛，至隋唐而盛極，僅隋唐兩代活躍於政治舞臺上的名臣就有數十人。據《裴氏世譜》記載，在李氏統治唐朝的兩百年間，裴氏家族先後出過宰相三十四人，中書侍郎四人，尚書三十八人，侍郎二十七人，常侍四人，御史九人，使二十一人，大將軍三十一人，皇后、太子妃、王妃七人，駙馬十八人，所以有「無裴不成唐」的說法。

可以想見，在十分講究門第等級的社會裡，這樣一個家族的女兒，能給狀元李億的臉上增多少光！更何況裴氏一門在朝中勢力雄厚，是李億得罪不起也不敢得罪的，所以他絕對不敢怠慢自己的夫人。而這位裴夫人更不是省油的燈，作風凌厲，聽聞丈夫納妾馬上趕到事發地點，一頓亂打把魚玄機從李億買的府宅裡踢了出來。

這時的魚玄機青春貌美，李億還有點捨不得她，所以偷偷摸摸地把她安排進了長安郊外的女道觀——咸宜觀，準備趁夫人不備時私下風流。可惜裴夫人看得很緊，李億的計畫開了天窗，三年後不得不直接攜夫人赴揚州就任，留下的魚玄機就真的成了一個女道士。

可她靠什麼維生呢？畢竟除了美貌和才華，她一無所有，這個熱情似火卻希望落了空的女人橫下一條心，直接在道觀外貼出告示——「魚玄機詩文候教」。魚玄機最有名的詩也是在這個時候寫的，她笑自己在青樓時一直獨善其身，嫁了人卻被迫淪落風塵。對著咸宜觀的白牆，她寫下一首《贈鄰女》。

羞日遮羅袖，愁春懶起妝。易求無價寶，難得有情郎。
枕上潛垂淚，花間暗斷腸。自能窺宋玉，何必恨王昌。

這首詩的格調並不高，但是在魚玄機最後傳世的五十首詩文中，以它流傳最廣。因為魚玄機的這種感情經歷非常有代表性，也因為出身低微的美人和追求做人上人的儒生之間，永遠不會有真實美滿的姻緣。所以早在唐代宗大歷年間（西元七六六年－七七九年），另一個長安名妓霍小玉，臨死前就對負了心的情人——著名的邊塞詩人、才子李益說了一句話：「我死之後，必成厲鬼，使君妻妾，終日不安。」而李益從此疑神疑鬼，成了世人眼中的神經病。

魚玄機的轉型是徹底的，魚玄機的放蕩也是徹底的，在唐代本來就烏煙瘴氣的女道觀裡，她來者不拒，越陷越深，走上了一條再也無法回頭的道路。在咸宜觀，她一住就是九年，從十七歲到二十六歲，耗盡了一個女人一生最美的時光。

與薛濤和李季蘭都不同的是，魚玄機並不是一個安於現狀的人，也不是一個超然灑脫的人，她對世界充滿了欲望，對愛情充滿了幻想，而且還非常想通過婚姻來翻身。早在和李億相戀時，有一次他們到長安城南的崇直觀春遊，當她看到各路新科進士們紛紛在觀壁上題詩留念時，十分的羨慕，進而感慨自己的命不好，寫下了一首詩。

雲峰滿月放春晴，歷歷銀鉤指下生。自恨羅衣掩詩句，舉頭空羨榜中名。（《遊崇真觀南樓，睹新及第題名處》）

也正是魚玄機這種對世俗社會的熾烈追求，讓溫庭筠消受不起。她想躋身上流社會，想嫁一個至少不遜於李億的男人，但淪落到這等田地，哪裡會有這等好事？魚玄機的希望一次又一次地落空，這使她的性格越來越偏激。

蘼蕪盈手泣斜暉，聞道鄰家夫婿歸。別日南鴻才北去，今朝北雁又南飛。春來秋去相思在，秋去春來信息稀。扃閉朱門人不到，砧聲何事透羅幃。（《閨怨》）

熱情似火的魚玄機，在道觀中寫著各種充滿閨怨的詩句，又給她的各個情人寫纏綿悱惻的情書，但很少得到回應。她於是又怪前夫薄情，又怪這些後來的情人寡義，總之她將自己的不幸，全都歸咎於他人的辜負，就是不從自己身上找原因。而實際上，以魚玄機的才氣和名氣，並非沒有翻身的可能，比如說經營些文創產品也會生活得很好（就如薛濤和她的薛濤箋），她偏不，就是要一條道走到底。

此外，魚玄機的態度不好和不會做人也是出了名的，對看不順眼的對象，她會直接讓人下不了臺。比如京兆尹溫璋的下屬裴澄曾經追求她，但因為她不喜歡裴澄，就把他趕出了門。這對一個沒有勢力的人來說，可是要闖大禍的。

晚唐社會風氣本就不好，人們花天酒地，醉生夢死，有點抱負的人感覺前途無望，也會加入到不思進取的隊伍中。所以杜牧才會痛心地說：

煙籠寒水月籠沙，夜泊秦淮近酒家。商女不知亡國恨，隔江猶唱後庭花。（《泊秦淮》）

有個叫裴思謙的秀才甚至厚著臉皮巴結皇帝面前的紅人——宦官仇士良，通過仇士良威脅主考官，硬是要了一個當年的新科狀元——唐文宗開成三年（西元八三八年）戊午科狀元及第，這真是千古奇觀！更稀奇的是，這個裴思謙當上狀元後的第一件事就是逛妓院，《全唐詩》裡就留下了他寫的《及第後宿平康裡》一詩。詩云：

銀缸斜背解鳴璫，小語偷聲賀玉郎。從此不知蘭麝貴，夜來新惹（染）桂枝香。

一個國家未來的棟梁是這種人，可想而知靠聲色娛人的魚玄機，她來往密切的都是什麼貨色！隨著青春年華的消逝，她自暴自棄的程度也愈來愈烈，她於是恨意十足地說：

臨風興歎落花頻，芳意潛消又一春。應為價高人不問，卻緣香甚蝶難親。
紅英只稱生宮裡，翠葉那堪染路塵。及至移根上林苑，王孫方恨買無因。

這首詩叫《賣殘牡丹》，是自負自傲卻又自卑自棄的魚玄機在抱怨世人有眼不識她這顆明珠，而當她冷靜一些，行為不是那麼出格的時候，則會向她的老師溫庭筠傾訴，如《冬夜寄溫飛卿》（飛卿是溫庭筠的字）：

苦思搜詩燈下吟，不眠長夜怕寒衾。滿庭木葉愁風起，透幌紗窗惜月沈。
疏散未閑終遂願，盛衰空見本來心。幽棲莫定梧桐處，暮雀啾啾空繞林。

她想不通，所以她不甘心。她由此也更加多疑、易怒，經常出爾反爾，這種乖張的性格使她成為難相處的代名詞。

大唐咸通十二年（西元八七一年），二十六歲的魚玄機成為長安城街聞巷知的人物——她活生生打死了和自己的情人陳韙有關係的徒弟兼侍女綠翹，被京兆尹溫璋治罪，被裴澄當庭審判，最後被判死刑。消息傳出後，許多只在傳聞裡聽說過這個交際花的普通市民，都湧上街頭，想要一睹魚玄機的風采。

裴澄在京兆尹府中淡淡地笑著，他等這一天已經等了很久。對於魚玄機，他的想法一直是——既然得不到的東西，乾脆毀滅它！所以在素來討厭情色的溫璋面前，他抓住機會就增加京兆尹對社會上風塵女子的憎惡，也鼓動京兆尹斷獄使用極刑。而這個京兆尹溫大人，他是晚唐有名的酷吏，曾經做出過一個規定：凡京兆尹外出，要清掃四通八達的大道，要關閉鄉里的門。如果有人在他前進的道路上喧譁大笑，立即用棍棒打死。

魚玄機生命的最後，落到了這樣的兩個人手上，當她在醉生夢死的溫柔鄉時，是怎麼也不會想到的。她一生都是個可憐人，想得到真正的愛情，可是用力過猛從才女變成了妒婦；想得到世人的認可，可是不懂拒絕淪為城中的笑柄；即使想終老道觀、風花雪月地走完這一生，卻又栽倒在了連自己都無法控制的性格弱點上。

魚玄機，有「大唐豪放女」之稱的著名美女詩人，說到底是死在了自己的手裡。她一生受胸懷和視野的局限，這才是她悲劇的根源。做到自尊、自重、自愛和懂得感情的及時止損，無論對男人還是對女人來說，都是根本的要求，一個人如果連自己都不愛，那確實誰也救不了她。

人生之哀，莫大於人格的破裂。

楓葉千枝復萬枝，江橋掩映暮帆遲。憶君心似西江水，日夜東流無歇時。（《江陵愁望寄子安》）

魚玄機死後，她真心愛過的李億始終未曾出現。同年溫璋被迫自盡（與皇帝意見不合），溫庭筠抑鬱病故。到了乾符五年（西元八七八年），黃巢起義爆發。六年後黃巢身死，而起義領袖之一的朱溫叛降唐朝，後又取代唐朝自立為帝。中國自此告別大唐，歷史上長達五十三年（西元九〇七年－九六〇年），充滿大混亂、大破壞的五代十國拉開了序幕。

晚唐冶豔的詩風至此完結。

你還記得芙蓉城外的花蕊夫人嗎？

我們常說唐詩宋詞，常常會漏了唐宋之間其實還有五十多年的時間，它是中國的五代十國時期。而說到五代十國的詩詞，幾乎所有人都會想起南唐的李煜，因為他的詩詞實在太有名，幾乎每一篇都是文學經典。但是很少有人知道還有馮延巳、王貞白、和凝、歐陽炯、李建勛、徐鉉以及花蕊夫人這些人的詩詞也不錯。雖然與唐詩的氣象不能比，但卻是一個特殊的歷史時期的見證。這其中就有像花蕊夫人這樣的人，她絕不會想到自己的生與死，在一千年後還會成為他人的談論的話題。

不過花蕊夫人不止一個人，而是有三個：一個是前蜀王建的淑妃徐氏，成都人，宮中號為花蕊夫人，幹了不少荒唐事；第二個是後蜀花蕊夫人，是後蜀孟昶的慧妃，歌妓出身，才華過人，因為愛花被稱為花蕊夫人；還有一個據說是南唐後主李煜的妃子，這位就沒什麼事蹟可考了。我們今天要說的是第二個花蕊夫人，她是後蜀末代皇帝（一共只傳了兩代）孟昶最愛的女人。

那麼孟昶是誰？後蜀又在什麼地方？這要從晚唐的覆滅說起。由於當年（西元九〇七年）跟隨黃巢起義而後叛降唐朝，最後又取代唐朝自立為帝的朱溫建立了後梁，不服朱溫的西川節度使王建在成都平原建立了「前蜀」，定都在成都。十八年後，後唐滅前蜀，又過幾年，後唐的功臣孟知祥趁後唐內亂建立了「後蜀」，還是定都成都。但他在世只當了七個月皇帝，就把權力交給了兒子孟昶。

五代十國是中國歷史上非常缺乏信仰的時期之一，軍閥割據，常年戰爭，徵賦不斷，老百姓有苦說不出，連唐朝的西京長安和東都洛陽也都曾被毀。孟昶一度比別的軍閥強一點，年輕的時候不鋪張浪費，而是興修水利，大力發展農林漁業，但是中年後他就變了，變得好酒好色，追求奢侈享受——連他上廁所用的夜壺都得用珍寶製成，人稱「七寶溺器」。

在好色這方面，孟昶在廣政初年，曾經面對整個四川選妃，只選年齡在十五到二十歲的美人，而花蕊夫人就是在這時入宮的。孟昶的宮女有幾千人，每到月初發生活費的時候，隊伍就浩浩蕩蕩的，每個人都必須走到孟昶的面前，讓他親自過目，看看是不是能得到皇帝恩寵。在這些人中，他一直最愛花蕊夫人，因為她有文化，懂音樂，很會作他喜歡的宮詞，並有自己的作品集，比如：

水車踏水上宮城，寢殿簷頭滴滴鳴。助得聖人高枕興，夜涼長作遠灘聲。

又比如：

三月櫻桃乍熟時，內人相引看紅枝。回頭索取黃金彈，繞樹藏身打雀兒。

以及這樣的：

慢梳鬟髻著輕紅，春早爭求芍藥叢。近日承恩移住處，夾城裡面占新宮。

都是無盡的花紅柳綠和閨房樂趣，這種詩風，延續了晚唐溫庭筠、韋莊一派的花間詞風格，美則美矣，缺乏力度！但花間詞的柔軟豔麗，卻符合花蕊夫人的生活，讓她愛不釋手。而孟昶則覺得，這就是他心目中的理想生活，花蕊夫人太懂自己了！此外，她又是個美食家，能做各種各樣別人想不到也做不出來的新奇菜讓孟昶歡喜得很。

窮奢極欲的生活這樣哪裡夠。孟昶在成都的摩訶池上，建築大型的水晶宮殿讓愛妃避暑，不惜一切代價地為花蕊夫人收購、種植她最愛的牡丹花和芙蓉花，並聲稱「你們只知道洛陽牡丹甲天下，從今後我偏讓成都牡丹甲洛陽。」每當宮裡的牡丹開了，成都的芙蓉盛了，對孟昶和花蕊夫人來說就像過節一樣，他們帶著一批大臣，四處賞花、飲酒、彈琴、賦詩，過著今天不知道明天的生活。

對這段生活，同為四川人的北宋詩人蘇東坡後來羡慕地說：「僕七歲時，見眉山老尼，姓朱，忘其名，年九十歲，自言嘗隨其師入蜀主孟昶宮中。一日，大熱，蜀主與花蕊夫人夜納涼摩訶池上，作一詞，朱具能記之。今四十年，朱已死久矣，人無知此詞者，但記其首兩句。暇日尋味，豈洞仙歌令乎？乃為足之云。」

按照蘇東坡的說法，這個老尼應該是當年的宮女，很可能還是花蕊夫人的貼身侍女，她記得孟昶為花蕊夫人寫過的詩，但是老了就記不全了。沒關係，大學士蘇東坡給它補全了：

冰肌玉骨，自清涼無汗。水殿風來暗香滿。繡簾開，一點明月窺人，人未寢，倚枕釵橫鬢亂。
起來攜素手，庭戶無聲，時見疏星渡河漢。試問夜如何？夜已三更，金波淡，玉繩低轉。
但屈指西風幾時來，又不道流年暗中偷換。

這首詞的詞牌名叫《洞仙歌》，除了孟昶的前兩句，其他都是蘇東坡續寫的，可以想像他對花蕊夫人是好奇又嚮往的。同樣也可以想像，那種生活是多麼奢華，以至於當年的宮女在八十年後還記憶猶新。

因為愛好文藝，也因為身邊還有個愛好文藝的花蕊夫人，孟昶在後蜀廣政三年（西元九四〇年），命令衛尉少卿趙崇祚完成了一個大工程：他搜集了從晚唐至五代的溫庭筠、韋莊、皇甫松、牛嶠、孫光憲等十八個詞人的五百首作品，分為十卷，名為《花間集》，同時讓翰林學士歐陽炯為這部詞集作序。

《花間集》是中國第一部詞集，花間派則是中國的第一個詞派，中國從這個時候開始，進入了詞和詩並駕齊驅的時代。這是孟昶和花蕊夫人為歷史所做的貢獻，只不過他們自己不知道罷了。「花間詞」規範了「詞」的文學體裁和美學特徵，最終確立了「詞」在中國的文學地位，並對後來幾朝（宋元明清）詞人的創作產生了重大影響。

回過頭來，我們說這種表面的浮華背後，是正在醞釀的又一次統一。西元九五九年六月，五代十國期間難得有作為的後周世宗柴榮，沒有來得及完成他統一天下的宏偉心願，在三十七歲的時候死去了，他把七歲的兒子柴宗訓託付給了輔政大臣們。但他沒有想到的是，他臨死前才親手升起來的檢校太傅、殿前都點檢趙匡胤在西元九六〇年正月，就發動了「陳橋兵變」，演出了「黃袍加身」的歷史事件。

趙匡胤稱帝，史稱宋太祖，他改年號為建隆，後又改為乾德。北宋的序幕這時浩浩蕩蕩地拉開了。

宋乾德二年（西元九六四年），趙匡胤發兵六萬，分兩路攻蜀。孟昶知道這個消息後很慌張，他先是希望趙匡胤同意，以每年進貢珍寶來換取和平，但是大臣王昭遠提醒說，宋為了打這場仗已經準備一年多了，怎麼可能放我們一條生路呢？孟昶這才決定嚴防死守，並派了一個特使去當時的北漢（五代十國最後一個滅亡的政權，屬地在山西境內），希望聯手抗宋。但是這個特使才走了一半路，就跑到大宋軍營投敵了！

後蜀廣政二十八年（西元九六五年）也就是乾德三年，大宋軍隊與後蜀軍隊在劍門關外發生激烈戰鬥。而這一戰蜀軍全軍覆滅，帶隊的王昭遠因為有勇無謀，落得個兵敗被俘。宋軍包圍了成都，而後蜀的大臣們早在香豔的風氣裡磨滅了鬥志，孟昶身邊竟無人可用，最後不得不投降。就像著名的南唐後主李煜一樣，孟昶也是備齊了整套亡國大禮，跪在宋軍的大營門口，親自送上投降表。

但又有什麼用呢？孟昶被俘後雖然被封了虛職，但他的一舉一動都有人嚴密監視，沒有絲毫自由。而就在他被迫移居開封後，沒過幾天，孟昶就不明不白地死了，很多人包括史學專家都認為這是趙匡胤的弟弟趙光義下的手。

後蜀就這麼亡了，這說明「生於憂患，死於安樂」，向來是歷史的真理。

宋太祖坐定了江山，美麗的花蕊夫人成了後宮的戰利品，要陪新皇帝喝酒作詩。而這個時候，她寫出了自己一生中唯一流傳千古的《述國亡詩》：

君王城上豎降旗，妾在深宮哪得知。十四萬人齊解甲，更無一個是男兒。

花蕊夫人留下了一百多首宮詞，後來都收在《全唐詩》裡，但憑這首《述國亡詩》，她才得到了大家的同情。可是平心靜氣地說，做為有機會影響歷史進程的人，花蕊夫人本來可以有個更好的結局，因為每個人在一生中都有這樣或那樣的轉捩點，而她只顧自己的選擇，註定了她的命運不可挽回。

生活中有詩和遠方，可是生活本身不是一首好寫的詩。人要對自己的命運負責，尤其是有才華又生活得比別人更順利的人，往往把詩當成生活的全部，結果成了命運的炮灰。所以當了俘虜的花蕊夫人不可能會有善終——她被宋太祖的弟弟、宋太宗趙光義一箭射死，死時還不到四十歲。她能夠怪誰呢？大概只有那綿綿無盡的花間詞才會懂得她的對與錯、是與非、歡喜和哀傷了，而那是廣政年間的無盡風流。

五雲樓閣鳳城間，花木長新日月閒。三十六宮連內苑，太平天子住崑山。

……

龍池九曲遠相通，楊柳絲牽兩岸風。長似江南好風景，畫船來去碧波中。（《宮詞》）

西元九七九年，也就是宋太平興國四年，五代十國歷史上唯一在北方的國家北漢被滅，北宋終於實現了統一，又一個盛世笙歌的故事就要開始了。

第三章——宋詞華彩，才女幾多無奈

魏玩
李清照
唐琬
朱淑真
吳淑姬
王清惠
管道昇

就讓我，安靜地做一位北宋上流社會的貴婦人

有很多人對北宋充滿好奇，總想穿越過去看看這個在《清明上河圖》和《東京夢華錄》裡被刻畫得無比精彩的朝代，但很少有人知道北宋文壇和北宋政壇之間的關係，它們一度將影響了整個宋詞半壁江山的文人盡數囊括其中，這其中既有像王安石、司馬光這樣的典型政治家，也有像歐陽修、蘇軾、曾鞏這樣的純文學代表，他們因才氣留於歷史，又因為各種原因在自己的人生道路上曲折前行。

這些問題，將一些本來與政治無關的人，拋進了歷史的洪流，比如被理學大師朱熹認為「能夠與李清照一決高下」的魏玩，就是代表性人物。朱熹的原話是這麼說的：「本朝婦人能文者，惟魏夫人、李易安（李清照）二人而已。」考慮到李清照在中國詩詞史上不可撼動的地位，這個魏夫人當然不是尋常之輩。而且非但她不尋常，就連她背後的家庭——丈夫曾布、大伯子曾鞏、兒子曾紆，都不是一般人。

魏夫人的丈夫曾布，是北宋神宗、哲宗直到徽宗年間的風雲人物，幾起幾落，顯赫時一度官居宰相，失意時被直接踢出朝廷。

魏夫人的大伯子曾鞏，北宋散文家、史學家、政治家，和歐陽修、王安石、蘇軾、蘇洵、蘇轍一起位列唐宋八大家，人稱「南豐先生」（曾家來自江西南豐）。

魏夫人的兒子曾紆，文學家、書法家，一張《過訪帖》在二〇一六年中國嘉德[10]秋拍中以四千零二十五萬元的高價成交。

而魏夫人自己，是北宋數一數二的女詞人，從小博覽群書，提倡倫理道德，是宋代貴婦人爭相學習的榜樣，因她丈夫的地位加上她的影響力，讓北宋朝廷給了她一個響噹噹的封號「魯國夫人」。

魏玩進入歷史視野的時候，已經是北宋仁宗年間。這一年是嘉祐二年（西元一〇五七年），她的丈夫曾布和大伯子曾鞏，一起離開江西老家到京城趕考。他們的同場對手有蘇軾、蘇轍、張載、程顥、程頤、呂惠卿、章惇、王韶等人，都是後來了不得的人物，而這一年科舉的主考官大人，是文壇巨匠歐陽修。北宋文壇的盛世要開始了。

10中國嘉德：中國嘉德國際拍賣有限公司，是總部位於北京的一家拍賣公司，每一季皆會舉行拍賣會。

由於歐陽修慧眼識真金，以上提到的十個人同一年中進士，他們騎馬戴花，春風無限地穿過汴京街頭，在群眾的簇擁和羨慕中走向新生活。年輕的曾布、呂惠卿和同樣年輕的蘇軾互相看了看，又作了一個揖。這時候的他們還沒有想到，人生要比貢院的試題難得多了。

回過頭來說魏玩。在曾布高中進士的那一年，她不到二十歲，剛剛有了孩子。在親人們的讚嘆聲中，她等著中了進士的丈夫回來接自己。但是曾布好像忘了這個在老家的妻子，他在幾年間輾轉各個地方當基層官員，從來沒有回家看魏玩。對此，年輕的妻子意外又傷心地說：

別郎容易見郎難。幾何般。懶臨鸞。憔悴容儀，陡覺縷衣寬。
門外紅梅將謝也，誰信道、不曾看。
曉妝樓上望長安，怯輕寒。莫憑闌。嫌怕東風，吹恨上眉端。
為報歸期須及早，休誤妾、一春閒。（《江城子．春恨》）

魏玩這點閒愁算什麼？在曾布的心裡，位極人臣、出人頭地要比小家庭的團聚重要——他從小就是個好勝心強的人，在他十三歲那年，父親去世後，一直跟著哥哥曾鞏發奮讀書。可曾家是進士之家，偏偏曾父到死都只是一個縣令，沒錢沒家產，兩兄弟考了幾年鄉試還屢考屢敗，當地勢利眼的人很看不起他們，編了笑話擠兌他們：「三年一度舉場開，落殺曾家兩秀才。有似簷間雙飛燕，一雙飛去一雙來。」曾布聞言不動聲色，他在等待時機，要把從世人處得到的侮辱都還給他們。

這一等就是十二年。

北宋熙寧二年（西元一〇六九年），是二十二歲宋神宗的天下。他和著名改革家王安石一起，準備熙寧變法。而王安石提出了一攬子的新法方案，內容有農田水利法、方田均稅法、均輸法、青苗法、保甲法、保馬法等重大改革方案，引起了軒然大波。滿朝老臣包括宋神宗的母親高太后在內，全部投反對票。但這君臣二人主意已定，在一片反對聲中，大力推進新法。但他們有一個問題——需要自己的人和隊伍，這下曾布的機會來了！他剛從地方調回京都，才當上一個正八品的小官，正在找翻身的門路。於是他加入了王安石隊伍，成為變法派的得力幹將。

而同時加入這支隊伍的，還有曾布的老熟人、當年的同科進士章惇和呂惠卿。他們出於和曾布同樣的目的，來到了王安石身邊，因此也都有自己的小算盤，心照不宣。所以，王安石建立的這支變法隊伍，從一開始就留下了隱患——這幾個人都不像王安石本人那樣是真心要變法的，他們是為了爭取政治機會。因為在反對變法的守舊派那一邊，是以三朝元老司馬光為代表的朝廷重臣，他們德高望重，出身北方的高門望族，根本看不起這些南方來的青年（曾布是江西南豐人，章惇是福建浦城人，呂惠卿是福建泉州人）。

一代大儒司馬光，反對王安石變法的理由是：「閩人狡險，楚人輕易，今二相皆閩人，二參政皆楚人，必將引鄉黨之士充塞朝廷，天下風俗，何以得更淳厚！」老先生的意思是南方人陰險狡猾，不像北方人淳樸，而且南方過去是蠻荒之地，哪裡能跟北方比，南方人成不了事！他把矛頭直指身為宰相的江西人王安石！

沒錯，這就是一千年前的地域歧視——因為中原自古以來的文化優勢，造成了傳統士族出身的知識分子看不起從南方來的知識分子。而宋太祖趙匡胤更把這種歧視寫進了祖訓裡，他告誡子孫「不可用南人」，這就被像司馬光這樣的傳統派抬出來，作為攻擊對立一方的治國大綱。

無論如何，曾布終於平步青雲了，他一人身兼數職，開始轟轟烈烈的變法運動，成為重臣。而魏玩因為丈夫而成為貴婦人了，她先被封瀛國夫人，後又封魯國夫人，好不風光！但是在汴京城的繁華裡，魏玩很不開心，她覺得曾布變了，變得對她、對這個家越來越沒有耐心，變得難以捉摸，變得反覆無常，變得快讓她不認識了。

為了更好地靠近核心，有更大的親友團支持，曾布娶了同為王安石助手、變法派大臣之一的蘇頌（也是南方人）的妹妹延安夫人作妾，他也沒有事先和魏玩商量，而是直接宣布了這個決定，這對魏玩來說真是當頭一棒！

可魏玩是一個傳統婦女，她從小受的一切教育都告訴她——女人最大的美德是成全丈夫的面子，維護家庭的體面，成為社會的楷模。她不折不扣地執行了這一點，犧牲了自己的喜怒哀樂，在人前歡笑，在人後抹淚，只有在詩詞裡，她才會表達出這種憤懣。

記得來時春未暮，執手攀花，袖染花梢露。
暗卜春心共花語，爭尋雙朵爭先去。
多情因甚相辜負，輕折輕離，欲向誰分訴。
淚濕海棠花枝處，東君空把奴分付。（《卷珠簾》）

除了親生的子女，魏玩還有一個養女，姓張，是曾布當年的老部下留下的孤兒。魏玩把她當親生女兒一樣撫養，教她讀書寫字。可是養女長大後，曾布也跟養女的關係糾纏不清——他是看中養女張氏這時進宮了，成了皇帝身邊的女人，雖然沒有妃嬪的名分，但能得到皇宮裡的第一手消息，這對他非常重要。

這種事放在現代女人身上，恐怕早就上演原配當眾撕小三的事件了，但是在宋代不會啊！男人三妻四妾甚至上青樓，都是名正言順的事，何況做為一個修養良好的貴婦人、做為上流社會婦女的典型代表，魏玩從來沒有失態過，她怎麼可能、怎麼可以因為這種事塌了丈夫和自己的檯面，有多少苦都只能打落了牙齒往肚裡吞。

倍感痛苦與孤獨，不能訴說無人理解，甚至連生氣都不被允許，這就是魏玩的處境。她長年下來憋出了心病，只能寫詞安撫自己。比如：

小院無人簾半卷，獨自倚闌時。寬盡春來金縷衣。憔悴有誰知。
玉人近日書來少，應是怨來遲。夢裡長安早晚歸，和淚立斜暉。（《武陵春》）

再比如：

夕陽樓外落花飛，晴空碧四垂。去帆回首已天涯，孤煙捲翠微。

樓上客，鬢成絲，歸來未有期。斷魂不忍下危梯，桐陰月影移。（《阮郎歸》）

還有：

不是無心惜落花，落花無意戀春華。
昨日盈盈枝上笑，誰道，今朝吹去落誰家。
把酒臨風千種恨，難問，夢回雲散見無涯。
妙舞清歌誰是主，回顧，高城不見夕陽斜。（《定風波》）

其實魏玩這輩子，從來沒想要當一個風雲人物的妻子，可偏偏她一生的命運，和政治連繫緊密。曾布這個人，先是追隨王安石，後來和一起共事的呂惠卿產生矛盾，被踢出核心。由於宋神宗去世得早（不到四十歲），王安石下臺，變法的前途變得不可預測，曾布就一會兒站在司馬光這邊，一會兒站在章惇那邊（那是紹聖元年也就是西元一〇九四年，宋哲宗已經親政，曾布還外放在南京，司馬光和王安石都已經去世，而章惇成為宰相了），不過兩面不討好。他的變來變去，也讓大臣們議論紛紛。

老同事章惇是很提防他的——在嘉祐二年同科中進士的這十個人裡，除了蘇家兄弟和曾布的哥哥曾鞏，其他大部分人都不是省油的燈。而這時候名滿天下的蘇軾，已經被貶到廣東惠州（他是守舊派），十分潦倒。

事實也證明章惇猜得沒錯，曾布一邊支持章惇的各種主張，一邊給皇帝上奏說現在宰相權力太大要加以限制，但是宋哲宗沒往心裡去。直到元符三年（西元一一〇〇年），宋哲宗突然去世，他才找到機會——皇太后喜歡端王趙佶，要扶持他登基，而章惇的反對讓太后很不高興。曾布看準了這個時機，大聲對章惇說：「章惇，聽太后處置。」

就這樣由太后作主，趙佶成為宋徽宗。反對者章惇被驅逐，支持者曾布當了宰相，實現了自己夢寐以求的人生理想。

這時候的魏玩，已經看透了丈夫的為人，她隱隱地感覺到曾家因為有志得意滿甚至得意忘形的曾布，好日子恐怕快要到頭了。她由此寫下了一生中最悲愴的一首詞《虞美人草行》：

鴻門玉斗紛如雪，十萬降兵夜流血。咸陽宮殿三月紅，霸業已隨煙燼滅。

剛強必死仁義王，陰陵失道非天亡。英雄本學萬人敵，何用屑屑悲紅妝。

三軍敗盡旌旗倒，玉帳佳人坐中老。香魂夜逐劍光飛，清血化為原上草。
芳心寂寞寄寒枝，舊曲聞來似斂眉。哀怨徘徊愁不語，恰如初聽楚歌時。
滔滔逝水流今古，楚漢興亡兩丘土。當年遺事總成空，慷慨尊前為誰舞。

一語成讖！正所謂成也心機敗也心機，曾布在政治上的順風期因為蔡京的到來結束了——徽宗用曾布和蔡京當左右丞相，結果他們互不順眼。崇寧元年（西元一一〇二年）時，曾布因為想提拔自己的親家當戶部侍郎，結果和蔡京吵了起來。兩個人在朝廷之上，在宋徽宗的面前越來越大聲，宋徽宗的臉色也越來越難看。於是先跟過曾布後來又跟了蔡京的大臣溫益觀察到了，他馬上呵斥曾布說：「你怎麼能在皇上面前失禮？」宋徽宗也發火了，大臣們明白過來，頓時一起把矛頭對準曾布，蔡京還趁機彈劾他貪贓枉法。這一下子局面整個倒過來了！

就這樣曾布被貶為地方官，先後來到太平州（今安徽省當塗縣）、賀州、廉州，最後到了潤州（今江蘇省鎮江市），終此一生，他再也沒能爬起來重現人生輝煌。大觀元年（西元一一〇七年），曾布病死在潤州，贈觀文殿大學士。

而魏玩在這之前就已經去世了。她去世的時候，身為學生、養女以及曾布情人的張氏還來弔唁，並寫了一首詩：「香散簾幕寂，塵生翰墨閑。空傳三壺譽，無復內朝班。」這對魏玩真是一種諷刺——她被這充滿虛情假意的榮華富貴誤了一生，又因堅守婦德、婦貞的價值觀鬱悶了一輩子，最後還要成為別人妝點自己道德的噱頭。

但又能如何呢？魏玩的時代和她背後的那部北宋風雲錄，終究成為歷史的煙雲，那些憑投機取巧而一時站到了人生制高點的人，大部分也都和曾布一樣，沒有什麼好下場（多年後引起極大民憤的蔡京也死於流放途中）。而《全宋詞》收錄了這位魏夫人充滿無奈的十四首詞，實際上是永遠留下了一段銘刻人性善惡的往事沉思。

她是中國千古第一女詞人，但她說我最想做個普通人

大唐是詩的世界，到宋代就是詞的天下了。這時候熱鬧了，我們熟悉的蘇軾、歐陽修、王安石、柳永、周邦彥、秦觀、陸游、辛棄疾、李清照……都是自西元九六〇年—一二七九年這三百多年間詞壇的風雲人物，其中蘇軾是少有的豪放派，柳永、秦觀、周邦彥等人都被歸為婉約派。

宋代的婉約派一方面繼承了晚唐和五代花間派的華麗詞風，但又在格調和內容上都有了提升和拓展，成為貫穿宋代的主流風格。在婉約派的一線詞家中，李清照的名氣之大，達到了中國歷代女文學家知名度的新高。

是的，就算你才讀小學，一定也能流利背出她的這首著名絕句：

生當作人傑，死亦為鬼雄。至今思項羽，不肯過江東。

而這是婉約派著名人士李清照，一生之中極少有的豪放詩情。

李清照的出身是一流的：父親李格非進士出身，知名學者，官至禮部員外郎，還是著名文人蘇東坡的學生；生母則是宰相王珪的女兒，後來早逝。此外她的後母也姓王，是狀元王拱辰的孫女，也很有學問。可以想像在李清照的成長環境裡，這一家人閒來無事，一定是人人看書，個個寫字，學習和討論的氛圍非常濃厚。

李清照的少女時代，是中國藝術史上最有名氣的皇帝宋徽宗的天下。就是那個人人都想穿越過去的風雅時代，那時候的文藝氣氛極其濃厚，皇帝帶頭寫字作畫，寫茶書，開茶會，玩石頭，又創辦皇家畫院廣收天下畫家。而北宋開國一百多年掙的那點家底，正在快速見底。

那時候的北宋國都東京（今河南省開封市）繁華到什麼程度？北宋作家、土生土長的開封人孟元老在他的《東京夢華錄》裡說「屋宇雄壯，門面廣闊，望之森然，每一交易，動即千萬，駭人聞見」——這是寫皇城東南界身巷的金銀彩帛交易現場；「必有廳院，廊廡掩映，排列小閣子，吊窗花竹，各垂簾幕，命妓歌笑，各得穩便」——這是說東京的酒店餐館；他記清明出遊的熱鬧是「四野如市，往往就芳樹之下，或園囿之間，羅列杯盤，互相勸酬，都城之歌兒舞女，遍滿園亭，抵暮而歸」；還有說暮春時都市無處不在的鮮花，「牡丹芍藥、棣棠木香，種種上市，賣花者以馬頭竹籃鋪排，歌叫之聲，清奇可聽。晴簾靜院，曉幕高樓，宿酒未醒，好夢初覺」。

社會富足，人們悠閒，大街小巷，載歌載舞。東京夢華錄，好像夢一場！

李清照就是在這樣的社會環境裡，在她最美好的年紀嫁給了出身相當、年齡和興趣愛好也相稱的趙明誠，這在古代的才女當中真是非常幸運的了。而且他們還是自由戀愛——十八歲的李清照春遊，碰上了哥哥和他的好朋友趙明誠，這兩個人當時就互有好感了，所以整個提親的過程又快又順利。李清照也以為自己是被命運恩寵的幸運兒，所以在新婚的時候，她是這樣的心情：

> 暗淡輕黃體性柔。情疏跡遠只香留。何須淺碧深紅色，自是花中第一流。
>
> 梅定妒，菊應羞。畫闌開處冠中秋。騷人可煞無情思，何事當年不見收。（《鷓鴣天》）

趙明誠當時還是個太學生（太學是中國古代的最高學府），他在宋徽宗崇寧二年（西元一一〇三年），才得到了一個叫鴻臚少卿（從五品，主要掌管朝會、宴會時的禮儀）的職務，而任職的主要原因是他有個宰相父親趙挺之。他工作得很不開心，因為這時候，北宋歷史上相當有名氣的權臣蔡京成了宋徽宗面前的大紅人，朝廷內外充滿了陰雲。

因為在北宋繁華的背後，從宋徽宗的父親宋神宗開始，到他的哥哥宋哲宗，再到他自己，關於國家變法還是不變法的爭論從來沒有停止過。而掀起爭論的人旗幟鮮明地分成兩派——變法派（又稱元豐黨人，元豐是宋神宗的年號）和守舊派（又稱元祐黨人，元祐是宋哲宗的年號），變法派的代表是王安石，守舊派的代表是司馬光。幾十年間，這兩派人馬反反覆覆來來回回地在朝中出入，誰當紅另一方就倒楣。

到了宋徽宗這裡，輪到蔡京上臺了，而蔡京是變法派的中堅力量，他因為力主新法得到王安石賞識，年輕時以一顆新星的姿態閃亮出道。後來王安石失勢，司馬光當政，這位老先生全面恢復舊法，對新人新法一概排除，蔡京成了被打擊的主要對象，這使得蔡京在幾十年後還對這位前朝宰相非常痛恨。所以對元祐黨人，他也是想方設法地打擊。

李清照和趙明誠的父親都是守舊派，他們在這場鬥爭中敗下陣來，趙挺之丟了宰相的位置，沒幾天就死了，他死後的第三天，趙家被抄。而李格非也被貶官流放到了廣西，兩家人在政治上全軍覆沒。二十幾歲的趙明誠受牽連也丟了工作，他心灰意冷，覺得前途再也沒有希望了，就帶著李清照回了山東青州的老家。

這是命運丟給李清照的第一個臉色。但她喜歡平靜的生活，所以沒覺得有什麼不好，反正趙明誠還在，家還在，夫妻倆的小日子還在，這就夠了。所以大觀二年（西元一一〇八年），李清照夫妻返鄉的第二年，她還歡歡喜喜地說：

> 一年春事都來幾？早過了，三之二。綠暗紅嫣渾可事。綠楊庭院，暖風簾幕，有個人憔悴。
> 買花載酒長安市，爭似家山見桃李。不枉東風吹客淚。相思難表，夢魂無據，唯有歸來是。（《青玉案》）

她在這首詞裡說，我在家鄉陶醉花事，比在人情淡薄的京城買花喝酒好多了，我很滿意。

而趙明誠這段時間沒什麼事可做，他就專心發展他的興趣——研究金石字畫，李清照負責整理和校對。他們將書房稱作「歸來堂」，把內室命名為「易安室」，每天日以繼夜地工作，累了就在書房裡喝茶歇會兒。因為趙家老宅有很多的空間，幾年下來，他們收集的古玩瓷器、金石書畫，竟然堆了十幾個屋子，這可是相當驚人的一筆開銷啊！他們只出不進，漸漸感受到了經濟上的壓力。

大觀二年還有件令人高興的事，李清照的父親李格非回濟南定居了，李清照看望父親回來，在「歸來堂」想起父女倆遊覽大明湖時的笑聲，寫下了她一生中被流傳最廣的一首《如夢令》：

常記溪亭日暮，沉醉不知歸路。興盡晚回舟，誤入藕花深處。
爭渡，爭渡，驚起一灘鷗鷺。

悠遊的時光，不為錢而工作的樂趣，這是身為理想主義者的李清照的好時光。但這真的夠了嗎？青州十年，似乎是一派琴瑟和鳴、美好幸福的田園風光，可那是別人眼中的美好，在李清照和趙明誠的心底，兩個人從親密無間到漸漸有了隔閡。

首先李清照多年沒有生育，婆婆對她不滿，外人也多有閒言碎語；第二，趙明誠有些小氣，他在書房給收來的寶貝們造了間書庫，但是上鎖。如果李清照要看書，就必須在登記簿上登記，有一次她不小心弄破了書頁，結果被好一頓罵，這讓李清照覺得意外又傷心。另外趙明誠從來不甘心做一個鄉下人，他一直在遙望東京開封的方向，希望盡快回到主流社會。李清照第一次意識到，丈夫趙明誠可能並沒有她想像中的那樣有風度，看得開，他原來只是一個普通人。

政和七年（西元一一一七年），趙明誠終於得到機會重新做官了，他三十七歲，正是一個男人年富力強的時候，心情是很不錯的。而李清照不願意離開青州，從此兩個人的距離就慢慢地遠了。大概有四年的時間，兩個人保持兩地分居的狀態，趙明誠接受別人的建議也出於官場應酬的需要，在身邊養了幾個侍妾歌舞娛樂。

這是命運丟給李清照的第二個臉色了，它在告訴她——哪怕妳才高八斗，可是社會上的人提起妳還是會說：「趙家無後啊！」因為這個原因，她和婆婆一直都沒有再見過面。在老家知道了趙明誠納妾的消息，李清照帶著早有的預感寫下了《醉花陰》：

薄霧濃雲愁永晝，瑞腦消金獸。佳節又重陽，玉枕紗廚，半夜涼初透。

東籬把酒黃昏後，有暗香盈袖。莫道不消魂，簾卷西風，人比黃花瘦。

宣和三年（西元一一二一年），已經四十一歲的趙明誠擔任萊州（今山東省萊州市）知府，他終於來接自己的妻子李清照了。但是這次見面沒有了喜悅之情，三十八歲的李清照說：

淚濕羅衣脂粉滿，四疊陽關，唱到千千遍。人道山長水又斷，蕭蕭微雨聞孤館。
惜別傷離方寸亂，忘了臨行，酒盞深和淺。好把音書憑過雁，東萊不似蓬萊遠。（《蝶戀花》）

懷疑和失望，成為她對丈夫的主要情緒。人到中年，從前兩個人深藏在政治觀念和理想信仰上的分歧也爆發出來，她覺得趙明誠越來越像她看不慣的那種人了。而趙明誠，覺得這個名滿天下的妻子不理解自己，不腳踏實地，他也很有意見。

一生摯愛，所付非人，這大概就是李清照此刻的心情。而這是命運丟給她的第三個臉色。

北宋靖康二年（西元一一二七年），成為李清照人生中的最大轉捩點，也成了宋代詞風的轉捩點。靖康之禍中，宋徽宗、宋欽宗和大部分的皇室成員被擄走，金兵一路燒殺就要到青州了。戰火中的李清照慌慌忙忙，整理了十五車的金石字畫帶走，剩下實在帶不走的沉重物品就鎖在老宅那十幾間屋子裡。可她沒想到這一走就再也回不來了，「歸來堂」和這些辛苦蒐集的貴重珍品都在兵災中化為烏有。

時任江寧知府的趙明誠正在金陵奔母喪，知道這件事後心痛得捶胸頓足。但是戰爭中的損失誰又有辦法呢？但是他從此對李清照更多了一層意見，也在心裡留下了戰爭的陰影。這個陰影使得他在南京城突然發生叛亂（建炎三年，即西元一一二九年二月，御營統治官王亦叛亂）的那一刻，不是以身作則指揮平叛，而是偷偷用繩子從城牆上逃跑了。這是嚴重的瀆職！趙明誠被朝廷撤職，李清照覺得羞愧難當！

再次分別是趙明誠調任湖州，他要先去南京面見宋高宗，臨行前給李清照留下話：如果發生不測，可以先扔行李和衣物，然後依次是書冊、卷軸和古器，但是有一些絕品、孤品比如《趙氏神妙帖》不能丟，萬一不行，請妻子和文物共存亡。

多麼尷尬又沉默的離別啊，兩個人面對著茫茫江面各懷心事，誰也不知道這會是他們人生中的最後一次相見——趙明誠在這次述職途中染了病，沒多久就在南京去世了。李清照則帶著兩個人多年收藏留下的十五車珍品逃難到洪州的弟弟那裡。但是弟弟家也淪陷了，這些辛辛苦苦，花費了他們無數心血，耗費了鉅資才得來的藏品又有一大部分被燒了。

李清照流亡到紹興，被貪財的房東偷了字畫；流亡到杭州，又被一個叫張汝舟的男人騙了婚。這個人是個小官吏，他原以為她身上有許多稀世奇珍，後來才明白都丟得差不多了。而為搶到剩下的財物，他撕破了臉，罵她打她，她也不肯交出來。

這是命運丟給李清照最大最難看的一個臉色，讓她狼狽透頂！她從來沒有想到過，世界上還有像張汝舟這樣不要臉的男人！為了擺脫這個無賴，李清照只好主動離婚，頂著坐牢的壓力把張汝舟科舉考試作弊的事告到了官府（依宋朝法律，女人告丈夫，無論對錯輸贏，都要坐牢兩年）。事情一捅出來，張汝舟被發配柳州，李清照鋃鐺入獄。這場僅僅一百天的婚姻就此草草收場了。

李清照名氣太大了，她的事引起了全社會的關注，她父親還在朝中的老朋友以及其他跟趙李兩家有來往的高級官員，都跟皇帝求情，所以最後她只坐了九天牢就被釋放了。可是人雖出來了，心卻再也回不到過去，李清照多年來的信仰被擊得粉碎，經過這幾年的顛簸，她對人生、對婚姻、對社會都充滿了失望。

她把自己關在屋子裡，只專心完成年輕時那個充滿希望的李清照的理想——她和趙明誠一起合著的那部《金石錄》，它在趙明誠去世後一度被擱置，她花了兩年時間做最後的整理修訂，才完成這部一共三十卷的巨著。那些所有她對青春、對愛情、對社會、對人生懷抱過的期盼，全部融化在了字裡行間。

從北宋流浪到南宋，青春逝去，人情凋零，理想盡失，沒有家也沒有親人，年近半百的李清照不聞臨安城的暖風陣陣，她哆哆嗦嗦地寫道：

尋尋覓覓，冷冷清清，淒淒慘慘戚戚。乍暖還寒時候，最難將息。三杯兩盞淡酒，怎敵他、晚來風急？雁過也，正傷心，卻是舊時相識。滿地黃花堆積，憔悴損，如今有誰堪摘？守著窗兒，獨自怎生得黑？梧桐更兼細雨，到黃昏，點點滴滴。這次第，怎一個愁字了得！（《聲聲慢》）

在李清照最後的生活裡，她始終深居簡出。有朋友仰她的才名來拜訪她，帶著孩子請她指教。她好心地對朋友的女兒建議說：「學點東西吧，我願意教妳。」可是女孩回得很快：「才華不是女人的本分。」

從「無後為大」到「無才就是德」，李清照從小接受的是正統精英教育，擁有的是知識分子的情懷，她從不曾想到自己和男人有什麼差別。但是在社會輿論和傳統價值觀的認識裡，她潔身自好引以為豪的這一切，是沒有價值的——獨立個性和張揚思想不是女人的本分，懂得太多卻是她的原罪！這世界上有許多人，他們不願意她出類拔萃，要把她拉回到與塵土相接的地方，成為一個湮沒在庸俗無知的生活中還沾沾自喜的人。

這才是人生的悲哀！

覺醒過來，人生原本如大夢一場。晚年的李清照對一切看得通透，她只懷念十八歲時的那個少女，在北宋煙霞滿天的京城裡，無憂無慮的笑聲：

風住塵香花已盡，日晚倦梳頭。物是人非事事休，欲語淚先流。
聞說雙溪春尚好，也擬泛輕舟。只恐雙溪舴艋舟，載不動，許多愁。（《武陵春・春晚》）

她想：我要是個普通人，那該多好啊！她輕輕地閉上了眼睛。

北宋詞壇耀眼的一顆星星落下來了。

一個幻滅的理想主義者的一生。

南宋才女唐琬的那支釵頭鳳，叫得不到，已失去

城上斜陽畫角哀，沈園非復舊池臺。傷心橋下春波綠，曾是驚鴻照影來。
夢斷香消四十年，沈園柳老不吹綿。此身行作稽山土，猶吊遺蹤一泫然。（陸游《沈園二首》）

南宋慶元二年（西元一一九六年）的初春，拍在水鄉紹興內河上的船槳，一聲又一聲，有點沉，有點悶。這時候一條烏篷船撐過來，在船頭上站著一個人。他有七十多歲了，目光緊緊盯著紹興沈園的方向，囁嚅著吐出這首詩。他叫陸游，這一年，是他被罷官的第七年，已經看淡了很多事情，但是對沈園和沈園背後的那個人，卻始終不能忘，也永遠忘不了。

你沒猜錯，這個人是一個女人，她是千古名詞《釵頭鳳》的女主角，南宋大詩人陸游的原配妻子唐琬。

唐琬的故事很簡單，好像一句話就能說完：來自中等官宦人家的女兒，和還沒有考取功名的陸游結婚兩年後，因為跟丈夫感情太好，又沒有生孩子，遭到婆婆嫌棄，怎麼也容不下她，結果被一紙休書趕回了娘家。

唐琬有這麼大的錯嗎？陸游的母親為什麼容不下她？為什麼陸游又一生都不能忘記她？這是南宋詩詞史上的一段心事，內中卻並非只有兒女情長。

唐琬和陸游，都出生在北宋向南宋轉折的這個時間段。陸游出生在北宋宣和七年（西元一一二五年）的一條小船上，是家裡的第三個兒子。他呱呱墜地的時候，他的父親陸宰還是宋徽宗任命的直祕閣、淮南計度轉運副使（兩個都是官名）。可是第二年不知什麼緣故，陸宰突然被免職，一家人沒有了收入來源，生活成了問題，只好回浙江紹興的老家。

而那一年是靖康元年（西元一一二六年），金兵已經入侵中原。一路上炮火連天，大人叫，孩子哭，陸游一家從開封幾乎是蓬頭垢面地逃回了紹興。

陸宰回到紹興老家的時候，除了剩下一屋子書（他是南宋著名的藏書家），就沒有什麼值錢的家產了，於是維護一個傳統家庭體面度日的重要責任，就落在了陸游的母親陸夫人身上。

那麼陸夫人又是什麼背景呢？她是北宋宰相唐介的孫女，祖籍江陵（湖北省荊州市），典型的名門之後，她是一個把家庭榮譽看得比感情高的人。

唐琬出生在南宋建炎二年（西元一一二八年），那時候宋室已經南渡，所有未曾在戰爭中被俘虜的宋朝群臣，都跟著宋高宗趙構到了南方。唐琬的父親唐閎也是個官員（這個唐家和陸游母親的娘家不是同宗，唐琬不是陸游的表妹），而唐家的家境比陸家稍微寬鬆些，但兩家門戶相當，都不是那種在朝中手握重權的人。陸宰丟官以後，唐閎偶爾來看望他，說些不用太在意仕途的話，寬慰他。陸夫人聽了以後很不是滋味。

因為陸宰的突然失官，原本在夫人的意料之外，但是國難當頭，她不好對丈夫抱怨什麼，只能把重新出山的希望寄託在兒子身上。所以不管家裡多麼省吃儉用，優秀的教育和良好的行為培養還是必須的——陸游曾先後師從名士毛德昭、韓有功、陸彥遠等人，他的詩文教師則是江西詩派的大詩人曾幾。

陸游十幾歲的時候，已經在老家紹興很有些名氣了，他的詩詞自成一派，清秀中又有豪情。但這種名氣不是陸夫人需要的——因為要科考成功靠寫詩是不行的，這個時候她就決定給這個看起來最優秀的兒子娶親，娶個淑女幫著約束管教他。於是陸家的公子娶回了唐家的小姐唐琬，陸家把祖傳的一支鳳形金釵，戴到了唐琬頭上。這可是陸夫人沉甸甸的一份希望啊！

事實證明，唐小姐不是陸夫人需要的那種淑女，她不但沒有幫著約束陸游的行為，還讓他加倍淘氣了——兩個人都愛吟詩弄賦，吟弄完了後還不知道一起跑到什麼地方、跟什麼人去玩，就是不複習準備考試。陸游都二十歲了，居然越來越「淘氣」，這還不是新媳婦帶壞的？

兩年後，陸夫人對唐琬的好感消失殆盡，她終於命令陸游休妻了。這件事她做得很難看，因為這樣一來，就徹底斷了陸、唐兩家的往來，讓陸游永遠無法再面對唐琬了！她以一句「無後」為藉口，從陸游的身邊徹底驅逐了唐琬，目的是逼著他和這種清閒的生活說再見，走到世俗的滾滾洪流裡，成為一個有頭有臉的上流人！

這種價值觀實在眼熟——多少年後，在我們的經典《紅樓夢》裡，寶玉的母親王夫人之所以選了寶釵而不是黛玉作兒媳婦，就是出於這種心理。她們覺得放任天性的發展是不務正業，讀書人只有當官才是唯一的正途。只有當自己兒子的官名被堂而皇之地印在家譜上，當自己的名字前面隆重地加上「某某誥命夫人」的頭銜時，她們這一生的辛苦才算沒有白費。

是的，世俗之人在世俗裡冷冷地說，生活何須太多靈氣，多情多才都是人生的負累。

總之，陸游和唐琬離異了，在八百多年前的宋朝。陸游後來又娶了一個毫無才華的王小姐，而唐琬，嫁給了紹興本地的豪門公子趙士程。這趙家可不是一般的豪門——趙士程的祖父趙宗輔是濮安懿王趙允讓的第四個兒子，而趙允讓的第十三子是宋英宗趙宗實（因為宋仁宗沒有親兒子，趙宗實過繼給仁宗當皇子。宋英宗登基前才改名趙曙，後來又追封他的生父濮安懿王為皇考，史稱「濮議」），也就是說趙士程的祖父是宋英宗的哥哥，趙士程和當今皇帝是同一個曾祖父。如果再往上深究，趙士程的曾祖父趙允讓還是商恭靖王趙元份的第三子，而趙元份是宋太宗趙光義的第四子，趙士程的身分和門第，比陸游高了不止一個等級。

趙士程的父親趙仲湜本來是嗣濮王，後來在紹興七年（西元一一三七年）去世了，被宋室追贈儀王，謚恭孝，宋高宗還為他輟朝。趙仲湜有十一個兒子，趙士程是家裡比較小的，他長大時，父親已經去世多年，但是趙家的家境還是非常殷厚的，因此趙士程受過非常完整而良好的教育，他心地寬厚，性格也比較平和。

那麼，像趙士程這樣的皇室宗親，怎麼會娶一個離過婚而且被前婆婆宣稱「不育」的唐琬呢？這已是千古之謎，無人知曉。但可以肯定的是，趙士程婚後對唐琬非常好，沒有逼著她泯滅個性來適應他的家庭，再加上他的家世，根本就不需要他削尖腦袋爭取向上爬的機會（宋朝宗室子弟不參加科舉考試，一般都襲有官職，趙士程的哥哥們早就襲爵蔭補，他自己擔任武當軍承宣使，是個正四品的官員），所以他們的婚後生活是平靜的。而不管外面議論唐琬什麼，趙士程都不讓她知道。

陸游這一邊，從和唐琬分手以後，他真的對家事不聞不問，全身心地投入了對前途的爭取——準備考試。其實在這之前他已經考過兩次，一次是在紹興十年（西元一一四〇年），他十六歲；還有一次就是紹興十三年（西元一一四三年）冬天，他娶唐琬之前，結果兩次名落孫山。

第三次他又去了——這次是十年後（紹興二十三年，即西元一一五三年），他發揮得很好，文章洋洋灑灑，充分說明了他的抗金主張，贏得了主考官的好感，卻引來了考試背後的主控者、當時的宰相秦檜的不滿，因為考試結果陸游第一，而秦檜的孫子秦塤才第二名。於是在第二年禮部會試時，當主考官再次把陸游排在秦塤之前時，秦檜乾脆取消了陸游的考試資格，把他除名。這個打擊，給陸家的前途蒙上了一層陰影。

本來唐琬和陸游的人生不會再有交集了，但由於陸游這次重大考試的失敗，最後引發了千古名詞《釵頭鳳》的故事。這年暮春的一個晌午，時年三十一歲的陸游來到紹興沈園散心，結果迎頭就碰見了唐琬。唐琬的身邊還跟著趙士程，他們看上去很般配，讓陸游一陣心酸。

兩個人深深地對望了一會兒就走開了。陸游眼看著嫁給他人的唐琬，他是多麼不甘心、多麼不能釋懷啊，於是就提筆在牆上題了一闕《釵頭鳳》：

紅酥手，黃縢酒，滿城春色宮牆柳。
東風惡，歡情薄，一懷愁緒，幾年離索。錯，錯，錯！
春如舊，人空瘦，淚痕紅浥鮫綃透。
桃花落，閑池閣，山盟雖在，錦書難託。莫，莫，莫！

從古到今無數人填過《釵頭鳳》，但沒有任何一篇超過陸游這篇。陸游的《釵頭鳳》和蘇軾的《江城子》（悼念原配妻子王弗的那首）一樣直指人心，逼人落淚，同時也讓離開了陸游的唐琬想起往事，她悲從中來，後來也和了一闋《釵頭鳳》：

世情薄，人情惡，雨送黃昏花易落。
曉風乾，淚痕殘，欲箋心事，獨語斜闌。難！難！難！
人成各，今非昨，病魂常似鞦韆索。
角聲寒，夜闌珊。怕人尋問，咽淚裝歡。瞞！瞞！瞞！

你看，人的感情是一件多麼不講理的事！

紹興二十八年（西元一一五八年），陸游三十四歲，靠著恩師曾幾和趙士程的關係（趙士程的姐夫廖虞弼時任福州兵馬鈐轄，正六品官員），得到了外放任福建寧德縣主簿（從九品）的官職，步入了仕途。而這時候，唐琬已經去世兩年了，她最後一直被困在《釵頭鳳》的詞調裡，又聽到來自家族和社會的閒言碎語，實在承受不住，病逝了。

唐琬沒有和趙士程有一兒半女，趙士程也沒有再娶，一直到他去世。他在唐琬去世十多年後，去福州任西外宗正司事（正四品官員）處理宗室事物，兩年後離任，在離任前跟陸游有過短暫的照面。兩個人都沒有再說什麼，逝者如斯，俱往矣。在活著的人心裡，各自有一把秤稱量自己人生中的遺憾和虧欠，至於人生是何滋味？那只有自己才知道。

這時候陸游快五十歲了，已先後歷任刪定官、通判、安撫司參議官、知州等職，再來福建任提舉福建路常平茶鹽（簡稱「提舉」），他的人生一直起起落落，從來沒有平靜過。

他跟第二任夫人王氏生了七子一女，兩人的生活平靜安穩，唯一的爭執發生在他去四川見出任四川制置使、參知政事的好友范成大（南宋中興四大詩人之一，蘇州人）的時候。因為那一年，他在四川的一個驛館碰到了一個會寫詩的少女，是館中驛卒（郵差）的女兒，他不自覺地想起了離世多年的唐琬，於是就納她作小妾，帶回杭州的家。

陸游唯一的一次納妾引發了家庭風暴，因為很顯然，這個女孩身上處處透著唐琬的影子，這是陸游想彌補年輕時的那段遺憾，王夫人怎麼能忍？不過半年，她就把這個女孩趕出了門。而古代正妻驅逐小妾，不需要理由，陸游也無可奈何。

這個可憐的姑娘只留下一首《生查子》：

只知眉上愁，不識愁來路。窗外有芭蕉，陣陣黃昏雨。
曉起理殘妝，整頓教愁去。不合畫春山，依舊留愁住。

是啊，別人的遺恨與她何干，她卻做了犧牲品，連個姓名也沒有留下來。

而陸游到了晚年以後，他在仕途上停滯不前，他做了很多事，但始終不被理解，最後不得不回紹興老家隱居。在人生最後的幾年裡，陸游多次到沈園，到那個春天唐琬迎面走來的地方，去嗅空氣裡她依稀留下的氣息，那是青春和愛情的味道。老去的人蘸著記憶的墨，寫了《十二月二日夜夢游沈氏園亭（二首）》：

路近城南已怕行，沈家園裡更傷情。香穿客袖梅花在，綠蘸寺橋春水生。

城南小陌又逢春，只見梅花不見人。玉骨久成泉下土，墨痕猶鎖壁間塵。

陸游很羨慕他的朋友范成大和辛棄疾，他們是著名詩人、國家的中堅力量，婚姻幸福，這讓他不禁心想：也許魚與熊掌本是一件可以兼得的事。

真是一個美好的願望啊！如果唐琬在寫完《釵頭鳳》之後依舊活在人世，如果唐琬可以再灑脫一點或者再薄情一點，她會對這個世界說什麼呢？

沈家園裡花如錦，半是當年識放翁；也信美人終作土，不堪幽夢太匆匆。（陸游《春遊》）

其實，即使相同的故事再來一次，人類自私的天性也是永遠不可能克服的。

而唐琬，誠覺世事盡可原諒，卻不知要去原諒誰。

斷腸人朱淑真的情懷錯在哪裡？

去年元夜時，花市燈如晝。月上柳梢頭，人約黃昏後。
今年元夜時，月與燈依舊。不見去年人，淚濕春衫袖。（《生查子．元夕》）

這大概是古往今來寫約會最著名的一首詞了。它寫的是宋朝時杭州城裡元宵節的景象，寫的是思念中的人和離散的感情。有人說它的作者是歐陽修，但也有人堅持認為這是南宋第一女詞人朱淑真的文筆。

朱淑真是浙江人，生活在杭州。那時候的杭州是什麼樣的呢？早在北宋年間，宋詞婉約派詞人柳永就寫過一首《望海潮》：

東南形勝，三吳都會，錢塘自古繁華，煙柳畫橋，風簾翠幕，參差十萬人家。雲樹繞堤沙，怒濤卷霜雪，天塹無涯，市列珠璣，戶盈羅綺，競豪奢。

重湖疊巘清嘉。有三秋桂子，十里荷花。羌管弄晴，菱歌泛夜，嬉嬉釣叟蓮娃。千騎擁高牙。乘醉聽簫鼓，吟賞煙霞。異日圖將好景，歸去鳳池誇。

一輩子不得志的柳永對杭州印象非常好，因為杭州一直被喻為人間天堂，風景如畫，經濟繁榮，到了宋高宗趙構定都杭州後，它的地位就更重要了——從「東南名郡」發展成「全國最大的城市」，無論政治、經濟、文化還是科技，樣樣出色。而宋高宗吸取了宋徽宗時期的教訓，在南方大力發展農業和工商業。為了維護社會穩定，他也重視減免稅賦和提高兒童的教育水準，所以在南宋的時候，老百姓受教育的程度很高，一般人家裡都有幾本書。

這種風氣自然有利於文化人的成長，杭州姑娘朱淑真就是在這樣的風氣和土壤中成長起來的。她本是官宦人家的姑娘，生活條件優越，詩詞書畫樣樣精通。夏天最熱的時候，如果別人還需要為生活奔忙，她只用乘涼喝茶，然後靠在涼亭的欄杆上讀書，比如：

薄羅衫子透肌膚，夏日初長水閣虛。獨自憑欄無個事，水風涼處讀文書。（《夏日游水閣》）

十幾歲的時候，無憂無慮的她喜歡過一個人，在父母都還不知情的情況下，她偷偷地戀愛又失戀，留下的只有一首《湖上小集》：

門前春水碧如天，坐上詩人逸似仙。

彩鳳一雙雲外落（一作「白璧一雙無玷缺」），吹蕭歸去又無緣。

朱淑真喜歡的人應該很符合她的審美觀——清秀脫俗、溫文爾雅、家教好，有時間陪她討論人生哲理。而她讀的書多，覺得愛是世界上最崇高的事業，她人生最大的目標就是追求自己想要的愛情。

把愛情當作女人最大事業的朱淑真並沒有錯，但是她的理想跟現實脫節。在現實裡，有涵養的父母給她選的是一個俗氣的丈夫，他對她的詩詞書畫不感興趣，朱淑真的丈夫既愛財又好色，他在各地輾轉當一些小官，利用職權之便尋求私利，平時就去逛妓院。

朱淑真是很看不起她的丈夫，寫過幾首詩埋怨這種生活：

獨行獨坐，獨唱獨酬還獨臥。佇立傷神，無奈清寒著摸人。

此情誰見，淚洗殘妝無一半。愁病相仍，剔盡寒燈夢不成。（《減字木蘭花・春怨》）

鷗鷺鴛鴦作一池，須知羽翼不相宜。東君不與花為主，何似休生連理枝。（《愁懷》）

三年多的婚後時光，在別人是濃情厚意，小倆口情深日切，而在朱淑真的生活裡，始終是她一個人，聽著窗外的歡笑和打鬧聲，那些都與她無關。在浪跡他鄉的日子裡，她認識了跟自己年紀相仿的魏仲恭夫妻，他們一個是學士魏良臣的兒子，一個是名士魯察的女兒，都愛好文藝，他們的出現，給朱淑真的生活帶來了一絲亮色。

因為朱淑真的丈夫不好詩文，所以她和魏夫人以及她們的好友們經常在魏家舉辦雅集。

有一次，魏夫人在家裡的婢女跳完一支曲子後，站起來邀請朱淑真，請她以「飛雪滿群山」為韻作五絕。全場靜默，大家都看著朱淑真，而她不慌不忙，只是環顧現場，思索了一會兒，就作出了五首詩：

管弦催上錦裀時，體態輕盈只欲飛。
著使明皇當日見，阿蠻無計誑楊妃。（《會魏夫人席上・其一「飛」字韻》）

香茵穩襯半鉤月，來往凌波雲影滅。
弦催緊拍捉將遍，兩袖翻然做回雪。（《會魏夫人席上・其二「雪」字韻》）

柳腰不被春拘管，鳳轉鸞回霞袖緩。
舞徹伊州力不禁，筵前撲簌花飛滿。（《會魏夫人席上・其三「滿」字韻》）

占斷京華第一春，清歌妙舞實超群。
只愁到曉人星散，化作巫山一段雲。（《會魏夫人席上・其四「群」字韻》）

燭花影裡粉姿閑，一點愁侵兩點山。

不怕帶他飛燕妒，無言相逐省弓彎。（《會魏夫人席上·其五「山」字韻》）

看著其他夫妻的好日子，朱淑真曾經寄希望於感化自己的丈夫，把他變成跟自己一樣的人，她用丈夫看得懂的句子給他寫《圈兒詞》，在詞裡難得俏皮地說：

相思欲寄無從寄，畫個圈兒替。話在圈兒外，心在圈兒裡。單圈兒是我，雙圈兒是你。你心中有我，我心中有你。月缺了會圓，月圓了會缺。整圓兒是團圓，半圈兒是別離。我密密加圈，你須密密知我意。還有數不盡的相思情，我一路圈兒圈到底。

這正是月圓之夜，丈夫在外應酬，他看了朱淑真的這首詞，馬上興沖沖地趕回家來。不過這樣的情趣很快就消失了。

南宋初年，江山未穩，從宋高宗到宋孝宗，一直有金人在邊境騷擾，他們甚至動不動就放話要南下繼續侵略。南宋的軍事薄弱，宋高宗主張議和，為此甚至發生了岳飛的冤案；宋孝宗年輕氣盛，希望武力收復中原，他罷免議和派，起用主戰派，為岳飛平反。高宗的做法不符合中國人的感情，而孝宗的做法呢？它帶來的後果是官俸和軍費占了國家大量的財政支出，於是政府只能加重稅賦，這又使得農民生活困苦，被迫起義造反。

國家沒有錢，又要用人用兵，怎麼辦？大臣們各有主張，互相辯論，宋孝宗焦頭爛額，變得越來越多疑，甚至想當然地認為大臣們在組黨，於是孝宗開始把權力都集中到自己手上，還提出對「誤國」的宰相和敗將要加以「誅戮」，這引起了軒然大波。因為宋朝從趙匡胤開國以來的祖訓就是「不隨便殺大臣，不因言詞獲罪」，孝宗現下的做法，明顯有違祖訓。

聽不進別人意見的皇帝，就無法避免地經常換大臣。宋孝宗在位的二十八年裡，先後有十七位宰相、三十四位參知政事，這在宋代歷史上真的是少見。他還喜歡讓不同政見的人當同事，讓他們互相唱反調，他旁觀。這樣一來，底下的基層官員也是傷透了腦筋，不知道要站誰那邊。朱淑真的丈夫，天天忙著琢磨怎麼升官，到處找關係，攀門路。他羨慕別人的太太有交際手段，又有掌權的娘家能夠幫忙升官。朱淑真對他的這種想法，曾寫詩相勸：

曠軒瀟灑正東偏，屏棄囂塵聚簡編。美璞莫辭雕作器，涓流終見積成淵。

謝班難繼予慚甚，顏孟堪希子勉旃。鴻鵠羽儀當養就，飛騰早晚看沖天。（《賀人移學東軒》）

他們是如此不一樣的人，她不理解，生活裡有那麼多美好的細節，為什麼只想著升官發財呢？而她的丈夫又對此嗤之以鼻，說吟詩作畫能夠當飯吃、當衣服穿嗎？根本就是婦人之見。兩個人從此互相嫌棄了。

在這樣鬱悶的心情裡，朱淑真遇見了當年的初戀對象，她從自己的視角看著他——這些年，好像時光就不曾在他身上留下過痕跡，他還是那樣清朗俊逸，對她珍重情深。可她完全沒有意識到，這是她自己附加了感情的主觀判斷，並不等於事實。而這時候，丈夫又要調去別的地方當官了，他還買了個小妾跟隨。朱淑真實在覺得丈夫庸俗不堪，她不願意再跟這個男人在一起了，她跑回了娘家。

在朱淑真生活的年代，社會對女人行為的容忍度，有了根本性的改變。隨著程朱理學的重要人物朱熹的言論從宋孝宗年間開始成為主流，儒學漸漸發展為一種政治哲學，成為南宋之後的官學。而理學把人追求美好生活的要求視為「人欲」，提出了「存天理，滅人欲」的社會主張，由此，普通人對婦女道德的看法也有了參考教條：比如從漢到宋，婦女都可以改嫁，而此時社會風氣則認為「男女授受不親」，婦女應該「從一而終」，丈夫有休妻的權利，而女人則是「餓死事小，失節事大」，當時的社會導向是完美的女人就是貞潔烈婦。

可以想像在這樣的社會裡，朱淑真自己跑回娘家引起了多大的騷動，連她的父母也覺得抬不起頭來。一個好端端嫁出去的女兒，丈夫還在世，日子又不是過不下去，她居然自說自話地要鬧離婚！

朱淑真的父母苦苦勸她：回去吧，別人都能過，怎麼就妳不能過？朱淑真聽不進去，她心有所屬，她跟那個當年的初戀對象約會，留下了不少到今天看來都大膽的詞篇：

惱煙撩露，留我須臾住。
攜手藕花湖上路，一霎黃梅細雨。
嬌痴不怕人猜，和衣倒在人懷（一作「隨群暫遣愁懷」）。
最是分攜時候，歸來懶傍妝臺。（《清平樂・夏日遊湖》）

纖纖新月掛黃昏，人在幽閨欲斷魂。
箋素折封還又改，酒杯慵舉卻重溫。
燈花占斷燒心事，羅袖長供挹淚痕。
益悔風流多不足，須知恩愛是愁根。（《秋夜牽情》）

火燭銀花觸目紅，揭天鼓吹鬧春風。
新歡入手愁忙裡，舊事驚心憶夢中。
但願暫成人繾綣，不妨常任月朦朧。
賞燈那得工夫醉，未必明年此會同。（《元夜》三首之三）

一個女子公開寫這麼香豔的詞，不只身邊的人受不了，而且觸犯了社會的底限，已經分居的丈夫對她正式下了休書，而父母整天長吁短嘆，又有多少人在朱淑真走過時，在背後指著她的脊梁骨說：看，這就是朱家那個被人休了的女兒！

輿論的壓力使得朱淑真透不過氣來，她走出了婚姻，希望來到自己真心愛的人身邊，但她發現對方好像根本沒有要娶她的意思，甚至開始對她避而不見了。她傷心地說：

枝上渾無一點春，半隨流水半隨塵。柔桑欲椹吳蠶老，稚筍成竿繡鳳馴。

荷嫩受風欹翠蓋，榴花宜日皺裙殷。待封一罨傷心淚，寄與南樓薄倖人。（《初夏》）

其實在現代社會裡，這樣的事情也屢見不鮮，女人總以為得到她身體的人，一定會珍惜她的那份心，但是現實往往不遂人願。

人生最苦的事情是求不得、放不下、忘不了、看不透，朱淑真覺得這個世界對她來說茫茫無路，沒有希望也無處訴說，她在流言蜚語中生活了數年之後，最後抑鬱而終。而這一年，她不過四十多歲，死後，被孤零零地葬在杭州青芝塢。

朱淑真的生與死都是這麼不合社會的主流，連她的父母也為家裡出了這麼一個女兒感到無比難堪。他們最後關起門來，悄悄地用一把火，把她大部分「傷風敗俗」的詩詞都燒了。

朱淑真過去的朋友魏仲恭夫妻得知了她的遭遇，又同情又傷心，他們到處搜集朱淑真的詩詞，用幾年時間把她遺留的作品，編成了一本《斷腸集》，由魏仲恭親自作序。而他說，這些被編輯整理起來的詩詞，其實還不到朱淑真作品的百分之一。可即使這樣，朱淑真流傳到現在的作品還有三百三十七首詩，三十三首詞，是唐宋以來留存作品最豐富的女作家之一。

在這些詩詞中有人做過統計，「愁」字用了近八十處，「恨」字約二十處，「斷腸」十二處。所以朱淑真真的是一個「愁」「恨」纏綿的「斷腸」人了！

女子弄文誠可罪，那堪詠月更吟風。磨穿鐵硯非吾事，繡折金針卻有功。

悶無消遣只看詩，不見詩中話別離。添得情懷轉蕭索，始知伶俐不如痴。（《自責二首》）

這哪裡是自責，這是在指責——不能被理解，還要被抹黑，這是朱淑真人生最大的悲劇。可這又不只是她一個人的悲劇，這是全天下女人的悲劇。女人早就應該明白，世界上最好的愛情叫自愛——讓自己強大起來，強健身體，開闊眼界，愉悅心靈，儲蓄資本，這可比聽別人說一千句、一萬句「我愛你」有用多了。

想像一個美貌、貧窮又有才華的女人遭遇世間最大的惡意

其實一點也不需要想像，這正是南宋淳熙年間，發生在浙江湖州府的一齣驚世公案。這個公案的當事人正是這個集美貌、貧窮以及才華於一身的古代美女，她的名字叫吳淑姬。

那麼這個吳淑姬捲進了一個什麼樣的事件呢？

這要從南宋孝宗年間的社會風氣說起。宋孝宗在即位初期，是個很有抱負的青年，對收復中原有很大的熱情。但是隨著幾次抗金運動的失敗，他的理想受挫，性格發生了很大的變化，變得反覆無常、苛刻多疑，這就讓人很頭痛了。大臣們捉摸不透皇帝的心思，變得消極怠工。大家開始得過且過，陶醉在南宋小朝廷的安逸裡，不思進取。

對這種社會風氣，當時有個秀才、溫州人林升就非常不客氣地寫了一首《題臨安邸》。

山外青山樓外樓，西湖歌舞幾時休？暖風熏得遊人醉，直把杭州作汴州。

他說，這種歌舞昇平、縱情聲色、消磨鬥志的生活，什麼時候才是盡頭啊？但是積重難返，隨著南宋時社會富裕程度的提升，人們越來越貪圖物質享受，吃個飯，頓頓要大魚大肉、山珍海鮮；穿個衣服，必須綾羅綢緞再加珍貴的配飾，像一套官服必佩的犀、玉、金帶等，一般要價幾百貫到十幾萬貫銅錢（南宋時的換算比率是一兩白銀兌換三貫銅錢，但金銀不是流通貨幣）；住個房子，也要攀比宅第花園的大小；在文化娛樂方面，南宋人流行豪賭、鬥蟋蟀、逛青樓……有的人天天縱情吃喝玩樂，日撒千金，不把錢花個精光就不回家。

不過窮人的日子還是很艱難。比如湖州的美少女吳淑姬，她父親是個秀才，但很早就過世了，而且淑姬因為人盡皆知的美貌而遭了殃，被一個富家惡少搶回家霸占了。姑娘先是尋死覓活，後來鼓起勇氣想離開惡少，但是被惡人先告狀，說吳淑姬與人通姦，她被惡少送進了大牢，戴上手銬枷鎖。

在漫長得好像沒有盡頭的牢獄生活裡，吳姑娘一度以為自己不能活著出去了。但因為這件事在當地引起很大的轟動，很多人都同情她，這其中也包括湖州最高長官——湖州太守的幕僚們。他們向當時擔任湖州太守的王十朋（南宋名臣，抗金派，為人正直）報告說：「大人，這事詭異，這個姓吳的姑娘無依無靠，而告她的人卻有權有勢，我們得好好問問。」

這句話說到了為官清廉的王大人心裡——他正是因為清廉，夫人賈氏跟他受了一輩子窮，而且在自己家都困難的情況下，她還拿錢出來幫襯鄉鄰。王大人對妻子又愧疚又敬重，對窮人也是更加的關心。他聽說了吳淑姬的情況，就讓幕僚們安排了一場特別的審問。

那是一年中的初春時節，天氣還冷，不明就裡的吳淑姬被提審過堂後，帶到了一桌酒席上。在座的人給她打開了枷鎖，直言相告說：「我們聽說妳是被冤枉的，我們也覺得這事有不對勁的地方，但如果妳想救妳自己，就用一首詞把自己的情況說明白。因為我們大人是宋高宗欽點過的狀元，他有才有德，絕對能分得出誰在說謊。」

穿著破爛單衣的吳姑娘只想了一會兒，就作了一首《長相思令‧煙霏霏》：

煙霏霏，雪霏霏。雪向梅花枝上堆，春從何處回？

醉眼開，睡眼開，疏影橫斜安在哉？從教塞管催。

她的這首詞是說：明明春天已經來了，我卻感覺不到春天的溫暖，還是無邊的寒風冷雪在不停地吹。我被這突如其來的災禍打擊得暈頭轉向，不知道還能不能像梅花那樣挺過這麼冷的冬天，但是哪怕再冷我也要發出我的聲音，我是被冤枉的！

據說這首詞當時就被呈獻給了太守大人，而王十朋一看就拍了桌子，他讓左右副手吩咐下去，馬上重審這個案子！

王太守派人私下調查，瞭解了這個案子當事雙方的背景和來龍去脈後，知道吳姑娘確實是無辜的——平白被人占有了一年多的時間，身心重創，分文未得，還被反過來倒打一耙。而在本案中，當地府衙的一些人因為收受了原告的賄賂，就草草地將一個弱女子抓捕、收監，連著刑訊審問了幾輪，但是姑娘就是不鬆口。

其實這個案子並不難斷，主要是背後牽涉的社會和利益關係複雜，因為原告有錢有勢，吳淑姬被投進大牢這麼久，也沒有人敢出庭作證幫助她。王十朋對這樣的社會風氣很是感慨，他想起自己初到湖州的時候是臨危受命的——因為大雨成災，湖州當地的疫病流行，老百姓叫苦連天。已經五十六歲的王十朋在皇帝的要求下帶病來到湖州，好不容易才減緩了水患和疫情。

他是宋高宗欽點的狀元，但是生活得很不順利——因為家裡沒錢也不喜歡跟人拉幫結派，仕途每一次的起落都沒人幫忙。就在來湖州之前，他還因為辭官，家裡農田又歉收，鬧到連飯都吃不飽的地步。自己身為窮人，他明白窮人的日子有多難過，所以他下定決心要給吳淑姬一個清白。

王太守將原來審理此案的公務人員撤職，將惡少痛打一頓，釋放了吳淑姬。可是姑娘千恩萬謝地出門，卻遲遲沒有邁腿，因為家都沒了，她無處可去。而且照當時社會的眼光來看，她做為一個失了貞的女人，沒有在當時死去就是一種羞恥，而她還想活著回到左鄰右舍的注視中，就是錯上加錯，是給整個鄉里抹黑。

「人言可畏」四個字，在一個女人只是男人的附屬品，而且崇尚「節婦」、「烈婦」的時代裡是一座多麼沉重的大山啊！吳姑娘走出大牢，但處境並沒有好轉，她的衣食溫飽都成了問題。明明是正該婚配的年齡，但因為她的「不貞不潔」，沒有人願意娶她為妻，不懂事的小孩在路上看見她，還會用唾沫啐她，抓起小石子扔她。

萬般無奈下，讀過很多書的吳姑娘只好自賣自身，到一個姓周的富裕人家做了小妾，了結了這樁在湖州地方上傳得沸沸揚揚的公案。命運的大手緊緊掐著她的脖子，把她從一個火坑推向另一個深淵，而從此以後禍福天定，死活由人，她誰也不能怪了！吳淑姬無可奈何地寫道：

謝了荼蘼春事休。無多花片子，綴枝頭。庭槐影碎被風揉。鶯雖老，聲尚帶嬌羞。
獨自倚妝樓。一川煙草浪，襯雲浮。不如歸去下簾鉤。心兒小，難著許多愁。（《小重山．春愁》）

買妾乃至買妾送人是南宋社會的風俗，因為妾不是妻，不具有獨立人格、財產權和行動自由，她們是一種屬於買家的私人「物品」，不但要聽命於男性，也要服從正妻，是沒有尊嚴可言的，而且隨時有可能被丟棄，未來毫無保障可言。所以不到萬不得已，女人是不願意做妾的。

所以這不是一個弱女子憑藉才華成功翻案走向人生巔峰的勵志傳奇，它只是一個普通人真實命運的縮影。它根本的問題是當時社會男女人權的不均等，是發聲管道的欠缺，是人跟人之間起點的不同。因為從寒門到貴族的距離，就是從人間到天堂的尺寸。

此後的此後，吳淑姬的命運如何，只有她的詞《陽春白雪詞》五卷流傳了下來，任世人翻閱。其中就有這兩首：

粉痕銷，芳信斷，好夢又無據。病酒無聊，欹枕聽春雨。斷腸曲曲屏山，溫溫沉水，都是舊、看承人處。

久離阻。應念一點芳心，閒愁知幾許。偷照菱花，清瘦自羞觑。可堪梅子酸時，楊花飛絮，亂鶯鬧、催將春去。（《祝英臺近・春恨》）

岸柳依依拖金縷。是我朝來別處。惟有多情絮。故來衣上留人住。

兩眼啼紅空彈與。未見桃花又去。一片征帆舉。斷腸遙指苕溪路。（《惜分飛・送別》）

從這些詞可以得知，吳淑姬的後半生，是在離別和忍氣吞聲中度過的，她一點都不快樂。而她恐怕並不知道，當年拯救了她的恩人王太守，在從湖州轉任泉州知州時，因為夫人急病去世，他連將靈柩即時運回溫州老家的錢都沒有，結果靈柩在泉州一停兩年，直到王太守自己去世前才將夫人的遺體運回故鄉。

南宋詞人黃升在編著《唐宋諸賢絕妙詞選》中收錄了吳淑姬的三首詞，說她：「女流中黠慧者，有《陽春白雪》詞五卷，佳處不減李易安。」這就有點過譽了，吳淑姬的詩詞水準和格局與李清照相比還有不小的距離，她引人注意是因為她的不幸遭遇。

而吳淑姬詩詞的可貴之處在於這是完全發自民間的聲音——相比上流社會婦女的閒愁清恨，她的愛與怕、恨與仇都是更真實更人性化的。她是一個草根，但沒有被命運打倒在地，就算結局令人唏噓，但對從古至今千千萬萬的普通人來說，還是一種精神上的勝利。

是的，人活著本身就是一種勝利，何必在意他人的目光？但願今天的我們，能主宰自己的人生。

她是流亡的皇妃，用《滿江紅》送走了一個大宋江山

宋朝歷史上的後妃，比唐代要安靜許多，沒有發生過皇后、太后一手把持朝政的現象。同樣的宋代宮廷中的女詩人，也少了許多，因為中國從宋朝開始，女子「無才便是德」的觀念開始深入人心。從皇家到民間，人們理想中的女人，都是乖巧聽話想法少不生事的安靜女性。

王清惠是其中的例外。她是宋度宗的昭儀，通經史，善詩文，才學出眾，很受寵愛。《宋史・列傳第一百七十七》中有一句話提到她：「帝在講筵，每問經史疑義及古人姓名，似道不能對，萬里常從旁代對。時王夫人頗知書，帝語夫人以為笑。」

什麼是講筵？那要從皇家的教育制度說起。它是指中國漢唐以來的皇帝們為講經論史而特設的御前講席，從宋代開始正式制度化，到後來的元、明、清各朝一直沿襲了此制度。無論哪朝，皇帝講筵的講官都是學富五車的翰林學士，設立這種制度的根本目的是增進皇帝的學習能力，提高他們的執政水準和君主的道德修養。

但再好的用心也怕庸才，寵愛王清惠的宋度宗趙禥正是這樣一個庸才，而且不但庸，他還痴，還笨。笨到什麼程度呢？好幾歲才學會走路，七歲才會說話，智力一直低於正常人水準，他的伯父宋理宗為了讓他成才，專門請最有學問的學士教他，奈何他根本就聽不懂也學不會。

可惜宋理宗沒有辦法換人，因為他自己就是宋寧宗過繼的兒子，而他的兒子幾乎都早死，之後再無皇子。而在所有的皇室宗親中，只有親弟弟趙與芮的這個兒子趙禥跟他血緣關係最近，他很無奈地把他收為了自己的養子，最終立為太子。

宋理宗自己就不是什麼好皇帝，任用權相，縱情聲色，他去世以後趙禥比之更甚，他把所有朝政大事都交給在宋理宗時期上臺的大奸臣賈似道打理，還尊他為「太師」，自己從來不問國家的形勢，不看大臣的奏章，只對後宮的美女嬪妃感興趣。在私生活方面，他創下了一個驚人的紀錄——剛當上皇帝時，有一次一夜寵幸了三十多名宮妃，這在歷朝歷代的帝王中簡直不可想像！

趙禥把自己做皇帝應該完成的工作——批答公文交給他的四個寵妃「春夏秋冬」四位夫人處理，王清惠就是其中的「秋」夫人。但因為一直沒有生育，慢慢地趙禥就忘記她了，王清惠後來的日常生活主要是陪伴已經上了年紀的謝太后（宋理宗的皇后謝道清），為她讀書解悶。

在度宗的宮廷中還有一個琴師，叫汪元量，他是咸淳（宋度宗的年號，一二六五年——一二七四年）年間的進士，是皇室工作人員中唯一琴棋書畫全部擅長的才子。因為謝太后年紀大了，看書變得吃力，聽琴就成了她最大的娛樂，汪元量經常來給老太后奏琴，時間久了他就和同為浙江人的王清惠王昭儀有了一些默契——他們都有著青春逝去、歲月蹉跎的感覺，在深宮裡一年又一年的生活，正在磨滅他們對人生中美好事物的期待。

於是在汪元量與王清惠之間，產生了一種比友情多一點、比愛情少一點的奇特感情，或者說這種感情，是兩個同樣孤獨的人，在面對命運無常時的那份惺惺相惜。

在酒色中泡了一輩子的宋度宗趙禥，在咸淳十年（西元一二七四年）時撒手人寰，留下了一個他從來沒有負過責任的江山。太子趙顯剛剛四歲，在祖母謝太皇太后、母親全太后的垂簾聽政下成為宋恭帝。孩子年紀還小什麼也不懂，實際的權力還是握在賈似道手裡。

這個時候南宋形勢告急——蒙古大軍的最高統帥、元太祖忽必烈用六年時間攻破了南宋的軍事重鎮襄陽之後，大軍直發杭州，最終在南宋德佑二年（西元一二七六年）攻占杭州城。才六歲的小皇帝趙顯，被牽在祖母和母親的手裡，當了流亡之君——謝太皇太后、全太后和元軍議和不成，決意不顧南宋幾位名臣文天祥、張世傑等人的反對，帶著南宋的最高統治者向蒙古人投降了。

北宋的痛苦還歷歷在目，南宋的皇帝又當了俘虜，滿朝文武都痛哭流涕。由謝太皇太后、全太后帶領的皇室宗親，最後達到了三千人，他們從此告別了江南，做為亡國奴去往北方度過最後的人生，這其中就有過去的昭儀王清惠。

當這支北上的隊伍走到當年北宋都城開封的夷山驛站時，當天夜裡，王清惠起身看見清冷的寒月照著驛館的殘牆，她無限感慨，提筆在牆上作詞一闕《滿江紅．題南京夷山驛》：

太液芙蓉，渾不似、舊時顏色。曾記得、春風雨露，玉樓金闕。名播蘭簪妃後里，暈潮蓮臉君王側。忽一聲、鼙鼓揭天來，繁華歇。

龍虎散，風雲滅。千古恨，憑誰說。對山河百二，淚盈襟血。驛館夜驚塵土夢，宮車曉輾關山月。問嫦娥、於我肯從容，同圓缺。

在這之前，宋朝最激動人心的《滿江紅》是名將岳飛留下的絕筆。當年岳元帥和兩個兒子岳雲、岳雷被莫名殺害，留下了千古之恨。宮廷詞人王清惠的這闕《滿江紅》，很快就流傳了出去，引發了無數南宋老臣的強烈共鳴，其中就包括被元軍抓獲後絕不投降、被關押在大牢中的南宋宰相文天祥。他和了兩闋《滿江紅》：

其一

小序：和王夫人《滿江紅》韻，以庶幾後山《妾薄命》之意。

燕子樓中，又捱過、幾番秋色。相思處、青年如夢，乘鸞仙闕。肌玉暗消衣帶緩，淚珠斜透花鈿側。最無端、蕉影上窗紗，青燈歇。

曲池合，高臺滅。人間事，何堪說。向南陽阡上，滿襟清血。世態便如翻覆雨，妾身元是分明月。笑樂昌、一段好風流，菱花缺。

其二

小序：代王夫人作。

試問琵琶，胡沙外、怎生風色。最苦是、姚黃一朵，移根仙闕。王母歡闌瓊宴罷，仙人淚滿金盤側。聽行宮、半夜雨淋鈴，聲聲歇。

彩雲散，香塵滅。銅駝恨，那堪說。想男兒慷慨，嚼穿齦血。回首昭陽辭落日，傷心銅雀迎秋月。算妾身、不願似天家，金甌缺。

上篇是文將軍用自己的語氣寫的，下篇則是他站在王清惠這個過去宮妃的角度上寫的很有自絕之意的一闕詞。他委婉地說，妃子既然深戀故國，那這樣苟活有什麼意思呢？不如捨身成仁，殉國而去！

文天祥是抗元將領，忠烈千秋，他是這麼想的，也是這麼做的，他遇害的時候是四十七歲。但這種要求對一般人來說還是很難的，何況像王清惠這種幾乎一輩子都待在宮裡的女人，她其實不見得有那麼宏大的抱負。但是文天祥從來也沒見過她，不瞭解這個女人的心理，他站在理想主義者的角度，向她發出了呼籲。

倒是汪元量理解她的內心，同樣也寫了一闕《滿江紅·和王昭儀韻》：

> 天上人家，醉王母、蟠桃春色。被午夜、漏聲催箭，曉光侵闕。花覆千官鸞閣外，香浮九鼎龍樓側。恨黑風吹雨濕霓裳，歌聲歇。
> 人去後，書應絕。腸斷處，心難說。更那堪杜宇，滿山啼血。事去空流東汴水，愁來不見西湖月。有誰知、海上泣嬋娟，菱花缺。

因為她就是他，就是他的青春和他無憂的歲月。在南宋慘烈斑駁的現實裡，他們在生活之路上默默依偎了半生。他在第二批被押解北上的隊伍裡，抬頭望向杭州的方向，卻只見黑雲壓境，一切都已經看不清楚了。

汪元量在歷史上是個無足輕重的人，他最後回到了杭州。在他被釋放南歸的那一年，他和王清惠的頭髮都白了，兩個人談著二十年前的舊事，心裡想的事情卻更多。

汪元量是以道士身分南歸的，王清惠給他寫了一首詩《送水雲歸吳》（「水雲」是汪元量的號），作為最後的紀念。兩個人都知道今生不會再見面了，她朗聲念道：

> 朔風獵獵割人面，萬里歸人淚如霰。江南江北路茫茫。粟酒千鍾為君勸。

而他亦回道：

愁到濃時酒自斟，挑燈看劍淚痕深。黃金臺愧少知己，碧玉調將空好音。萬葉秋風孤館夢，一燈夜雨故鄉心。庭前昨夜梧桐雨，勁氣蕭蕭入短襟。（《秋日酬王昭儀》）

這之後，王清惠堅持保留了她在宋朝時的衣裝和髮型，出家成為女道士，道號沖華，幾年後在北方去世。其實她這一生，給汪元量寫過不止一首詩，光流傳下來的就還有這幾首：

妾命薄如葉，流離萬里行。燕塵燕塞外，愁坐聽衣聲。（《擣衣詩呈水雲》）

萬里倦行役，秋來瘦幾分。因看河北月，忽憶海東雲。（《秋夜寄水月水雲二昆玉》）

李陵臺上望，笞子五言詩。客路八千里，鄉心十二時。
孟勞欣已稅，區脫未相離。忽報江南使，新來貢荔枝。（《李陵臺和水雲韻》）

是什麼原因讓王清惠和汪元量始終不能走到一起？

這個問題受時代局限，不得其解。要知道在過去的歲月裡，這種發乎情而止乎禮的感情，才是人生中最難得的溫暖，他們都是善良的人。

南宋王朝的最後一頁落在哪裡呢？

謝太皇太后老死，全太后出家為尼，宋恭帝趙顯後來赴西藏薩迦寺出家，成為法號合尊的高僧，但在五十三歲時因寫詩懷念南宋被元朝統治者賜死。

趙顯的兩個親兄弟，楊淑妃所生的益王趙是和俞修容所生的廣王趙昺，淪陷時一個七歲，一個四歲，他們在拒絕被俘的南宋大臣的護送下一路南下逃到福州。

南宋德佑二年（西元一二七六年）五月初一，趙是由左丞相陸秀夫、太傅（太子的老師）張世傑等人擁立，於福州正式登基稱帝，改元景炎，成為宋端宗。弟弟趙昺成為衛王，母親楊淑妃為太后。一個臨時內閣組建起來，但已經挽救不了王朝的頹勢了。

元軍一路追擊，忽必烈派出兩路大軍加速進剿不願投降的宋朝軍民，他們一路在陸上堵截，一路從海上追擊，雙管齊下。這時候太傅張世傑的手裡，只剩下十七萬官軍和三十萬民兵（主要是南宋的流亡群眾），他已經沒有多少勝算了。

偏偏十歲的端宗趙是在流亡途中受驚嚇過度，一病不起，在景炎三年（西元一二七八年）四月歸天了。陸秀夫、張世傑只好將南宋王朝最後的皇子趙昺擁立為帝，改元祥興。他們在當年六月，流亡到了廣東新會南八十里的崖山。

元朝大將張弘範在陸上生擒了文天祥，殺光了他帶的宋兵；在海上則切斷了陸秀夫、張世傑所帶領的軍隊的淡水運輸線路，雙方堅持了二十多天，宋朝軍民在只能吃乾糧、喝海水的境況下大量病亡。

南宋祥興二年（西元一二七九年）二月初六，元軍再度攻擊，宋軍彈盡糧絕。戰鬥中，左丞相陸秀夫背負只有八歲的幼帝趙昺跳海殉國，楊太后亦投海自盡，太傅張世傑也因颱風毀壞了戰船而犧牲。

在他們的身後，南宋王朝最後的十萬軍民紛紛投海殉國，他們帶走了一個無論文化藝術、思想哲學還是經濟水準都高度發達的朝代。崖山海戰，成為南宋王朝的終點，也成為中華文明的一場慘烈浩劫。

誰能明白一闕《滿江紅》裡道不完也訴不盡的悠悠遺恨？

太液芙蓉，渾不似、舊時顏色。曾記得、春風雨露，玉樓金闕。名播蘭簪妃後里，暈潮蓮臉君王側。忽一聲、鼙鼓揭天來，繁華歇。

龍虎散，風雲滅。千古恨，憑誰說。對山河百二，淚盈襟血。驛館夜驚塵土夢，宮車曉輾關山月。問嫦娥、於我肯從容，同圓缺。

一個女人的史詩，卻成為一個王朝的背影。

管道昇的第一志願，真的是做個名士夫人？

衣冠不改只如先，關會通行滿市廛[11]。北客南人成買賣，京師依舊使銅錢。
北師要討撒花銀，官府行移逼市民。丞相伯顏猶有語，學中要揀秀才人。
湧金門外雨晴初，多少紅船上下趨。龍管鳳笙無韻調，卻撾戰鼓下西湖。（汪元量《醉歌》）

已經是西元一二八六年的杭州，按朝代來說是元朝至元二十三年，是南宋滅亡後的第十年。這一年，杭州城裡的春風依舊和煦，人潮依舊如織，除了街上來往的人的裝束和語言有了一些變化，好像一切都還是老樣子。

但一切又分明不同了，尤其對曾是南宋朝臣的人來說，從宋到元，是人生一個極其慘痛的打擊；而對南宋皇室的宗親們來說，他們面對更尷尬的身分歸屬——我是誰？我能做什麼？我為什麼要做？這當中就有時年三十二歲的趙孟頫，他是宋太祖趙匡胤十一世孫、宋太祖的兒子趙德芳的後人，早在百年前，趙氏族人中的直系趙孟頫這一脈得到宋光宗封賜，封邑六百畝田地，在湖州安頓下來，這一支也成了當地的望族。

但是趙孟頫是個苦孩子。他的父親趙與訔在世時官階並不高，收入也不多，卻要養活一家人。好不容易升到戶部侍郎，又英年早逝了。最後，還是靠著皇帝賞的銀子和絹布，才得以安葬。而趙孟頫是趙家的妾生的，在兄弟中排行第七，父亡的時候不到十二歲。母親在家中的地位很低，但是她對兒子寄予了很大的期望，經常逼他念書。

母親流著眼淚說：「汝幼孤，不能自強於學問，終無以成人，吾世則亦已矣。」這翻譯成現代人的話就是：「兒啊，你從小父親沒了，如果自己不好學，沒點本事，我也就沒什麼希望了。」很顯然，按照母子倆這種尷尬的處境，就算趙家還有點財產，分家也輪不到他們什麼，何況趙父老實又清廉，根本就沒有給兒子們留下遺產。

正因此，趙孟頫一直很刻苦，加上他不一般的天賦，十八歲就考進了國子監。就在他準備按部就班地候補進入官場時，天降橫禍——朝廷亡了，他成了南宋的遺民！

對於自視甚高又才華出眾的趙孟頫來說，讓他安心接受一輩子當個社會邊緣人的命運，他

11 廛：音同「纏」，店鋪。

是不會甘心的。所以幾年後，一位元朝大臣發現了趙孟頫，推薦他入朝任職，而此時趙孟頫因為還沒有擺脫內心的搖擺情緒，所以他拒絕了。但是第二次，元朝的御史又來了，還帶來了元世祖忽必烈搜訪宋朝遺臣的手詔，他再請趙孟頫出山。而這一次趙孟頫沒有拒絕（也不敢拒絕）了，於是他來到了元大都（今天的北京），見到忽必烈，當了元朝的官員。

多麼戲劇的人生啊！而身在其中的趙孟頫是萬分糾結的，他被南宋的老臣們戳著脊梁骨罵，和多年的好朋友鄭思肖（宋末畫家）絕交，連趙氏的其他親人也謝絕他的登門造訪……一時間，趙孟頫成了南宋遺民心中的敗類，他自己也深陷在自責、愧疚、懷疑和搖擺不定的情緒中。這時候，幸好他一生的伴侶——他的書畫家兼詩人妻子管道昇出現了。我們看一下人物檔案：

姓名：管道昇

職業：閨中待嫁

身分：浙江湖州鄉紳管伸家的二小姐

特長：詩詞書畫

性格特點：聰慧成熟

女主角管道昇出場是在至元二十六年（西元一二八九年），姐姐管道杲早就嫁人了，可是管道昇卻因為南宋的突然滅亡，精英階層子弟的流失，失去了一個良好的擇偶機會，而她又看不上一般人，所以到這時還是家裡的老小姐。

管父看在眼裡，急在心裡，他想起了湖州趙氏的老鄉趙孟頫，這個年輕人二十幾歲就出名了，但是因為家裡窮，一直拿不出結婚需要的大聘之禮，所以到三十多歲還沒有娶上正妻。而趙孟頫的才華，在當地是人盡皆知的，於是在管父的促成下，他們的婚姻就這樣煉成了。

而這一年趙孟頫三十五歲，管道昇二十八歲，這兩個人倒是都既有才又長得好看，要寫評論的話就是人世間天造地設的一對。

其實趙孟頫是有過妾室的，只是已故，留下了一個年幼的兒子趙亮。這也是他出仕元朝的動機之一——他的生母苦了一輩子，到死也沒有看到兒子出頭，她殷切地希望才華過人的兒子有官職、有地位、不受人排擠，不用像她這樣委委屈屈地過一生。趙孟頫想想母親和故妾，又看看自己的兒子，他咬咬牙，吞下了所有的議論和輕蔑。

管道昇是世界上最理解趙孟頫的人。她隨丈夫前往元大都赴任，和上流社會的貴婦們相處融洽，在家裡又很快地給趙孟頫添了兒子趙雍和趙奕，她把他那顆小心翼翼而清冷的心給暖了過來。因為這時候的趙孟頫已經明白，元世祖對自己的起用，對自己的讚揚，除了欣賞他的才華以外還別有意圖，元世祖是要做足姿態給天下人看：大宋宗室的趙家子弟，在我朝如此受優待，我朝君賢民樂，天下人有什麼理由不服？

說實話，忽必烈對趙孟頫的欣賞是真的，但是整個蒙古朝廷對漢人的猜忌也是真的，尤其是對來自江南地區的南宋遺民，抱以根本不信任的態度。要知道元朝時，元政府將全國百姓分為蒙古人、色目人、漢人和南人四個等級，其中「南人」就是指的南宋遺民，他們之中有很多人本是宋朝元老和知識分子，如今卻處於社會的最底層。而元政府的這種動機和目的，也正是南宋的老臣們痛罵趙孟頫的原因。

但是元朝政府對知識分子的需要是空前的，因為蒙古人能征善戰，但是大多數都沒文化，缺乏眼界和格局。而忽必烈的漢人謀臣曾不止一次地提醒他「馬上得來的江山，絕不能在馬上治」——蒙古人從西元一二〇六年成吉思汗時期開始，用整整七十年的耐心和驚人的戰鬥力，先後攻滅西遼、西夏、花剌子模、東夏、金朝、大理等國，最後滅亡了人口數量和經濟實力都遠勝於自己的南宋，實現了統一天下的野心。

但是治理國家和聚合部落，卻是完全不同的兩個概念，必須有合理的法制、穩定的經濟、強盛的文化和持續的教育，才能讓自己人心服，讓天下人心服。而宋朝的士大夫和宗室子弟都受過非常良好的教育，可以給蒙古人當老師，但是因為他們身分的敏感，又不能真正地重用。對漢文化頗有瞭解的忽必烈，聽後深以為然。

所以像趙孟頫這樣的知識分子，他的命運早就是註定的，他的被孤立也是註定的。在元大都的蒙古大臣們，對他敵意深厚，把這個南方來的前朝宗親看成是眼中釘，經常在各種場合有意針對他發難。所以在元大都的五年，趙孟頫過得如履薄冰，除了一下朝就埋頭進入筆墨紙硯堆裡創作，就沒有什麼娛樂活動了，對家裡的孩子吵鬧、家務繁瑣，他是一概不管的。

幸好有管道昇！她整理內務，管教幼兒，招待賓客，照顧丈夫……各種零零碎碎讓人頭大的事情竟安排得無一不妥，尤其難得的是，在這樣的忙碌之外，她還保證了有個人的時間段寫詞畫畫練書法，跟趙孟頫一起討論藝術人生。真不是一般人的精力！

孩子太鬧的時候，管道昇也會心煩，她寫了一首詩《題畫竹》：

春晴今日又逢晴，閒與兒曹竹下行。春意近來濃幾許，森森稚子石邊生！

趙孟頫心知夫人的意思，他笑了笑說：「孩子們進步都不小，夫人辛苦了！」而對趙孟頫這幾年來的心理變化，管道昇早就明白，她這時拿出一首詩放在趙孟頫面前，那正是他自己寫的《罪出》：

在山為遠志，出山為小草。古語已云然，見事苦不早。
平生獨往願，丘壑寄懷抱。圖書時自娛，野性期自保。
誰令墮塵網，宛轉受纏繞。昔為水上鷗，今如籠中鳥。
哀鳴誰復顧，毛羽日摧槁。向非親友贈，蔬食常不飽。
病妻抱弱子，遠去萬里道。骨肉生別離，丘壟誰為掃。
愁深無一語，目斷南雲杳。慟哭悲風來，如何訴穹昊。

這是他出仕元朝時寫的詩，而他此時的心情相比當年更加沉重了。管道昇忍不住勸道：我們找個機會離開這裡吧！於是趙孟頫上書忽必烈，請求外調當地方官。他如願去了濟南，管道昇隨夫同行。

這是至元二十九年（西元一二九二年）的夏天，管道昇和趙孟頫夫妻離開了權力鬥爭的中心，開始了他們詩詞唱和、書畫相得的好日子。幾年間他們的藝術水準不斷精進，尤其是管道昇的驚人才氣迸發出來，人們才發現她做為藝術家的藝術水準，並不在趙孟頫之下。史書記載管道昇僅墨竹就能畫七八十種，藝術評論家們如此看好管道昇的作品：「晴竹新篁，是其始創，寸絹片紙，人爭購之。」她的畫非常搶手，而且還很難搶到。對此，藝術天才趙孟頫也很服氣，稱夫人「筆意清絕」，他很自豪。

管道昇傳世下來的精品《墨竹圖》（《趙氏一門三竹圖》），是和丈夫趙孟頫、兒子趙雍一起完成的作品。在這幅畫中，三個人的風格各有體現——趙孟頫沉穩雄健，趙雍疏淡輕捷，而管道昇清幽雅逸，用筆自有一番力度。她在這幅畫上還親自題詩「竹勢撒崩雲觸石，應是瀟湘夜雨時」，因為這一年管道昇五十歲了，她把對人生的各種感慨都融入了她的詩和畫中。

管道昇的一生也是會有煩惱的，比如像趙孟頫這樣脫俗的藝術家也有要納妾的心思——那一年他五十幾歲，身分是集賢直學士行江浙等處儒學提舉，在江南當文化官員，管道昇眼看著他在杏花煙雨春色中動了心，加上一些小道消息傳來，就畫竹一幅拿給趙孟頫。她鄭重地在畫的下方寫道：

夫君去日竹初栽，竹子成林君未來；玉貌一衰難再好，不如花落又花開。

趙孟頫則給夫人寫紙條：「我學士，爾夫人。豈不聞大令學士有桃葉、桃根，東坡學士有朝雲、暮雲。我便娶幾個吳姬、越女，也不過分，妳年紀已過四旬，只管占住玉堂春。」他是說晉代的王獻之和宋朝的蘇東坡都是大詩人、大書法家，都有幾個小妾，他也應該有，對正房夫人的地位又沒影響。

從古到今許多妻子面對老公出軌的辦法一般是一哭二鬧三上吊，或者衝到小三家裡與情敵對峙，而知識分子管道昇沒有這樣，一是她做不出來，二是她不屑於做，三是她瞭解趙孟頫的性格為人，知道他的軟肋在哪裡，於是她回了一首《我儂詞》：

你儂我儂，忒煞情多。情多處，熱如火。把一塊泥，捻一個你，塑一個我，將咱兩個，一齊打破，用水調和，再捻一個你，再塑一個我。

我泥中有你，你泥中有我，與你生同一個衾，死同一個槨。

這是中國知識分子女性的傳統智慧，她是在表達心跡，又是在提醒丈夫這些年的各種不易，但絕不咄咄逼人，她嫁給他時頂住了各種輿論壓力，自帶嫁妝貼補這個家；她幫他撐起整個門面，教養子女個個成才；幫他緩和與元朝廷上層的矛盾，又努力幫他修補和南宋父老鄉親之間的舊怨。這麼多年，管道昇裡裡外外一把手，真的是很不容易！

話說到這分上，趙孟頫也明白這些年誰為這個家付出得多，他不同於一般男人的地方是他有一個和他同樣優秀的妻子，所有人都羨慕他，他知道自己不在理。再加上他想納妾本身就是一種趕時髦的行為，既然如此也就不堅持了。

管道昇一生中的榮譽最高點在元延祐四年（西元一三一七年），趙孟頫官拜翰林學士承旨、榮祿大夫，知制誥、兼修國史，被元仁宗封為一品官，管道昇也被封贈為「魏國夫人」。

這位元仁宗是元世祖忽必烈的曾孫，有政治眼光，而且尊崇漢文化，是元朝少有的親儒皇帝。他恢復了科舉制，還出資贊助儒家學說的出版。他特別欣賞趙孟頫夫妻，親熱地喊年紀比他大一倍的趙孟頫為「子昂」（子昂是趙孟頫的字），又請管道昇進宮陪伴皇太后。

這種優待又引起了蒙古貴族的不滿，已經重病的管道昇眼看這個地方實在不能待下去了，她拿出早就寫好的四首《漁父詞》給還在猶豫的趙孟頫。她說：「回江南去吧，那裡有我們的朋友和往事，有跟我們血肉相連的親人，有我們文化的根。而這裡根本就不屬於我們！」

趙孟頫打開夫人親筆的《漁父詞》念起來：

遙想山堂數樹梅，凌寒玉蕊發南枝。山月照，曉風吹，只為清香苦欲歸。

南望吳興路四千。幾時回去霅溪邊。名與利，付之天。笑把漁竿上畫船。

身在燕山近帝居，歸心日夜憶東吳。斟美酒，膾新魚。除卻清閒總不如。

人生貴極是王侯，浮名浮利不自由。爭得似，一扁舟，弄月吟風歸去休！

他們相視一笑。南歸、親人、文脈，這些正是趙孟頫念念不忘的心事，他早想落葉歸根，又怕家鄉父老嫌棄。他名滿天下，一生放不下的是自己的身分歸屬，這種痛苦和愧疚，只有夫人管道昇理解！

這些年，她成為他的精神支柱和精神同盟，成為他抵擋這個冷酷世界溫柔而厚重的鎧甲，像這樣的感情，又有誰能取代？

他們買了一條船，像當年的范蠡和西施那樣，攜手返鄉。可就在回湖州的路上，管道昇一病不起去世了，趙孟頫的世界也就熄滅了。

三年後，趙孟頫在老家湖州去世，終年六十九歲。這對空前絕後的藝術家夫妻的人生，用趙孟頫的一首《自警》可以寫盡：

齒豁頭童六十三，一生事事總堪慚。唯餘筆硯情猶在，留與人間作笑談。

人生各有各的辛酸和不易，婚姻也各有它的煩惱，管道昇在愛情道路上的全面獲勝，不是她扮演好了一個名士的妻子，而是她懂得取捨，深知進退，諒解他人，對生活有全面的認識和判斷，而要做到這些，只有善良是不夠的。

她的婚姻保鮮法：不輸於美貌的清醒，不弱於才華的智慧，這是女性打開幸福之門的有效技法。

第四章——明清豔談，江湖女兒風流

馮小青
柳如是
寇白門
董小宛
沈宛
袁機
吳藻

她是四百年前一個比孤山還要孤的女詩人

唐詩宋詞的燦爛，在中國幾乎人人皆知，但是進入明清時期，中國的詩詞文化究竟到了一個什麼境界，就不是一個大眾關注的話題了。因為放眼整個明清時期，沒有詩人能夠超過唐宋時期創造的巔峰，也沒有出現過超一流的詩人。

倒是小說、散文、戲劇這些文藝體裁空前繁榮，出現了像張岱、徐渭、吳承恩、湯顯祖……這樣一流的講故事人才。所以從元末明初一直到清代，除了中國的四大名著《三國演義》、《水滸傳》、《西遊記》和《紅樓夢》相繼橫空出世，湯顯祖的《牡丹亭》、徐渭的《四聲猿》、張岱的《西湖夢尋》乃至蘭陵笑笑生的《金瓶梅》，都給後世留下了很大的影響。

明代社會特別是明代中晚期的社會風氣，是非常富麗奢華的，所以明代的詩詞走的是浮誇華麗的路線。而明代的女人尤其是明代女詩人，她們的生活半徑較之前幾朝更窄，她們所看到的天地乃至她們本身，就成為那個高度物質化的社會縮影，比如揚州美人馮小青，就是這樣一朵從紙醉金迷裡長出的奇葩。她留下一首叫《怨》的絕句，到現在還是怨氣逼人：

新妝竟與畫圖爭，知在昭陽第幾名？瘦影自臨春水照，卿須憐我我憐卿。

老杭州人都知道馮小青，因為她生前住在孤山，死後也被葬在孤山。在很早以前，小青墓的位置就在杭州西湖孤山的瑪瑙坡旁，和北宋詩人林和靖是鄰居。但是馮小青這一生，比林和靖過得不甘心多了，她的經歷因此成為明代文壇的一個謎。

散文高手張岱是第一個向社會介紹馮小青的人，他在《西湖夢尋》裡專門有一篇《小青佛舍》，寫這個美人的遭遇：出身揚州，罪臣後代，嫁給富豪，身為小妾，深受排擠，死在西湖。有點唐代魚玄機的感覺，但她沒有魚玄機的乖張，馮小青是個極度抑鬱的人。

關於馮小青的出身，有兩種說法：一種說她是建文帝時廣陵（即揚州）馮太守的女兒，因為太守不服朱棣的「靖難」之變，全家死於南京，只有馮小青逃到杭州，嫁給一位馮公子；還有一種說法認為馮小青是揚州儒士馮紫瀾的女兒，因為馮紫瀾寫諷詩得罪了首輔申時行，被流放嶺南，家被抄，女兒馮小青被充官奴淪落青樓，被一個也姓馮的杭州人買回家作妾了。

從各種痕跡來說，後一種說法更符合歷史，因為張岱記錄的馮小青出生在萬曆年間，而萬曆一朝離朱棣的永樂王朝相距一個半世紀。此外，明代社會買妾蓄妾追求奢華生活的風氣在嘉靖和萬曆這兩朝達到頂點，因為這時候的大明王朝富裕，社會整體流行向錢看，甚至人人變著法子花錢，出現了各種怪誕的現象。

就比方說穿著方面，朱元璋在明朝建立初期制定了嚴格的著裝規範，到萬曆年間已經蕩然無存。不說本來就喜歡追求流行的女人，就是受過良好教育的書生們，平時戴的頭巾也五花八門，穿的衣服五顏六色（最時髦的是大紅色），還有穿高跟鞋的男人。更誇張的是，萬曆年間的官員李樂有一次上街，結果在南京街頭碰到一群招搖過市、穿著大紅大綠而且把內衣穿在外套外面的秀才，嚇得差點退了回來。他不敢相信地說：「昨日到城郭，歸來淚滿襟；遍身女衣者，盡是讀書人。」就連張岱這樣優秀的人，回憶自己的少年生活時也：「少為紈絝子弟，極愛繁華。好精舍，好美婢，好孌童，好鮮衣，好美食，好駿馬，好華燈，好煙火，好梨園，好鼓吹，好古董，好花鳥……」

整個社會都在爭奇鬥豔，整個社會都在浮誇中被浸沒，這就是女詩人馮小青的生活背景。她是在萬曆末年到杭州的，那一年她剛剛十六歲。而買她的男人叫馮雲將，是杭州有錢有勢的大戶人家少爺，也是個收藏家，據說他存有書聖王羲之的《快雪時晴帖》，他和名作家李漁是好朋友，跟秦淮八豔的柳如是也有過交情，更是住在杭州的徽州富商汪然明的至交，是個很會花錢還很擅長花錢的公子哥兒。

對有錢人來說，買妾只是一種消費習慣，哪怕妾再有文化也是個消費品。而且妻和妾之間，有著嚴格的地位區分——一是納妾要取得妻的同意，二是妾一來到夫家，就要行拜見正妻的儀式，要恭恭敬敬地跪地磕頭，表示自己願意為奴為婢。在日常生活中，妾對妻的態度不能有一絲一毫的冒犯，如果膽敢冒犯，就和毆打辱罵這家的男主人同罪。

不過對馮小青而言，一開始她是不會想到這些的，畢竟如花的年紀被贖到杭州，她心情歡快，筆調也歡快，對未來有很大的期望，連寫的詩句都活潑有力，比如：

鄉心不畏兩峰高，昨夜慈親入夢遙。說是浙江潮有信，浙潮爭似廣陵潮。

做為一個文藝女青年，馮小青平時最喜歡的讀物除了詩詞文集，就是文藝小說。因為愛看書，她還交到了一個朋友——馮家親戚中的一位楊夫人。楊夫人經常會把家裡藏的各種很難買的書借給馮小青看，而馮小青則把自己從來不對別人說的話向楊夫人傾訴。

馮小青最喜歡的書，是她同時代作家湯顯祖的《牡丹亭》——因為書中人物杜麗娘和馮小青一樣年紀，有著相似的心情，所以這個人生一開場就不順的少女常常把自己套進那個死後還魂的美人故事裡，想像自己遇到的正是一種生死與共的感情。

現實卻給了她結實的當頭一棒。在馮家，馮公子的原配夫人完全不接受馮小青，把她趕到了馮家在西湖孤山上的一處沒人住的別院。馮家有錢，馮公子對此聽之任之。他偶爾會到孤山找她消遣，但更多的時候，恐怕對她是不聞不問。而西湖的風景常年是靜寂的，即使再美的月落烏啼，也經不起這樣時時刻刻、日復一日、年復一年的看，何況馮小青的身邊空無一人。

她正是一個豆蔻年華的少女，需要一場熱烈被保護的感情，突然被困在了一個冷漠的空間，心理的落差急轉直下。現代有心理學家曾說過，一個人長期處在被忘記、被孤立的境地中，往往會患上焦慮症或者抑鬱症，尤其對創作能力豐富、想像力也突出的人來說，這種抑鬱症還會演變成一種自我表演、自我滿足型的人格障礙。女詩人馮小青正是在這種無人對話和過問的情況下，漸漸產生了這種障礙。她開始完全沉醉於幻想，整天對著鏡子琢磨自己的服裝、造型、妝容，然後加倍地自戀、自憐和自悲。

比如有一次，她找人給自己畫像。這個杭州畫師畫了整整兩天，總算畫成了一幅小青倚梅圖。馮小青只看了一眼就說：「只有我的形，沒有我的神，要重畫！」第二遍畫稿出來了，馮小青看了一眼又說：「還是不行啊，你覺得我的動作這麼不自然嗎？」第三遍，這個畫師花了比前兩次多一倍的時間先觀察，然後又打底稿又反覆調色，才惴惴不安地交出畫像的成品。馮小青看了很久，總算是滿意了，但是從此以後，她就幾乎日日夜夜地對著自己的這幅畫像，自言自語，自說自話，甚至寫完了詩再念給自己的畫像聽。

是啊，在她看過的那些才子佳人的書裡，全是儒雅有擔當的男主角，而她做為自己人生的女主角，只能孤零零地等著變老。一開始是丈夫不來，到最後連楊夫人也走了——隨其夫去北方定居，這下馮小青的心事更沒人管了。她在恍恍惚惚中寫道：

脈脈溶溶灩灩波，芙蓉睡醒欲如何？妾映鏡中花映水，不知秋思落誰多？

然後又寫：

西泠芳草綺粼粼，內信傳來喚踏青。杯酒自澆蘇小墓，可知妾是意中人。

因為沒有人作伴，就去找死去一千多年的人聊天，這也是相當驚悚了。而她生活到最後，終於到達失魂落魄的頂點，在幽室中喃喃自語：

冷雨幽窗不可聽，挑燈閑看牡丹亭。人間亦有痴於我，豈獨傷心是小青。

就這樣兩年後，女詩人馮小青死了，她只活到十八歲，死於一場家庭冷暴力。而且在她死後，據說所有的詩稿和畫像都被馮家的正妻發現，全部丟在火裡燒了。買她回家的馮公子覺得實在不忍心，才搶出了一些倖存的文稿，後來被同情馮小青的人結集出版發行，詩集的名字就叫《焚餘集》。

幾百年間，馮小青的人生不斷成為各種小說和戲劇的原型。著名的曹雪芹在寫《紅樓夢》的時候，不但把馮小青的性格安在女主角林黛玉身上，更是在書裡通過黛玉照鏡子的情節（《紅樓夢》第八十九回），說了一句和馮小青生前幾乎一模一樣的話：「瘦影自臨春水照，卿須憐我我憐卿。」這種「照」和「憐」正是明代這個外面被裹得嚴嚴實實，裡面卻不斷敗壞的社會裡，看起來生活優雅的女人們的窘迫境地。

很多時候，她們的文學動機並非出於文學本身，主要是生活太過苦悶的一種調味劑，連同林黛玉喜的《西廂記》和馮小青愛的《牡丹亭》，也都是充滿了閨怨壓抑的女人心靈的春夢。畢竟在一個男人活得不像男人、女人過得也不像女人的變態社會裡，女詩人們想要的愛、自由、平等和被尊重，是從來不可能得到的。這個夢就算作一輩子，到頭來也是一無所有。

畢竟，誰能成為一個社會的救世主呢？誰也不能。

恐怕馮小青自己也知道這點，所以在人生的終點，在幽冷的西湖孤山上，她在嚥下最後一口氣之前，給曾經給過自己溫暖的閨蜜楊夫人留下了最後一首詩：

百結迴腸寫淚痕，重來唯有舊朱門。夕陽一片桃花影，知是亭亭倩女魂。

就這樣，女詩人馮小青被時代拋棄，卻也被時代永遠保存在了那個荒誕的時空。她的一生，什麼都想到過卻什麼都得不到，這種無處訴說的遺恨，是永遠也不會消散了。

柳如是剽悍的人生，不需要解釋晚明社會多奇葩

我們在之前已經說過，明朝從朱元璋建國起的嚴正肅穆，到嘉靖和萬曆年間時，整個社會的風氣已經敗壞，不說普通市民，就是有些文化的讀書人也以奇為新，以怪為美，出現許多新的社會問題。

而在萬曆一朝，大政治家張居正實施了大刀闊斧的經濟改革，成果顯著，為晚明社會創造了巨大的社會財富。但與此同時，手握巨額財產的掌權者萬曆皇帝，創造了整整二十八年不上朝的歷史紀錄，成為中國歷代皇帝中消極怠工第一人。

那麼帝國如何運轉呢？因為明朝有完整的官僚體系，除了六部官員，還有特別的內閣制，由內閣成員輔佐朝政，奏摺事務都要先經過內閣才送至御前，如果內閣首輔的能力出色，那麼皇帝就只需要處理特別重大的軍事民事外交事件，比如打仗。此外在內閣之外，明朝還有令人聞風喪膽的宦官集團，掌控了東廠、西廠這樣的特務機關，監察大小官員的一舉一動。像明熹

宗時期的大宦官魏忠賢，人稱「九千九百歲」，權力極大，為人也很驕橫。

這支被社會稱為「閹黨」的宦官集團，和傳統的名流士大夫，以及明代大名鼎鼎的東林黨（失勢而有身分的文人在民間形成的一個組織）之間，形成相互鬥爭的格局，大明王朝也在這幾股勢力的鬥爭中每況愈下。到明熹宗去世，明朝最後一個皇帝朱由檢（崇禎皇帝）即位時，明朝已經大廈將傾，在燈紅酒綠的現實背後，帝國的末日馬上就要來了。

這時候在江南的畫舫之上，還是一片歌舞昇平。在花紅柳綠的豔影中，有八位佳人的聲名遠播，她們就是人稱「秦淮八豔」的八位名妓，其中當之無愧的首席便是柳如是。她相貌好、品位高、會交際，在音樂、書畫、詩詞各個方面都是當時一流的人才。而對自己的身世，她寫過一首《金明池．詠寒柳》進行描述：

有悵寒潮，無情殘照，正是蕭蕭南浦。更吹起，霜條孤影，還記得，舊時飛絮。況晚來，煙浪斜陽，見行客，特地瘦腰如舞。總一種淒涼，十分憔悴，尚有燕臺佳句。春日釀成秋日雨。念疇昔風流，暗傷如許。縱饒有，繞堤畫舸，冷落盡，水雲猶故。憶從前，一點東風，幾隔著重簾，眉兒愁苦。待約個梅魂，黃昏月淡，與伊深憐低語。

是的，柳如是的一生複雜離奇。她本是浙江嘉興人，姓楊，後來改名柳隱，兒時被賣到江蘇盛澤名妓徐佛家做養女（其實就是專門養給富人做妾的所謂「瘦馬」，用學習的詩詞書畫等各種才藝討富人的歡心）。十四歲的時候，小柳隱到前首輔周道登家做丫鬟，後來又做了侍妾，但很快就因為受其他姬妾的排擠被趕出周府，又賣回了青樓。

柳如是這個藝名就是在這時候起的，因為南宋詞人辛棄疾的一首《賀新郎》裡有「我見青山多嫵媚，料青山見我應如是」的句子，柳隱從此便以「柳如是」自稱。

柳如是心思剔透，她看透這個社會的風氣，乾脆用自己是首輔家前小妾的身分，吸引了很多獵奇的人，一下子聲名大噪，她出名後就看不上這些只有錢的人了，因為柳如是這一生的最愛，是名士和才子。

她的第一個愛人，是和自己同齡的書生宋徵輿。兩個十六歲的人之間，是那種完全少年氣的戀情。可是宋徵輿的母親強烈反對兒子和一個煙花女子在一起，這段初戀告終。

第二段戀情是柳如十八歲時，和二十八歲的陳子龍同居。陳子龍是詩人，也是名士，當時著名文社復社的領袖，算是青年才俊。柳如是很想嫁給他，但是老問題又出現了——她的身分陳家人實在無法接受，尤其是陳子龍的夫人張氏，明說像柳如是這樣的女人，想嫁進陳家是不可能的。而對還沒有功名不能獨立謀生的陳子龍來說，實際執掌陳家的張氏對他實施了經濟管制，這樣他沒有錢，也就沒法在柳如是的繡樓待下去了。

陳子龍走了以後，柳如是寫過二十首《夢江南·懷人》來懷念這段生活，其中有這樣的句子：

人去也，人去畫樓中。不是尾涎人散漫，何須紅粉玉玲瓏。端有夜來風。

人去也，人去小池臺。道是情多還不是，若為恨少卻教猜。一望損莓苔。

人去也，人去碧梧陰。未信賺人腸斷曲，卻疑誤我字同心。幽怨不須尋。

其實她懷念的不只是陳子龍，更是她跟陳子龍在一起時，打開的另一個世界，他和一幫復社文人熱情洋溢地討論國家大事，讓她知道了在風月場外，還有一群慷慨激昂的頭腦，她立志要成為那樣的人。但與此同時，她也清楚陳子龍的有心無力，他負擔不起她的遠大理想，他們走不到一起。這樣和平的分手，未嘗不是一個好結局。

這正是明崇禎十二年（西元一六三九年）的春天，在南方，柳如是在杭州旅遊；而在北方，清親王多爾袞率軍南下攻入山東，俘虜了四十六萬人，又搶走了黃金四千餘兩和白銀九十七萬餘兩。崇禎皇帝驚魂未定，處死了三十六名官員，又加徵軍餉練兵，讓本來賦稅就重的老百姓負擔更重了，朝野內外怨聲載道。

柳如是是不會知道這些的，她這時住在富甲杭州的徽商汪然明的家裡，跟主人汪然明之間有一種朦朧的情愫。而汪然明是個又有錢又大方又捉摸不透的人，閱歷非常豐富，看盡人生百態。他明白在二十二歲的柳如是身上，不是那種尋常女孩要找個歸宿的心情，她是想用自己的婚姻，圈定一個能跟她一起繪製宏偉藍圖的人。

汪然明不缺女人，也不願意生活在只有女人的世界裡，於是他對柳如是非常友善，還出資給她出了兩本尺牘集冊《月提煙柳圖》和《湖上草》。對她錢財上的要求，他也盡可能地滿足，但也僅止於此了。

於是乎，一生從不認命、不甘心、不服氣的柳如是，把目光落到了汪然明的朋友——東林黨領袖錢謙益身上。他們在杭州見過面——在同樣與汪然明交好的名妓王微家的客廳裡，錢謙益曾看過柳如是的遊湖詩，他還念了出來：

垂楊小院繡簾東，鶯閣殘枝未相逢。最是西冷寒食路，桃花得氣美人中。

從此後，柳如是就特別注意這位錢先生，她知道錢謙益比她大三十六歲，是明萬曆三十八年探花，官至禮部侍郎，此時因爭權失敗而被革職。但他的影響力很大，弟子眾多，算得上是晚明文壇的風雲人物。

東林黨是明朝特有的文人集團，和政治關係緊密，身為東林黨黨魁又是文壇風雲人物的錢謙益在家鄉常熟，開創了虞山詩派，名動天下，本身經濟實力又強，是柳如是最理想的丈夫人選。而柳如是的出現果然讓錢先生眼前一亮。

柳如是第一次到錢家是女扮男裝。她一身白衣，讓僕人給錢謙益送上一封信，裡面只有一首詩：

聲名真似漢扶風，妙理玄規更不同。一室茶香開澹黯，千行墨妙破冥濛。竺西瓶拂因緣在，江左風流物論雄。今日沾沾誠御李，東山蔥嶺莫辭從。（《庚辰仲冬，訪牧翁於半野堂，奉贈長句》）

柳如是在詩裡先是讚揚錢謙益，然後委婉地表達了自己的追隨之意。錢謙益在懷疑中一路追到柳如是坐的客船，一看眼前出現的是曾經相識的江南名妓，他就明白了她的意思。老先生馬上回一首：

冰心玉色正含愁，寒日多情照柂樓。萬里何當乘小艇，五湖已許辦扁舟。
每臨青鏡憎紅粉，莫為朱顏嘆白頭。苦愛赤欄橋畔柳，探春仍放舊風流。（《冬日同如是泛舟有贈》）

到底是柳如是看上的人，錢謙益以柳如是的直接反問對她說：我們年紀相差非常大，妳是不是真的願意和我在一起？如果是，我就為妳豁出去再寫個老夫少妻的愛情故事。

錢謙益對柳如是一見鍾情，而柳如是來找錢謙益是經過深思熟慮的，她當然不會猶豫，馬上痛快地說：

誰家樂府唱無愁，望斷浮雲西北樓。漢珮敢同神女贈，越歌聊感鄂君舟。
春前柳欲窺青眼，雪裡山應想白頭。莫為盧家怨銀漢，年年河水向東流。（《次韻奉答》）

她又誠懇又在理地說，先生，人都是會老的，但是有才德的人的魅力不會因為他的年齡而減少，一個成熟的人，更值得我的信任和依託！

近四百年前的美人柳如是倒追文壇領袖成功，錢謙益俯首稱臣，開始了人生的第二春。而錢謙益也說到做到，他們在崇禎十四年（西元一六四一年）舉辦了隆重的婚禮，六十歲的文壇領袖錢謙益以正妻之禮，迎娶了時年二十四歲的秦淮名妓柳如是，這在社會上引起了一場軒然大波。

就在柳如是和錢謙益舉行婚禮的時候，有不少認為錢謙益大肆迎娶一個妓女是抹黑全體士大夫的當地群眾（主要是讀書人），拿各種各樣的東西往錢柳結婚的畫船上扔，現場一片狼藉，但男女主角卻面不改色，非常有默契地走完了整個流程。柳如是更是當場作出了《合歡詩》四首，技驚四座：

其一
鴛湖畫舸思悠悠，谷水香車浣別愁。舊事碑應銜闕口，新歡鏡欲上刀頭。
此時七夕移弦望，他日雙星笑女牛。榜拽歌闌仍秉燭，始知今夜是同舟。

其二
五茸媒雉即鴛鴦，樺燭金爐一水香。自有青天如碧海，更教銀漢作紅牆。
當風弱柳臨妝鏡，罨水新荷照畫堂。從此雙棲惟海燕，再無消息報王昌。

其三
忘憂別館是儂家。烏榜牙牆路不賒。柳色濃於九華殿，鶯聲嬌傍七香車。
朱顏的的明朝日，錦障重重暗晚霞。十丈芙蓉俱並蒂，為君開作合昏花。

其四
朱鳥光連河漢深。鵲橋先為架秋陰。銀缸照壁還雙影，絳蠟交花總一心。

地久天長頻致語，鸞歌鳳舞並知音。人間若問章臺事，鈿合分明抵萬金。

平心而論，以柳如是的出身和經歷，當時能得到這樣的婚姻是個奇跡，她很滿意。而且錢謙益對妻子是真心愛慕的，他指導她的詩文，帶她到處遊歷，讓身邊所有的人都喊她「柳夫人」，給足了柳如是面子。

為了讓妻子住得更舒服一些，也避開家裡人的耳目（錢家還有一位原配陳夫人在世），錢謙益還另外花了很多錢，在虞山修了一座五楹二層的「絳雲樓」，雕梁畫棟，極盡華美。而它既是夫妻倆的居住場所，也是一座藏書樓，藏書極巨的錢謙益甚至把他一生的珍藏都收進了這座小樓裡。柳如是由此成為錢謙益的「經紀人」，任何人想要見到錢先生，必須經過柳夫人這一關。凡是夫人不滿意的人，錢先生一概不見。

風花雪月的生活背後，是大明一病不起的江山。明崇禎十七年（西元一六四四年），是柳如是和錢謙益婚後的第三年，這一年明末農民起義的領袖李自成在西安稱帝，建國「大順」，之後一路打到北京，逼得明朝最後一個皇帝崇禎在絕望中自殺。

大明王朝拒絕李自成，幾股武裝力量擁立了崇禎皇帝的堂弟——福王朱由崧在南京成立了

「弘光政權」，身為東林黨領袖的錢謙益經過考慮，也依附了這個政權，當了禮部尚書，但沒想到這個政權的壽命只有短短的一年。

西元一六四五年五月，來自北方的清軍橫渡長江成功，從鎮江殺到了南京。而這時候，弘光皇帝朱由崧和他的首輔大臣馬士英早就偷偷跑了，弘光朝中最忠誠的兵部尚書史可法也已在揚州犧牲，留下來的一群大臣，都在想方設法地給自己安排後路，這當中就有錢謙益。他和忻城伯趙之龍、保國公朱國弼、魏國公徐久爵、隆平侯張拱日以及大學士王鐸、蔡亦琛等三十餘名高官，跪在南京的滂沱大雨裡，狼狽不堪地迎接清軍統帥多鐸進城，他們毫不抵抗地投降了。

同樣是亡國，在南宋，是從皇帝開始，十萬官民同殉國；而在大明，無論是文章華麗的東林黨，還是陰險有心機的閹黨，甚至是世襲功勛的郡王，到最後竟然沒有幾個人願意為國犧牲。也難怪明朝沒有超一流的詩人，因為文人最可貴的氣節已經在奢侈腐化的社會風氣裡，被消蝕得無影無蹤。

在清軍殺到之前，柳如是勸丈夫錢謙益和她一起投河殉國，不過錢謙益怎麼都不肯，他的理由是秦淮河的水太涼了。柳如是倒抽一口涼氣——她是一個既有野心又有遠大理想的人，她嫁給錢謙益的終極目的，就是要彌補自己做為女人不能直接入朝的遺憾，通過選丈夫成為一個名垂青史而不是遺臭萬年的人！

錢謙益的這種表現，完全出乎她的意料。柳如是憤憤地說：

素瑟清樽迥不愁，柂樓雲霧似妝樓；夫君本志期安槳，賤妾寧辭學歸舟。

燭下烏籠看拂枕，鳳前鸚鵡喚梳頭；可憐明月三五夜，度曲吹蕭向碧流。

她決定自己跳河，結果被趕來的家人攔了下來。

錢謙益降清後，日子過得並不舒心。他只得了一個閒職，還要受氣，於是只幹了幾個月就辭官回家了。而回到常熟，錢家很快就又聚起了一個圈子，這次柳如是儼然成了主角，她借助錢謙益的影響力，偷偷資助各路反清復明的力量。而清朝統治者本來就不信任這些漢臣，在各種耳目的報信中，錢謙益被捕了——他和柳如是資助過的黃毓祺抗清失敗被俘，已經年過花甲的錢謙益身戴鐐銬被押解北上，命在旦夕。

剛生完孩子身體還很虛弱的柳如是竭盡全力，拿著自己能湊到的錢到處活動希望能救丈夫的性命，而害怕受牽連的錢家人都在冷眼旁觀。當錢謙益九死一生被放出來的時候，他對妻子的感情到了極點，他百感交集地對花費了巨大心力的柳如是說：「慟哭臨江無孝子，從行赴難有賢妻。」

他早已經後悔，後悔自己沒有聽她的勸，後悔自己的動搖帶來了一生抹不去的汙點，這讓他痛苦萬分。所以幾年後，當他的學生鄭成功在東南沿海拉起了一支抗清部隊時，夫妻倆毫不猶豫地給了一大筆錢，滿心希望鄭成功能夠北伐成功。

但是鄭成功失敗了，企圖重獲神州的南明小朝廷也終於全軍覆沒，鄭成功退走臺灣。柳如是和錢謙益夫妻失望至極，錢謙益更寫下《後秋興》組詩哀嘆山河：

百神猶護帝臺棋，敗局真成萬古悲。身許沙場橫草日，夢趨行殿執鞭時。
忍看末運三辰促，苦恨孤臣一死遲。惆悵杜鵑非越鳥，南枝無復舊君思。（《後秋興之十二》壬辰三月二十三日以後大臨無時啜泣而作・其四）

海角崖山一線斜，從今也不屬中華。更無魚腹捐軀地，況有龍涎泛海槎。
望斷關河非漢幟，吹殘日月是胡笳。嫦娥老大無歸處，獨倚月輪哭桂花。（《後秋興之

十三》自壬寅七月至癸卯五月訖言繁興鼠憂泣血感慟而作猶冀其言之或不誣也．其二）

他已經心力交瘁，三年後便離開人世。臨終前，他們已經沒有錢了，連視若珍寶的萬冊藏書也在多年前被他們的女兒在玩耍時不小心燒了。八十三歲的錢謙益最後拉著四十七歲的柳如是的手說：

老大聊為秉燭遊，青春渾似在紅樓。買回世上千金笑，送盡平生百歲憂。（《病榻消寒雜詠》）

他說，我這一生什麼都明白，我也明白妳當年和妳現在的心。柳如是覺得丈夫的手慢慢變冷了，就輕輕闔上了他的眼睛。

是的，他明白，她更明白，她的一生不甘心平凡和庸俗，她立志要做一個名士的夫人，結果把自己活成了一個名士！她心比天高，不屈不撓，久經考驗，從不後退，有著女戰士的精神和戰鬥力。

在錢謙益死後三個月，由於錢家親戚上門爭奪財產，戰鬥到底的柳如是用一條白綾結束了自己的生命，用一個「逼死主母要報官」的罪名嚇退了這些來要錢的人。她給已經出嫁的女兒留了封遺書說：「我來錢家二十五年，從不曾受人之氣。今竟當眾被凌辱，娘不得不死。娘之仇，女兒當同妳哥哥一起出頭，拜求妳父親知道。」

縱觀女名士柳如是的一生，達到了現代婦女都難以企及的高度，她真的是——上得了廳堂，下得了廚房，殺得了盜匪，翻得了高牆，寫得出好詩，買得起新房，鬥得過小三，打得過流氓，剽悍的一生不需要解釋！

在晚明那個風雨飄搖的社會裡，柳如是留下了眾多詩文書畫，在後世都成為珍品。她在人間的印象，永遠停留在當年遙看群山時的那一抹驕傲神色：「我見青山多嫵媚，料青山，見我應如是！」

寇白門撕破南明小朝廷的臉，給了保國公一記耳光

風塵美人多不幸，最不幸的是從雲端跌到塵埃裡。就像寇白門的一生。

她在能詩善畫的秦淮八豔中不算最出名的，但她的身世比別人還要複雜——其他名妓都是幼年被拐賣，只有她出生在世代為娼的人家。在南京的鈔庫街，紅粉寇家在晚明的名氣很大，跟街上另一頭的名妓李香君的「媚香樓」互為風景，吸引了很多來看秦淮風月的人。

鈔庫街在什麼地方呢？它位於南京夫子廟秦淮河南岸，東北起文德橋，西南至武定橋，在明代是國家金庫——寶鈔庫的所在（明朝錢幣為「大明通行寶鈔」），所以因此得街名。此外，由於南京是明清兩代江南鄉試的舉辦地，有大大小小的貢院分布，在鈔庫街上也有試館，所以這裡的人流量一直不小。

曾經熱衷出入青樓的作家吳敬梓在他的《儒林外史》中寫秦淮風月時，繪聲繪色：「那秦淮河到了有月色的時候，越是夜色已深，更有那細吹細唱的船來。淒清委婉，動人心魄。兩邊

河房裡住家的女郎，穿了輕紗衣服，頭上簪了茉莉花。一齊捲起湘簾，憑欄靜聽。所以燈船鼓聲一響，兩邊捲簾開窗。河道裡焚的龍涎，沉、速香霧一齊噴出來，和河裡月色燈光合成一片。望著如聞仙人，瑤宮仙女。」

話說明朝一開國，朱元璋曾在南京大肆建青樓，他的本意是希望有錢的民間人士去消費，增加國家的稅收，結果去的主要是官員們。朱元璋一生氣，就撤掉了許多官辦的青樓，但是私營的風月場所卻此起彼伏地冒出來了，成為南京的一面招牌。別說其他人，就是朱元璋身邊功臣的子孫們，也經常在風月裡流連忘返，反而對國事漠不關心。

這其中，就有第八代大明保國公朱國弼（明朝有公、侯、伯三等爵專授功臣和外戚，三等爵一般世襲，明朝第一代保國公是宣平武莊王朱永），他在崇禎年間秦淮河畔的熱鬧中，登場了。

明崇禎十五年（西元一六四二年）秋天的一個夜晚，一支浩浩蕩蕩的隊伍來到南京鈔庫街寇家樓下，肅穆站立。這時，足足有五千名士兵手執紅燈籠排隊站著，從南京武定橋一直到保國公朱府門口，一路吹吹打打，嗩吶盈天，場面極度壯觀。路過的人都覺得好奇，這是在幹什麼呢？很快，答案揭曉了——從寇家抬出了一頂重彩八抬大轎，在五千士兵的護送下威風凜凜地直奔朱府。原來是這裡最美的姑娘、年方十八歲的寇白門，嫁給了年輕的保國公朱國弼為妾。

這場婚禮的排場，完全不似一個青樓女子要從良，倒像是一個官府人家的小姐出閣，成為當時南京最大、最隆重的一場婚禮。而這場婚禮的情景，深深烙印在當事人寇白門的心裡，讓她直到多年後還會撿起這些片段，來安慰自己殘缺的生活。

眉淡衫輕春思亂。不怪無情，反受多情絆。怕上層樓凝望眼，落花飛絮終朝見。
釵鳳暗敲雙股斷。劃損雕蘭，一一相思遍。香臯獸爐空作篆，荼蘼開謝閒庭院。（《蝶戀花》）

這是寇白門的《蝶戀花》詞，也正是這首詞，把朱國弼推到了她的面前。他是個情場老手，卻喜歡青澀的姑娘，雖然家裡有的是姬妾，但面對能歌善舞又會詩詞的寇白門，還是動了心。而對家裡姊妹都是青樓女的寇白門來說，嫁給保國公就等於有了一個永遠的靠山，再不用靠出賣色相為老年攢生活費了。

對寇白門的美，明末清初的作家余懷說過：「白門娟娟靜美，跌宕風流，能度曲，善畫蘭，相知拈韻，能吟詩，然滑易不能竟學。」原來她的身上有一種青樓中人罕見的真誠坦率，是別人怎麼都學不來的。而她沒有一絲一毫的圓滑，這也正是她的魅力所在。

這種魅力讓錢謙益也寫她：「寇家姊妹總芳菲，十八年來花信違。今日秦淮恐相值，防他紅淚一沾衣。」看看，即使有同樣出身名妓的夫人，男人對世間美色，還是看得清清楚楚的。

不過這時候的寇白門無暇顧及這些，她在朱府當著得寵的新人，只要微笑就能得到一切，讓姊妹們羨慕不已。這種日子持續了兩年，一直到崇禎十七年的那個春天。

這一年的四月，已經建立「大順」政權的農民起義軍首領李自成攻進北京，明朝最後一位皇帝崇禎在煤山自縊，年僅三十四歲。崇禎在臨死前穿著充滿補丁的龍袍，極度失望地在遺書裡說：「朕涼德藐躬，上干天咎……然皆諸臣之誤朕。」他的話翻譯過來就是：你們這些世受皇恩的大臣，到我需要你們的時候卻一個人也不來了，都是你們害了我啊！

他說的也有一定道理，畢竟李自成在打開皇家國庫的那一刻，是真正地震驚了：整個大明國庫居然只剩下不到四千兩銀子，錢都去哪了？還不是在腐化墮落的大臣和藩王公爵們的私人口袋裡。崇禎臨死前要用軍隊打仗，沒有錢便向大臣們借錢，這些人居然就是厚著臉皮不給。到崇禎皇帝死後，他們哭天喊地在南京建立起弘光政權，擁立了比崇禎能力更不行的福王朱由崧當皇帝。這時候的朱國弼因為參與了擁立福王登基，成為弘光政權的功臣。

可是計畫趕不上變化。這些人還在花天酒地，清軍部隊就定中原，下江浙，一路殺了過來。

就在這一年的六月，清廷頒布「剃髮令」，詔書高懸在江南，聲稱「留頭不留髮，留髮不留頭，凡不隨者，殺無赦」。這引起了素來被認為柔弱的江南人的集體反抗，許多讀書人家的子弟棄筆從戎，投入了抗清鬥爭，卻終因缺乏軍事素養而失敗。

清軍由此開啟了屠城模式：嘉定三屠、揚州十日、屠嘉興、屠江陰……所到之處，血流成河。當兵部尚書史可法在揚州倒下時，弘光政權已經沒有了敢打仗的大臣，清軍就這樣殺到了南京。西元一六四五年的五月，大雨滂沱，整個弘光朝廷的三十多名重臣集體投降。保國公朱國弼跪倒在清軍統帥多鐸經過的路上，差點被馬蹄踩到。

這些降臣到了北京，發現日子並不好過，朱國弼一家更是直接被軟禁了起來。他想來想去，決定把所有的姬妾賣了換錢，來贖他自己的性命。

名妓寇白門在首批被賣的名單上。她這時候終於清醒了，知道眼前這個曾經用豪華婚禮讓她感動的保國公本來就是一個沒有擔當的男人，他的排場、他的闊氣、他的愛慕和欣賞，全部都是假的，他心裡也沒有別人的死活，只有自己。但是青樓女子，什麼場面沒見過，寇白門止住了他的驚慌，只說：「若賣妾所得不過數百金；若使妾南歸，一月之間當得萬金以報公。」

從前爬得有多高，之後摔下來就有多沉重。被無情拋棄的寇白門，終於明白了這個道理。

於是她騎著一匹白馬，帶著陪嫁的丫頭，黯淡地回到了南京。

她也說到做到，只用了幾個月時間，就籌到白銀萬兩，為困境中的朱國弼買回了一條命——而這些都是她的賣身錢。朱國弼脫身之後，還想用舊情留下寇白門，這時重操舊業的秦淮名妓冷笑著說：「當年你用銀子贖我出青樓，如今我也用銀子把你贖回來了，我們互不相欠。」她留下一首詩就離開了：

烽火狼煙，河山半壁殘，秦淮十里風流散。青樓黯，何須嘆？正是男兒馳騁時，羨煞紅顏！飲馬大江邊，請君聽陣陣，琵琶輕彈。

他們恩斷義絕。寇白門從此就像變了一個人，像江湖中人，出手大方，行為卻離奇古怪，人送外號「女俠」。對她這段失敗的婚姻，當年的名公子吳偉業（也是秦淮八豔之一的卞玉京的情人）有一首詩形容：

朱公轉徙致千金，一舸西施計自深，今日只因勾踐死，難將紅粉結同心。

轉眼間，天地竟大不同了，淪陷後的江南，百業凋零，萬戶蕭疏，農工商業遭受沉重打擊，來青樓的客人也少了，從前最風雅的那一群——各地望族、各路文社的世家子弟——他們在從前是秦淮八豔的主流婚戀對象，現在國破家亡，他們自顧不暇，即使財產上沒有太大損失，卻又面臨清廷的招安，因此備受煎熬。

比如晚明的四公子：侯朝宗降清做官去了；方以智堅持反清復明被迫出家直到殉國；冒辟疆退隱蘇州老家的園林；陳貞慧拒絕出仕十年都不進城，即使像錢謙益、吳偉業、龔鼎孳這樣的江左三大家，他們都先後出仕清廷但很快就後悔了，尤其錢謙益和吳偉業更是為這終生的汙點背負著巨大的心理壓力。再還有那些沒有功名的讀書人，像散文家、紹興人張岱，從一個遊手好閒的富貴人家公子，變成家徒四壁、三餐不飽、破屋爛衫，要靠自己擔水挑糞種菜才能有飯吃的山裡農民。這樣的故事不勝枚舉。

總之一句話，從西元一六四五年以後，凡寇白門認為合適的婚戀對象，有的死了，有的隱世了，有的窮困潦倒了，再不然就是像她的前夫那樣變節了，江南的士族才子幾乎消失。剩下還有錢和心情來逛青樓的人，有一些是趁機發國難財的不法分子，她打心眼裡看不上。

秦淮名妓寇白門就這樣尷尬地懸在半空中，被迫當了不婚主義者。

而隨著年紀的增長，故人的消逝，美貌的流逝，她後來變得很難取悅，剛剛笑顏逐開，卻又馬上變臉。寇白門還沒有意識到，她自己以及與她的過去密切相連的那一群人，都已經成了明朝的遺民。他們生活在往事裡，靠過去的繁華來安慰現實的殘缺，這是在不斷地自舔本來就難以癒合的傷疤。

對故國，她沒有太多的本事，不像柳如是那樣有巨大的活動能力和膽量，公然支援抗清武裝，她只能偷偷地託人帶錢給那些還在前線的朋友，盡一點個人力量。在公開場合，寇白門打著大宴賓客的招牌「築園亭，結賓客，日與文人騷客相往還，酒酣耳熱，或歌或哭，亦自嘆美人之遲暮，嗟紅豆之飄零」，她表面上裝瘋賣傻，私底下，還在關心故人的安危。

安徽桐城人方文（後為明朝遺老）、浙江鄞縣人張蒼水（後來抗清犧牲）、陝西三原人李屺瞻（當時的關中三李之一）來看寇白門，在書房一番唏噓後，方文留下了一首詩《偕張蒼水李屺瞻飲寇白門齋頭有贈》：

舊人猶有白門在，燈下相逢欲斷腸。一到南中便問君，知君避俗遠塵氛。

此番不見幽人去，慚愧秋江與暮雲。張生圖晤甚艱難，此夕相期分外歡。
只當論詩良友宅，不應概作女郎看。

過去的已經回不來了，人們的青春、熱情和種種希望，淹沒在六朝金粉中。人到中年的寇白門，交往了比自己年齡小得多的浪蕩少年韓生，她為他花錢，教他習詩文，他卻只把她當成搖錢樹。在人生的最後，寇白門病重，她讓人把韓生找來，讓他在她的身邊躺一個晚上。但他覺得她看起來又病又老，就拒絕了。可他卻沒有走，而是留在了寇白門的婢女房間裡過夜，他們半夜時的笑聲，被病懨懨的寇白門聽見了。

她的怒氣一下子爆發出來，對愛情的失望、對婚姻的失望、對人生的失望、對社會的失望，讓她披頭散髮地衝出去打婢女、罵韓生，又氣自己，終於沒過幾天就死了。寇白門病重的時候，連藥也灌不進去，她真的不甘心，覺得青春好像還沒過完，自己就被扔進了垃圾堆。

她是前朝的人了，前朝已經風雲散盡，而她不願意承認也不想面對，就用荒誕和扭曲的生活方式送了自己最後一程。至此，明清最風流的名妓、詩人們，也大多離開人世了，她們和晚明社會、晚明才子之間割不斷，理還亂的那些糾結，不再重要了。

人啊，不能選擇自己的出身，但必須獨立為生活的後果買單，無論王侯將相還是煙花女子，都將歸於塵土，而這就是人生。畫家閔華在寇白門死後給她畫像並題詩，用沉重的筆寫道：

身世沉淪感不任，娥眉好是贖黃金。牧翁斷句餘生記，為寫青樓一片心。
百年俠骨葬空山，誰灑鵑花淚點斑。合把芳名齊葛嫩，一為生節一為生。

在人生面前，誰能夠比誰高尚呢？誰也不敢保證。

一生煮菜做糖追老公的女詩人董小宛，究竟虧不虧？

愛情像腳，婚姻是鞋子，腳在鞋子裡的滋味究竟如何，只有當事人最清楚。多少年來，中國文人愛通過詩詞文章記錄夫妻家庭間的瑣事，這種風氣，在從明末到清代時更甚。除了由著名作家林語堂推薦過、清代落魄文人沈復所寫的《浮生六記》，就要數明末才子冒辟疆的《影梅庵憶語》了。和《浮生六記》一樣，這是一本在女主角去世後，男主角深情地歷數此生愛情與婚姻的回憶錄。它們同時也是時代最忠實的記錄器。

故事從哪裡開始呢？要回到明崇禎十二年（西元一六三九年）的秋天，晚明著名公子冒辟疆到南京參加鄉試失敗，路過蘇州半塘時，和時年十六歲的名妓董小宛匆匆見了一面。這次見面兩個人都是沒準備的，冒辟疆心不在焉，是在朋友吳應箕、侯朝宗、方以智的鼓動下，才到蘇州來散心的。

而董小宛呢？她對冒辟疆的印象非常好，但她一句話也沒說，而是後來從各個角度調查了冒辟疆的為人。因為她跟其他名妓不同，董小宛本是出身好人家的小姐，原名董白，蘇州人，因父母離散家道中落，她才為了生計入了秦淮樂籍成為南京禮部教坊司的官方歌妓。這一年，董小宛剛剛十六歲，因為從小教養得好，她精通琴、棋、書、畫、詩、花、茶，一下子豔名遠播。

而董小宛從成為歌妓的第一天起，就在努力尋找能帶她擺脫命運枷鎖的人，這個人必須家世品貌才學都出色，才能稱她的意。而她於千千萬人之中，沒有早一步也沒有晚一步地，剛好看上了冒辟疆。她後來形容自己的心情，是這樣說的：

獨坐紅窗悶檢書，雙眉終日未能舒。芳容銷減何人覺，空費朝朝油壁車。（《偶成》）

明朝末年，人間凌亂，到處是病態的人和荒謬的事。董小宛看中的冒辟疆，卻是社會的一股清流。首先，他家世非常好，出生在江蘇如皋一個世代仕宦的人家，祖父冒夢齡是明萬曆年間進士，是被稱為「金臺十子」的文化領袖；父親冒起宗是崇禎元年進士，官至山東按察司副使，督理七省漕儲道，和東林黨人也交往密切。冒辟疆的大名冒襄是祖父的好友郭子章（江西泰和人，曾任兵部尚書）起的，希望他能襄助天下；他的字辟疆，意思是為國開疆拓土。

其次是學問好。冒辟疆從小接受傳統嚴格的教育，並不是紈絝子弟。他詩文寫得好，十四歲就出版了個人詩集《香儷園偶存》，大書畫家董其昌和陳繼儒親自為他作序，董其昌更直接把他比作初唐的王勃，認為他能夠「點綴盛明一代詩文之景運」。

再次是人品好。在許多人都是說一套做一套的社會裡，冒辟疆做到了言行合一。在崇禎十三年（西元一六四〇年）的一場特大旱災並蝗災裡，從華北到江南，農田無收，米價奇貴，老百姓快要活不下去了。冒辟疆帶頭捐出自己的家產接濟災民，在如皋東南西北四個城門外設粥廠，每天要施粥三千多份。他還親自探望城裡老幼病殘弱等無法來取糧的困難戶，按日或按月分給他們米錢。在前後共五個多月的時間裡，冒公子救活了十幾萬人。冒家是世家，但不是巨富，如果不是冒公子真的心善，他做不到這一點。

不過冒公子的考試運十分不好，從十七歲一直考到三十二歲，他六次去南京鄉試，六次都落榜，做為進士之家的子弟，連舉人也沒考上。冒辟疆絕不信自己實力不行，他認為是朝廷的無能昏庸，導致了有才學的青年報國無門，激憤之下，就在遇見董小宛的這一年，他在由老朋友吳應箕起草、由復社青年共一百四十餘人聯名的《留都防亂公揭》上，簽下了自己的名字。為這件事，他還差點被迫流亡。

名妓看上了名公子，名公子還被蒙在鼓裡，他喜歡的是董小宛的閨蜜陳圓圓，並在崇禎十四年（西元一六四一年）秋天與陳圓圓訂下了婚約。誰知道風雲突變，陳圓圓被外戚田弘遇（崇禎帝寵妃田貴妃的父親）搶走，等他再趕到蘇州時，已經為時已晚。

此時，董小宛當面向冒公子表白：「我本來在生病，見到你，病都好了一大半，我非公子不嫁。」冒辟疆很吃驚，世界上竟有這樣直接的姑娘，他嚇得落荒而逃，而她就窮追不捨。

這一追就整整追了二十七天。還在病中的董小宛從蘇州到無錫，再從常州到宜興，一直追到鎮江，誰也不知道這個病懨懨的姑娘，哪來那麼大的毅力。冒辟疆勸了她二十七天，用了各種各樣的理由：自己考試不行、父親滯留邊疆、家中老母多病……甚至是沒錢。他對姑娘說：「妳贖身要那麼多錢，我一個讀書人怎麼可能出得起，妳還是另攀高枝比較好。」

不行，怎麼說董小宛都不肯聽，冒辟疆最後被迫答應，來年等鄉試完了，他就去接她。而第二年，不用等冒公子再考慮，董小宛自己跑到他考試時住的旅館。成績已經公布，他又沒中，而她怎麼都不肯回蘇州，她說：「如果非要逼我回去，我就凍死、餓死給你看。」她當著來來往往的讀書人的面，哭得非常傷心——他不知道這一路上風大浪大，她吃了多少苦，連坐的船都差點翻了，才終於見到他。而她是一根筋的人，目標明確，雷厲風行，看上的對象絕不放手。

就這樣，董小宛幾乎是求著冒辟疆接受了自己。但是像他這樣的人，確實不會為了一個名妓贖身花那麼多錢，那怎麼辦呢？董小宛的一片情意幾乎感動了所有知道這件事的人，於是由慷慨大方的東林黨領袖、柳如是的丈夫錢謙益出資大部分，再由另外幾個文友湊剩下的部分，大家一共拿出三千兩白銀給冒辟疆，為董小宛贖身。錢謙益另僱了一條小船，直接把董小宛送到如皋冒家的水繪園。

這正是崇禎十五年（西元一六四二年）的春天，冒辟疆三十二歲、董小宛只有十九歲，在別人看來他們是天造地設的一對，在兩個人自己心裡呢？在她是十分滿意，在他，則是哭笑不得。董小宛對這個並沒有那麼愛自己的丈夫說：

> 一從復社喜知名，夢繞腸回欲識君。花前醉晤蔭連理，劫後餘生了夙因。（《無名詩》）

冒辟疆能說什麼呢？他的心情是複雜的：家事、國事、朋友的事，再加上下落不明的陳圓……董小宛對他來說，好像橫空出現的一場戲，他本不打算接受，但因為這段戲文實在讓人感動，他也就入戲了。

是的，人生似朝露，如戲年年空。一代名妓董小宛有天生的好嗓子，唱的好昆曲，而冒家從冒夢齡、冒起宗到冒辟疆，都是昆曲戲迷。冒家有自己的家樂班，有自己的舞臺和排練場，集中了當時最優秀的昆曲演員，而董小宛的到來讓她成了當仁不讓的女主角。於是在幾年的時間裡，如皋冒家水繪園寒碧堂的戲臺上，常常是滿臺紅燭高照，口裡咿咿呀呀的人影伴著悠揚的笙笛聲傳遍江南。

董小宛到了冒家以後，不只是對冒辟疆好，她對婆婆馬恭人和冒辟疆的妻子蘇元芳都很好。她運氣也確實不錯，冒家上下都知書達理，沒有人為難這個不請自來的小妾。因此，冒辟疆才能在自己的書房壹默齋裡，看書評畫，寫字喝茶，把玩金石甚至是設計園林——冒公子是那個時代優秀的園林設計師，占地二十七萬平方公尺的水繪園從冒家先祖開始建築房屋，到他手裡才把山石園亭池景等極需藝術鑒賞力的細節一一完成。

在這段時間裡，他們一起完成了很多作品，光董小宛，就有詩作《綠窗偶成》、《楷書秋閨扇面詩拾壹首》和《一柄象牙彩蝶》。她還替忙不過來的冒辟疆給親友寫小楷扇面，因為早在蘇州的時候，她就學過書畫，而且畫得很好（董小宛十五歲時畫的《彩蝶圖》現在收藏在無錫市博物館）。董小宛的《秋閨詩拾壹首》也寫得清麗動人：

幽草淒淒綠上柔，桂花狼藉閉深樓。銀光不足供吟賞，書破芭蕉幾葉秋。（其一）
殘柳凋荷綠未沉，一池清水澈如心。樓前幾日無人到，滿地槐花秋正深。（其二）
白日吹人無所思，獨來窗下理紅絲。手擎刀尺瓶花落，數點天香入硯池。（其三）
稠煙迷望不能空，滿地猶含綠草風。亂竹繁枝多少意，滿園花落憶春中。（其四）
修竹青青亂草枯，留連西日影相扶。短牆微露高城色，遠處疏煙入畫圖。（其五）
飄枝墮葉此煙中，殘鳥啼秋聲亦同。錯認桃花滿青行，依稀白鷺棲丹鳳。（其六）
侵曉開香濕繡巾，滿天猶帶月華新。此中隨意看秋色，采得名花贈美人。（其七）
小庭如水月明秋，天遠窗虛人自愁。多少深思書不盡，要知都在我心頭。（其八）
無事無情亦未閑，孤心常寄水雲邊。今宵有月無人處，高諷南華秋水篇。（其九）
滿畦寒水稻初黃，細鳥歸飛集野棠。正是好懷秋八九，桂花枝下飲清香。（其十）
風前一葉巧迎秋，露氣蟾光淨欲流。樓上有人爭拜影，巧絲先我骨衣俅。（其十一）

懂生活的人除了會寫詩還會做飯。這回董小宛展現了她遠超其他人的本領——冒辟疆的伙食從她到冒家開始就是她親自操辦的，丈夫見多識廣懂吃會吃，尤其喜歡吃甜食、海鮮和臘味食品，她就每天研究食譜，看到哪個地方或酒家有特別的菜肴點心，就去尋訪它們的製作方法。由此，她便會醃鹹菜、臘風魚、製香露、醉毛蛤、做蝦鬆、製腐乳……尤其是董小宛的「董肉」（江蘇名菜走油肉）和「董糖」（用精細白糖、褪殼芝麻、純淨飴糖加上麵粉等製成的一種酥糖，是董小宛為冒辟疆發明的點心，現在已經是如皋特產），到今天還被人津津樂道。

多年後，病弱年老的冒辟疆在《影梅庵憶語》中詳細回憶了董小宛一些菜的作法，再加上他自己的評論，發出無限感慨。他到這個時候才明白，當年的美人有多麼地熱愛生活，堅強自信，腳踏實地，才把風雨中的日子過得如詩如畫。

到西元一六四五年的春天，這種日子結束了。李自成進京，崇禎自盡，清軍南下，一路屠城，臨時組建的弘光政權投降了，他們夫妻倆的保媒人錢謙益在投降派的隊伍中。董小宛當年的姊妹們四散天涯。瘦弱的她，收拾了所有能帶走的東西跟著冒辟疆在江南到處逃難。

怎麼逃的呢？冒辟疆自己說了：「夜半，家君[12]向余曰：『途行需碎金，無從辦。』余向姬（小宛）索之，姬出一布囊，自分許至錢許，每十兩，可數百小塊。」也就是說大難來時，冒家兩代當家的大男人沒盤纏，一家人只有董小宛提前準備了錢。但是真到逃難的時刻，冒辟疆是這麼做的：「余即於是夜，一手扶老母，一手曳荊人。」他一邊照顧母親，一邊拉著妻子，至於董小宛，是「姬一人顛連趨蹶，僕行里許，始仍得昨所在輿輛」。她一個人拎著大包小包，氣喘吁吁、跌跌撞撞地跟在一家人後面。在最危急的時刻，她還是一個孤立的身影。

而冒辟疆又如何？他從小錦衣玉食，哪裡吃過這種苦！從逃難這年開始，他身體嚴重受損，五年裡大病三次，每一次都靠董小宛全力的照顧才脫離危險。在最後一次大病的時候，冒辟疆背上生疽，痛得不能仰臥，連覺也不能睡。董小宛就夜夜抱著丈夫，讓他靠在自己身上睡，而她就這麼坐著、半睡半醒地過了整整一百天。

他從鬼門關裡逃出來，發現她不行的時候，董小宛已經瘦得不成人形，完全沒有當年的風采了。在如皋的水繪園，經過戰亂，他們的家產大部分被搶走，園林被破壞，董小宛省吃儉用，操心家裡的生活，又要照顧他，她真的太累了！

窮困中，冒辟疆面對清廷的召喚選擇了退隱，斷絕了和投降的舊日朋友的來往；他偏又是個慷慨的人，本性的善良讓他收養了東林黨、復社和江南抗清人士留下的孤兒二十多人，招待從四面八方慕名而來的各種文友，最多時一頓飯就有三百多人。這種場面都是要錢支撐的，大

12家君：對人稱自己父親。

家出身的冒辟疆只能靠變賣所剩不多的家產以及自己的字畫為生。

董小宛都看在眼裡。她知道自己命將不久，只擔心他不知社會的險惡過得不好，就讓人把床前他們都喜歡的菊花、她親手修剪的「剪桃紅」移過來，她說：「人生要是一直像花那樣亭亭玉立、枝繁葉茂，該多好啊！相公有什麼話說？」

冒辟疆想了想，寫了一首《詠菊》：

攜鋤別圃試移來，籬畔亭前手自栽。前夜不期經雨活，今朝竟喜戴霜開。

董小宛就和了一首《與辟疆詠菊》：

玉手移來霜露經，一叢淺淡一叢深。數去卻無君傲世，看來唯有我知音。

他看著她，她也看著他，她知道這一生都是自己在追他，她知道有很多人在背後為她抱屈，但她不覺得苦。董小宛是這樣的一種女人：她不想做名士，也不想做女俠，只想做個有所愛之人在身邊的人而已。她本是好人家的女孩，不幸掉到爛泥裡，但憑著心氣高、能力強、才貌好，還是一心一意地爬起來，把自己的生活，打造成世人眼中幸福的模範。

這種幸福，不管是不是真的，在一個拚了命想要好好活著的人身上，是一種自我價值的超越與昇華。董小宛死去了，在她二十八歲的青春裡，因為勞累過度，經名醫治療無效，她在清順治八年（西元一六五一年）的正月初二去世了，一生中跟冒辟疆在一起度過的時間不過九年。董小宛死後葬在水繪園的影梅庵，所以冒辟疆的回憶錄才叫《影梅庵憶語》。

他要到四十多年後，生活貧困潦倒、老病纏身的時刻，才越發懂得當年人的好，他時時能念出董小宛寫的《與冒辟疆》一詩：

事急投君險遭凶，此生難期與君逢。腸雖已斷情未斷，生不相從死相從。
紅顏自古嗟薄命，青史誰人鑒曲衷。拚得一命酬知己，追伍波臣做鬼雄。

她還是十九歲那年的樣子，而他已經八十多歲了，他伸出手去摸她，卻驚覺只是一個幻影。這場遺夢做了四十年，他竟然還沒有醒來。

西元一六九三年，清康熙三十二年，驚覺大夢一場的冒辟疆在如皋去世，享年八十三歲。他想起世事飄零，幾度浮沉，大明終成往事；而曾經少年不識愁滋味的那些名士與美人，盡皆化為白骨。真是像極了多少年前，唐朝進士錢起說的：

流水傳瀟浦，悲風過洞庭。曲終人不見，江上數峰青。

沒有錯，人世間的每一分努力都應被珍重，那些用力生活、不畏艱難的人，才是現實的勇者。

納蘭性德詞下，一部凋零了時光的紅樓舊夢

雁書蝶夢皆成杳，月戶雲窗人悄悄。記得畫樓東，歸驄系月中。

醒來燈未滅，心事和誰說？只有舊羅裳，偷沾淚兩行。

這首詞是清康熙年間的江南才女沈宛留下的《菩薩蠻·憶舊》。而她憶的是誰呢？那是被梁啟超稱為「清初學人第一」，被王國維盛讚「北宋以來一人而已」的清代第一詞人，翩翩佳公子——納蘭性德。

而他是什麼出身？納蘭性德的曾祖父金臺什是葉赫部的貝勒，曾祖父之妹孟古哲哲是努爾哈赤的王妃，生的皇子就是皇太極。父親納蘭明珠是康熙時期的權臣，母親愛新覺羅氏是英親王阿濟格的第五個女兒。納蘭的家族那拉氏隸屬正黃旗，是清初滿族最顯赫的八大姓之一，大名鼎鼎的「葉赫那拉氏」。

而對納蘭性德的印象，現代幾乎人人都會念他的《木蘭詞．擬古決絕詞柬友》中的兩句：

人生若只如初見，何事秋風悲畫扇。等閒變卻故人心，卻道故人心易變。

他是一朵真正的富貴之花！

且把鏡頭拉回到康熙十三年（西元一六七四年）的北京。位於後海北沿的兵部尚書納蘭明珠府內，一片喜氣洋洋——納蘭明珠的公子、時年十九歲的納蘭性德和十七歲的兩廣總督之女盧小姐成婚了，這真是一件大好事！

而在相隔不遠的紫禁城裡，和納蘭性德同齡的愛新覺羅．玄燁也就是康熙皇帝，正沉浸在悲痛之中——剛剛二十二歲的皇后赫舍里氏在生他們第二個兒子胤礽的時候大出血，產後幾個小時就死在了坤寧宮。

同樣在這一年，紫禁城還來了一個新人——十六歲的曹寅，他一進宮就被封為御前侍衛以及康熙皇帝的伴讀。因為曹家是皇家的家奴，他的母親孫氏是康熙的乳母，曹寅的父親曹璽則因為這種關係，被康熙賞蟒袍，賜一品尚書銜，任命江寧織造。

曹寅的孫子就是世人皆知的曹雪芹，中國四大名著之一《紅樓夢》的作者，而《紅樓夢》的故事被許多人認為是在影射才子納蘭性德的一生。

納蘭性德是在康熙十五年（西元一六七六年）進宮的，同樣是御前侍衛，他很快就和康熙以及曹寅走到了一起，三個人情意融洽，結下了非凡的友情。但就在人生好像一帆風順的時候，納蘭性德的妻子盧氏去世了，死因也是難產。而納蘭性德不是康熙，他就此一輩子也沒有走出這個陰影。他寫了大量的悼亡詞，成為在整個清代無人超越的高峰，比如：

辛苦最憐天上月，一昔如環，昔昔都成玦。（昔，一作「夕」）
若似月輪終皎潔，不辭冰雪為卿熱。
無那塵緣容易絕，燕子依然，軟踏簾鉤說。
唱罷秋墳愁未歇，春叢認取雙棲蝶。（《蝶戀花》）

又比如：

誰念西風獨自涼？蕭蕭黃葉閉疏窗。沉思往事立殘陽。

被酒莫驚春睡重，賭書消得潑茶香。當時只道是尋常。（《浣溪沙》）

沈宛在歷史上的名氣，遠遠不及納蘭性德，但在康熙年間，她在江南卻引起過不小的轟動。她是浙江湖州人，是因為明清交替而沒落的江南文人家的女兒，十八歲就出版了自己的個人詞集《選夢詞》，後來被人傳到了北京。其中有這樣的句子：

難駐青皇歸去駕，飄零粉白脂紅。
今朝不比錦香叢。畫梁雙燕子，應也恨匆匆。
遲日紗窗人自靜，簷前鐵馬丁冬。
無情芳草喚愁濃，閑吟佳句，怪殺雨兼風。（《臨江仙・春去》）

正是這本集子，引起了同是詞人的納蘭性德注意，因為他的身邊，聚集了一批來自江南的布衣文人，有顧貞觀、嚴繩孫、朱彝尊、陳維崧、姜宸英等人，他們大多出身於晚明東林黨人的家庭，有良好的學識，但因為政治原因不可能受重用。而這時離盧氏故去已經快七年了。納蘭著作等身，既出版了個人名傳千秋的《側帽集》、《飲水詞》（後來合為《納蘭詞》），又主持編印了康熙年間最大的一套儒家經解叢書《通志堂經解》，已是不折不扣的文壇巨星。

康熙二十三年（西元一六八四年）的秋天，康熙開始了首次南巡，納蘭性德隨行。而這時，曹寅因為父親曹璽去世，在康熙的旨意下正「協理江寧織造事務」，也就是預備當江寧織造。他在南京恭迎康熙皇帝以及好友納蘭性德的到來。納蘭性德在南京跟曹寅見了面，給他留下了一篇《滿江紅．為曹子清題其先人所構楝亭（亭在金陵署中）》：

籍甚平陽，羨奕葉、流傳芳譽。
君不見、山龍補袞，昔時蘭署。
飲罷石頭城下水，移來燕子磯邊樹。
倩一莖，黃楝作三槐，趨庭處。
延夕月，承晨露。看手澤，深餘慕。
更鳳毛才思，登高能賦。
入夢憑將圖繪寫，留題合遺紗籠護。

正綠陰，青子盼烏衣，來非暮。

秀麗的江南，並非風平浪靜。康熙皇帝知道，自清廷入關以來，熱衷於反清復明的江南士族，始終是清代皇家的心頭大患，所以他把心腹曹寅派到江南，除了讓他負責織造，同時也讓他密切監察江南地方上的一舉一動，隨時向朝廷報告。

康熙的心思，納蘭性德也清楚，所以做為御前侍衛，他的江南之行並不愉快。不過還好在出差的路上，納蘭性德特意抽出時間去看了在家守孝的顧貞觀，而顧貞觀撮合他認識了沈宛。

那是在康熙二十三年某個秋日的傍晚，在江南暖暖的夕陽下，幾個人坐著畫船，穿過層層的荷塘，心事重重的納蘭性德看著一邊的沈宛，不慌不忙地煮水製茶的情景，不禁想起了自己的髮妻盧氏，一種無限熟悉而酸楚的感覺湧上心頭。

而沈宛片刻就把茶端上來了，正迎上納蘭性德的眼神，兩個人，從此相見恨晚。多情公子納蘭性德提筆寫下了這一刻的心情：

……

東君輕薄知何意。盡年年、愁紅慘綠，添人憔悴。
兩鬢飄蕭容易白，錯把韶華虛費。便決計、疏狂休悔。
但有玉人常照眼，向名花、美酒拚沉醉。天下事，公等在。（《金縷曲・未得長無謂》）

這既是寫給顧貞觀的，也是寫給沈宛的，還是寫給他自己的。在官場上內心掙扎多年的納蘭公子，已經隱隱感到家族的榮耀不會長久，即使恭順如曹寅，恐怕也逃脫不了盛極而衰的命運。他的心裡痛苦極了。

沈宛的出現對納蘭性德而言是一劑溫柔的麻醉藥，但是解決不了根本問題，因為兩個人的社會階層、民族屬性、身分背景相差太遠了！沈宛雖然美麗多才，但她不是旗人，家世低微，而且還是清廷嚴防死守的江南文人，以大清的婚姻法（滿族人建立清政權後，推行八旗制度，所有在旗的人稱不在旗的漢人為「民人」，八旗內部可以通婚，但是旗人不得與旗外民人結親）納蘭性德無論如何都不可能娶她，即使是為妾也不行。

於是納蘭性德將因果和盤托出，但只有十八歲的沈宛很勇敢，她後來還是跟著納蘭性德回北京到了納蘭府。在納蘭性德父母的極力反對和社會輿論的一片譁然中，納蘭性德不得不單為沈宛在德勝門內大街租了一處院子，兩個人過起了沒有名分的同居生活。

而此時的納蘭性德是有繼妻有妾的，沈宛什麼也沒有，她非常清楚自己的處境，所以平時並不出門，唯一的嗜好就是託人從家鄉捎來上好的綠茶，在茶香的陪伴下，讀書填詞。她在《長命女》中這樣寫道：

黃昏後，打窗風雨停還驟。不寐乃眠久。
漸漸寒侵錦被，細細香消金獸。添段新愁和感舊，拚卻紅顏瘦。

那是做為知己的沈宛，深知納蘭性德的不快樂，所以她在納蘭性德生前身後的人生裡，從來都只是淡淡的影子，而她又小心翼翼地保護著納蘭性德，生怕這段愛情風一吹就散了。她明知納蘭性德最愛的女人是已故的盧氏，還是一往情深、不改初衷地愛著他，而納蘭性德因此更加珍惜沈宛，他對沈宛的感情，更多地變成了理解、欣賞、支持、愛護以及愧疚，兩顆璀璨的心，在人世間燃著彼此信任取暖的火焰。納蘭性德有一首《夢江南》是寫給沈宛的：

昏鴉盡，小立恨因誰？急雪乍翻香閣絮，輕風吹到膽瓶梅，心字已成灰。

人世間最好的愛情，是僅僅不到一年的曇花開過——一生寫了三百多首錦繡詞章的納蘭性德，在康熙二十四年（西元一六八五年）的暮春，永遠停止了呼吸。因為突發寒疾，這位翩翩絕代佳公子的生命，永遠停在了三十一歲，而那一天，正是盧氏離去的八年忌日。

他還沒有來得及見沈宛最後一面，也不知道在他們相處短短幾個月的時間裡，沈宛剛剛有了身孕。在納蘭性德永遠長眠的夢裡，他見到了盧氏，也把無盡的悲傷和滾滾紅塵，留給了在人間的沈宛。

由於沈宛的身分特殊，既不是納蘭性德的妻子，也非妾室，所以在納蘭性德的遺腹子富森剛出生沒多久，她就不得不把嬰兒交給保姆讓她把孩子帶回納蘭府，自己孑然一身地回到江南。從此以後，她再也沒見過自己的親生兒子，更不知道這個孩子一直活到了七十歲，後來還做為納蘭家族的長壽代表，參加了康熙的孫子乾隆皇帝所設的「千叟宴」。

沈宛的結局，已經難以確知，傳說她落髮出家，在湖州老家的茶山上製茶終老，也有說她嫁給了某位江南富豪為妾，沒過幾年也鬱鬱而終。這個謎一般的少女，不曾留下資料讓人懷想容顏，只有她在離開納蘭性德和京城多年後寫的詞句，字字見血，道盡了她坎坷的一生：

惆悵淒淒秋暮天。蕭條離別後，已經年。
烏絲舊詠細生憐。夢魂飛故國、不能前。
無窮幽怨類啼鵑，總教多血淚，亦徒然。
枝分連理絕姻緣，獨窺天上月、幾回圓？（《朝玉階・秋月有感》）

但是故事的尾聲還不僅於此，歷史用鐵一般的事實證明了納蘭性德的擔憂。清康熙二十七年（西元一六八八年），他死後還不到三年，其父納蘭明珠就因朋黨之罪被罷黜，納蘭明珠府被抄。後雖官復原職但再也不被重用，直到康熙四十七年（西元一七〇八年）病故。而納蘭明珠家的後人，在乾隆一朝因為得罪了和珅，家產全被籍沒，位於後海的納蘭明珠府也被和珅霸占為私人別墅。納蘭性德與沈宛的孩子，就此成為市井貧民。

而恭順一生的曹寅呢？

因為曹家接待康熙的六次南巡留下了巨額虧空，到康熙去世後被清算了總帳。清雍正六年

（西元一七二八年），繼任江寧織造的曹寅嗣子曹頫被革職抄家，曾經風光六十年的江寧曹府倒臺，被抄得空空蕩蕩。但令許多人意外的是，在曹府除了不能動的房屋、傢俱和田產，能抄出的竟然只有百餘張當票，可見曹家當時也已經瀕臨破產了。

三十多年後，曹頫的兒子曹雪芹寫出了鴻篇巨著《紅樓夢》（那時還叫《石頭記》）後，在貧困潦倒中去世。而《紅樓夢》則被和珅進獻給了晚年的乾隆御覽。乾隆看完只說了一句話：「此蓋為明珠家事作也。」就把它定為了禁書。

這時候的和珅大概不會想到，就在乾隆死後，他的家產同樣被嘉慶皇帝抄了個乾淨——總共抄出價值八億至十一億兩的白銀，再加上黃金和其他古玩、珍寶，總價居然超過了清政府十五年財政收入的總和，所以在乾隆死後的十五天，和珅在嘉慶御賜的一條白綾下被迫自盡。

富貴榮華，不過曇花一現，人世間的愛情、人生與命運，都是一場歷史的春夢。夢醒時，只剩那紅樓夢中的倩影猶在聲聲嘆：嘆人世，多少終難定；嘆人心，如此意難平。

她是美人是淑女，還有著名的作家哥哥，但她怎麼就活成了悲劇？

在清朝，有一群大戶人家或中產階層的小姐，因為受過良好的教育又喜歡書畫詩詞，所以被稱為「閨閣詩人」。她們集體出現在江南歷史文化悠久的江蘇、浙江、安徽等省，有的甚至整個家族都是女詩人。這一方面是因為社會經濟大環境的好轉，另一方面也是因為人們對女人接受教育這件事，保持了更大的寬容度。

雖然女孩們能讀的書，通常還是《列女傳》、《女誡》這樣的規矩禮儀，但也有了《牡丹亭》、《紅樓夢》一類人人愛看的文學名著在流傳，這對大門不出二門不邁的千金小姐們來說，極大地改善了她們的閨閣生活。

在南京，更有這樣一群少女和少婦，她們在遊山玩水和賞春悲秋中揮灑著才情，度過一年年的光景。她們就是清代大詩人袁枚的學生，隨園詩社的女弟子們。而袁枚的親妹妹袁機，正是其中的佼佼者。

袁枚是個在私人生活上很有爭議的人，他的很多行為被看成是離經叛道；而袁機完全不同，她幾乎就是那個時代的好女兒、好妹妹、好妻子、好媳婦、好母親的集中代名詞，在她的身上，燃燒著永遠都為他人著想的心。

而這就是她悲劇的來由。

二月清明柳最嬌，春痕紅到海棠梢。寄聲梁上雙飛燕，好啄香泥補舊巢。（《春懷》）

這首詩是袁機少女時的心情。她出嫁比較晚，在二十五歲的時候，嫁給了父母給自己指腹為婚的對象——江蘇如皋高家的公子高繹祖，而這是一樁極其不幸的婚姻，袁機從過門開始，沒有過上一天好日子。

首先，袁機是袁家姊妹中最美麗的姑娘，身材修長、皮膚白皙、面容俏麗，而高繹祖，相貌醜陋，不但矮小弓背，還是個斜眼；其次，袁機的性格非常好，從來不跟人爭吵，不會與人發生衝突，而高繹祖卻是個暴躁狠毒的人，不學好，愛打架，對袁機是橫挑鼻子豎挑眼，踩她的女紅，撕她的詩詞，拿棍子打她，拿火燒她，對她拳打腳踢；再次，袁機孝順父母，敬重公婆，遵從丈夫，而高繹祖既不孝順父母，也不尊重妻子，袁機的公公教訓他，他就敢跟其父對打，袁機的婆婆想阻止袁機挨打，他竟把自己母親的牙齒打折了，簡直駭人聽聞！

最可怕的是，這人是個賭徒，賭輸了就拿家裡的東西去賣，他把袁機所有的嫁妝輸了個精光，最後還要把妻子賣到妓院去。這簡直不是人幹的事情，任誰也看不下去！袁機的公婆幫著她逃到尼姑庵躲藏，袁機的父親接到報信，馬上趕到如皋打官司，經官府判決讓兩人離婚，父親把袁機領回了杭州老家。而這時候，美麗的袁機不過結婚四年，就斷送了一生的幸福。

可是這段婚姻一開始，就是被所有人一致反對的，因為高繹祖的不成材，在當地人盡皆知。高家父母為了退親，曾經謊稱兒子有治不好的重病，可袁機還是堅持嫁過來。為什麼呢？這源於當年指腹為婚的背景，袁機的父親是幕僚，而高繹祖的伯父是他的上司。當年高伯父死後留下了公務上的虧空，連累其妻子兒女下獄。高繹祖的父親幾次解救不成，最後還是靠特地趕來的袁父，救出了高繹祖伯父的家屬。

所以這門親事，本是高家感激袁家人的仗義和善心，沒想到這位高公子會成為日後人見人厭的惡棍。高家父母實在於心不忍，終於還是告知了袁家實情。可是袁機不顧娘家、夫家、兄弟姊妹所有人的勸告，堅持嫁到了高家，成了惡棍高繹祖的家暴對象。

袁機的選擇，現代人是根本無法理解的，只有親哥哥袁枚懂得她的內心。他後來在給妹妹的悼文中寫道：我這個妹妹，從小跟著我一起讀書聽課，她最愛聽的都是古書上那些英烈和楷模的故事，那本是有真有假，她卻全部當真。所以她一直想做一個捨己為人的模範，寧可天下人負她，而她不負天下人，長大了才會這麼做，才會落到這樣一個下場。如果她不讀書不識字，不聽這些道理，也許還能好端端地過一生。

大詩人袁枚覺得，正是自己的飽學、好學，連累了他不知世道險惡的好妹妹，使得她完全按照各種倫理節義的教條生活，誤了自己的終身，也給愛著她的家人帶來了綿綿無盡的痛苦。

袁枚和袁機生活的時期，正是中國社會「康乾盛世」的晚期，袁枚在乾隆四年（西元一七三九年）考中進士，卻一生沒有在政治上有過表現機會。他在翰林院候補了幾年後，還是因為滿文考試不及格只能外放到地方當知縣，從此永遠告別了權力中心。七年後，袁枚自己覺得不耐煩，就帶著在地方上當縣令時攢下的好名聲，辭官到南京蓋起了園林，這就是日後大名鼎鼎的隨園。

乾隆執政的六十年，是清代社會一個高度富裕的時期，也是清朝最後一個富裕的時期了。那時候，整個社會崇尚奢華，有錢的人尤其講究吃穿用度。袁枚聰明絕頂，他建隨園卻不設圍牆，讓人隨意參觀，招來了大量有閒錢的遊客；接著就發行了個人美食心得《隨園食單》，同時辦起私家菜館，讓自家的歌妓在園林中歌舞。人們覺得新奇，馬上就被才華橫溢的袁枚和風景如畫的隨園吸引了，從此袁枚只用在家裡賣菜、賣書、看山水，就輕輕鬆鬆地過上了悠閒自在的生活。

袁機離婚後，幾乎身無分文，帶著一個啞巴女兒阿印投奔了哥哥袁枚。袁枚一家人熱情地招待袁機，也帶著她加入了袁枚創辦的隨園詩社。而隨園幾乎是清一色的女弟子，袁機終於可以自由寫她的詩，而不必擔驚受怕了。這個時候，她的身體已經放鬆，可是她的內心還沉浸在自己的不幸裡，寫的詩大多是這種風格的：

秋高霜氣重，孤雁最先鳴。響遇碧雲冷，燈含永夜清。
自從成隻影，幾度作離聲。飛到湘簾下，寒夜尚未成。（《聞雁》）

她是一個對自己要求極高對別人卻沒有要求的人，即使嫁了一個人人痛恨的丈夫，她還是考慮著他的生活以後不好過，又牽掛已經年老的婆婆，不斷託人給他們帶東西，又寫詩表達自己的心情：

欲寄姑恩曲，盈盈一水長。江流到門口，中有淚雙行。（《寄姑》）

對出嫁到揚州給人做填房的堂妹袁棠，她則語重心長地囑咐道：

此去蘋蘩慎所司，西湖花鳥莫相思。同懷姊妹憐卿小，珍重初離膝下時。

清風林下說才華，久有詩名重謝家。學罷杭州大梳裹，又彎新髻插瓊花。（《素文女子遺稿‧送雲抉妹歸揚州》）

儘管她的婚姻如此痛苦，她還是告訴妹妹，無論如何都要做一個好妻子、好媳婦，不管別人對妳怎麼樣，都要有自我奉獻的精神，要學會揚州婆家的生活習慣，要恪守婦道不要違反禮制。

袁機自己，幾乎就是一部行走的婦德教科書，她在離婚後就以寡婦的裝扮出現，以出家人的心態生活，穿素色衣服，不梳華麗的髮型，不化妝也不聽任何音樂，不吃肉只吃低油少鹽的素菜，自號青琳居士。最後，甚至還自己寫了三卷《列女傳》。

娘家自始至終都沒有嫌棄過袁機，袁機卻把自己看成潑出去的水，覺得自己是個無家可歸、沒有用的人，在哥哥的屋簷下活得小心翼翼，她說：

有鳳荒山老，桐花不復春。死還憐弱女，生已作陳人。
燈影三更夢，曇花頃刻身。何如蜩[13]與鷟，鳴噪得天真。（《有鳳》）

她明明是個活人，卻覺得自己死了，過著枯井般的生活！直到離婚十年後，前夫高繹祖的死訊傳到南京，袁機才終於明白，這段噩夢一樣的婚姻已經結束了。她寫了一首《追悼》：

死別今方覺，生存已少緣。結縭過十載，聚首只經年。
舊事渾如昨，傷心總問天。蕭蕭風雨際，腸斷落花煙。

她要追悼什麼呢？

她已經永遠回不到過去，她也根本不想回到過去，只是在用轉移注意力的方法治療自己的精神和信仰所受的創傷。像袁機這樣的人，從來不信人性中的惡，以為自己的善心能感動和改造早就變質的人，最終她遭受徹底的失敗。

但她卻不願承認，走向了「女人要從一而終」的道路。

袁機死的時候還不到四十歲，死後在《如皋縣誌》和《杭州府志》裡都被立了傳，連《清史稿》也把她寫入了《列女傳》，真正是青史留名。可她的經歷卻讓她身邊的親人痛惜，堂弟袁樹說她：

多愁薄命兼難老，如此傷心世恐無。少守三從太認真，讀書誤盡一生春。（《哭素文三姊》）

哥哥袁枚的真情則更令人感動，他在著名的《祭妹文》中，對九泉之下的袁機說：「凡此瑣瑣，雖為陳跡，然我一日未死，則一日不能忘。……汝之詩，吾已付梓；汝之女，吾已代嫁；

13蜩：音同「條」，蟬。

汝之生平，吾已作傳；惟汝之窀穸[14]，尚未謀耳。……汝死我葬，我死誰埋？汝倘有靈，可能告我？」

原來袁機離婚後寫的幾十首詩，死後都由袁枚編輯刊刻，題名《素文女子遺稿》，收入了《小倉山房全集》中，為「袁家三妹合稿」之一，有一八九一年印本；後來又收到《隨園全集》中，有一九一八年的上海文明書局刻本。袁機留下的啞巴女兒，後來由袁枚主持了婚嫁，他用心給身為殘疾人的外甥女選了個厚道人家。

袁機死後，身為文壇領袖、大教育家的袁枚更加注重對女青年的教育了。他除了不顧爭議地招收女弟子，還召開各種形式的詩會，和女弟子書信往來，指導她們寫詩，幫她們編《隨園女弟子詩集》，毫不掩飾自己的關心。因為從袁機的身上，他明白了思想教育的重要性，對出身不同的隨園女弟子加強詩文教育，以引導她們對自我、對社會和他人行為的積極、自由的思考。而這種自由，正是推行「女子無才便是德」觀念的封建衛道士們極力反對的。

總之，隨園詩社的這種學習法，大大擴展了清代女子教育的內容，又給後來民國時大量出現的女子學堂提供了指導範本。

女人為什麼不能走向社會？女人憑什麼不能擁有自我？這種開放性的思想，在十八世紀末資本主義開始萌芽、商品經濟快速繁榮的江南社會，得到了越來越多的女性甚至男性的共鳴。一些像袁枚一樣的男性知識分子以及擁有開放心態的富商鄉紳，嘗試著讓自己的妻子或者姊妹接受符合新時代的教育，使得她們能夠更好地提高自身以及教育下一代。

美人袁機的悲劇逐漸淡去，在十八、十九世紀交替的中國歷史中，成為過眼雲煙。但是女人要如何更好地成為自己，是個直到今天也沒有完全解決的問題。最核心的一點是，從城市到鄉村，還有多少女性猶在陳腐過時的價值觀裡，浪費著自己的生命，用全部的犧牲重複著錯誤的生活。這令人思考，更讓人警覺，人生的自由之路竟如此漫長！

寶鏡竟同殘月缺，蘆簾空掩落花春。縱教史書傳遺跡，已負從前金粟身。（《哭素文三姊》）

人生的美好，是要自己爭取的；人生的精彩，從來都是自己掙給自己的。要做一個有價值的奮鬥者，絕不做無意義的犧牲品，這才是一個女性負責任的人生觀。

14窀穸：音同「諄系」，墓穴之意。

女扮男裝的杭州小姐吳藻，是大清一朵驚世駭俗的奇葩

知道吳藻的人，多半是因為清代詩人陳文述的一句讚語，說她是「前生名士、今生美人」，而陳文述有個碧城仙館，和袁枚的隨園一樣，門下有眾多女弟子，這吳藻正是其中最特別的一位。她聰明、美貌，精靈又調皮，還有一點就是她不差錢（很像金庸小說中的黃蓉）。在過去有人公然宣稱：「我以為清代男詞人有納蘭性德，女詞人中有吳藻，真是兩朵稀罕的奇花！」

這朵奇花是怎麼開放的？那要從兩百年前（清道光年間）的杭州城說起。

吳藻的一生，是讓人津津樂道的一段杭州往事。她的出身跟別的女詩人不一樣的一點是，別人要不就是生在書香門第有自然的薰陶，要不就是為了生活需要苦學詩詞書畫，而她這兩點都沒有——吳藻是徽商人家的大小姐，她的父親是一個大絲綢商，他們客居杭州，家資巨萬，有的是房產和僕人，她學詩填詞，是出於興趣。吳家老爺花費重金，給女兒請最有名的老師，所以小小年紀的吳藻就能寫出這樣的《如夢令》：

燕子未隨春去，飛入繡簾深處，軟語話多時，莫是要和儂住？
延佇，延佇，含笑回他不許！

因為出身優越，眼界很高，家裡又寵，吳藻從少女時代開始拒絕了一大批的求婚者，這樣挑挑揀揀好多年，她的父母急得頭髮都要白了，很擔心這個最有才華的女兒要孤獨終老。不過還好，吳藻二十二歲的時候，遇到了能夠接受她一切條件的黃先生。而吳藻出嫁後，夫家也同樣有錢，她的丈夫黃先生是個年輕的徽商，精明強幹，早就有了一番屬於自己的事業。

問題也出在這裡，在一個全部都是生意人的環境裡，忽然走出來一個要暢談風花雪月的詩人，這讓詩人自己都感到困惑和失落。剛出嫁時的吳藻憤憤不平地說：

寂寂重門深院鎖，正睡起，愁無那。覺鬢影，微鬆釵半嚲[15]。
清曉也，慵梳理。黃昏也，慵梳理。

15嚲：音同「躲」，下垂的樣子。

竹簟紗櫥誰耐臥。苦病境，牢擔荷。
怎廿載，光陰如夢過。
當初也，傷心我。而今也，傷心我。（《酷相思》）

意思很明顯，她不開心！

所以放著這麼好的條件，吳藻頭也不梳，衣衫不整，眼看髮髻亂得釵子都快掉下來了，她也不想理。她的想法是，要打扮給誰看？不過是對牛彈琴！

沒錯，她曾經興致勃勃地把自己新填的詞拿給丈夫看，丈夫黃先生一邊說寫得真好，一邊頭剛挨著枕頭就打起了呼嚕。這一天生意算下來太累了，這些風雅的句子剛好作為催眠曲。這樣，吳藻就更不滿意了。她要走出家門，走向社會爭取人生的巔峰！

她是怎麼做的呢？首先是女扮男裝，去參加幾乎清一色男性文人的酒會。吳藻頭戴儒巾，身穿長袍，把自己打扮成一個翩翩少年的模樣，穿行在男人的隊伍中。有時，大家喝得高興談得投機了，會鬧到夜深人靜才醉醺醺地地回家。這種行為做派，在兩百年前是相當出格的，可吳藻的丈夫黃先生居然默許了，他還很開明地說：「只要妳開心高興，家裡的門隨時有人守著，妳就去吧。」

其實在二十歲的時候，在吳藻發布個人的第一部作品——雜劇《喬影》裡，就有了這種傾向。她寫東晉時的才女謝道韞，女扮男裝自己畫自己，然後對酒抒情，感嘆自己一生的不滿和不幸都因為自己是個女人。她想成為社會的主流和中堅力量，擁有足夠的話語權，但那些都是男人們的專利。在戲裡，吳藻用謝道韞的口氣，完全道出了自己的看法：

我待趁煙波泛畫橈，我待御天風遊蓬島，
我待撥銅琶向江上歌，我待看青萍在燈前嘯。
呀，我待拂長虹入海釣金鰲，我待吸長鯨買酒解金貂，
我待理朱弦作幽蘭操，我待著宮袍把水月撈，
我待吹簫比子晉更年少，我待題糕笑劉郎空自豪，笑劉郎空自豪。（《北雁兒落帶得勝令》）

這是一種元代傳下來的嵌字體小曲，吳藻一口氣用了十個排比句和歷代詩人的典故，把李白、韓愈、劉禹錫全部搬出來了，反覆表達做為一個有思想的女人，在男權社會裡生活不容易。

劇本後來演出了，來自蘇州的昆班藝人顧蘭洲在上海廣場開唱時（他演女主角謝道韞），場中座無虛席高潮迭起，觀眾自帶小手帕看得熱淚盈眶。吳藻無心插柳，卻獲得了巨大的成功，有人誇獎她說她是「當代的柳永」，這極大地滿足了她的虛榮心！

可是，人一開始就順利或者年少成名，有時不見得是件好事。特別對於吳藻這種大小姐出身又有美貌的知識分子來說，她以為世界上的一切都是唾手可得的，愛情、婚姻、事業……都要以自我的興趣為中心，一旦沒有如願，就是天大的災難。而其實，她還根本沒有領教過人生的苦難是什麼呢！

像她的朋友沈善寶同樣是那個年代的詩人，出身望族，但是一貧如洗，從小奔走四方寫字作畫，是為了賣錢贍養母親和撫育弟弟。由於身上繫著一家八口人的生計，她一直到三十多歲的大齡，才嫁給當時的吏部郎中武淩雲做繼室。沈善寶一生幾乎見證了自己所有親人的死亡，還親自安葬了他們，相比吳藻，她見慣了生離死別和人間疾苦，所以有時候她會勸吳藻說：「總要有樂觀的心情看身邊世界。」

吳藻哪裡聽得進去呢？她這時候因為女扮男裝，差點傳出風流韻史。因為她常跟一幫男性朋友去青樓喝酒賽詩，她清秀的扮相引起了一個當時名妓的注意。這個姓林的姑娘成為吳藻的愛慕者，只要吳藻在哪裡她就跟到哪裡。吳藻這時候，居然跨性別地和林姑娘調起情來，她還寫了一首《洞仙歌・贈吳門青林校書》送給林姑娘：

珊珊瑣骨，似碧城仙侶，一笑相逢淡忘語。
鎮拈花倚竹，翠袖生寒，空谷里、相見個儂幽緒。
蘭釭低照影，賭酒評詩，便唱江南斷腸句。
一樣掃眉才，偏我清狂，要消受玉人心許。
正漠漠、煙波五湖春，待買個紅船，載卿同去。

這當然只是一場玩笑，但是心底裡，吳藻確實有她丟不開的情結：名士美人、蕩舟買酒、闊步江湖，自古便是中國文人的理想，千百年來從未熄滅過。在吳藻之前，有著名的柳如是倒追大學士錢謙益；在吳藻身後，則有鑑湖女俠秋瑾放棄家庭捨生取義。而對吳藻而言，她就像在自己的戲文裡自導自演了一場人生，雖然結局是註定的，她也過了把癮。

吳藻有一首《金縷曲》，寫得豪氣沖天：

悶欲呼天說。問蒼蒼、生人在世，忍偏磨滅？

從古難消豪氣，也只書空咄咄。正自檢、斷腸詩閱。

看到傷心翻天笑，笑公然、愁是吾家物！都併入、筆端結。

英雄兒女原無別。嘆千秋、收場一例，淚皆成血。

待把柔情輕放下，不唱柳邊風月；且整頓、銅琶鐵撥。

讀罷離騷還酌酒，向大江東去歌殘闋。聲早遏，碧雲裂。

平心而論，當中國社會發展到吳藻生活的十九世紀（清朝道光年間）時，雖然女人參政議政的機會還沒有直接出現，但是女性參與到社會的經濟和文化生活中，已經是一種潮流，也被一些思想開明的男性接受。吳藻的丈夫黃先生，就是這樣一個能夠理解她的進步和追求的人，但因為他不是一個文人，所以儘管用盡了各種方法，為妻子創造優越的生活和創作環境，卻還是不為吳藻接受，她覺得「這人太俗」。她想要自己感情生活裡沒有的那一切，就是：

春來何處，甚東風、種出一雙紅豆。
嚼蕊吹花新樣子，吟得蓮心作藕。
不隔微波，可猜明月，累爾填詞手。
珍珠密字，墨香長在懷袖。
一似玳瑁梁間，飛飛燕子，軟語商量久。
從此情天無缺陷，豔福清才都有。
紙隔蘆簾，蠻箋彩筆，或是秦嘉偶。
唱隨婉轉，瑤琴靜好時奏。（《百字令・題〈玉燕巢雙聲合刻〉》）

有錢有閒有文化有美貌還要有對等的深愛，這種要求是多麼的奢侈！可惜，吳藻從來沒有意識到這一點，她更沒有想到自己的女權主張是架空於身邊現實的。而當她真正走入社會，從朋友們的生活經歷中對比自己的人生處境時，突然感到了自己的幸運，也明白自己對丈夫是有真感情的，不過是因為驕傲不願意承認罷了。

可惜這時候，陪她走過十年的丈夫黃先生一病不起，遺憾去世了！因為她多年的冷淡，他們之間也沒有留下兒女，只有他給妻子建的庭院和書房還矗立在那裡，訴說著一個普通人的愛情觀——真心與否，不是看我說得有多好，而是要看做不做得到。

他為了生活累死了，她才恍然明白過來，自己從小擁有的好環境、好條件不是從天下掉下來的，所有她曾以為的歲月靜好，不過是有人在替她負重前行。她眾裡尋他千百度，驀然回首，那人已在天人永隔處！

江南憶，最憶綠蔭濃。東閣引杯看寶劍，西園連袂控花驄。兒女亦英雄。（《憶江南》）

江南啊，那個把酒話書香的江南風景猶在，而人卻不在了！三十多歲的吳藻突然大徹大悟，明白自己的不幸並非因為性別，而是她對生活的看法和要求不切現實。有些文學女青年本是世界上一道特別的風景，她們有頭腦卻往往作繭自縛，有思想卻常常固步自封，有才貌又總是空負年華……她是自己把自己引入了死胡同。

名士的徹悟，是江湖最後的故事。吳藻的餘生，成為嘉興南湖的一道幽影，在古城清冷的青石板巷裡，她築起「香南雪北廬」，在佛經聲中整理了自己的平生創作，編成了兩本集子。

一本《花簾詞》和一本《香南雪北詞》，分別編錄了她人生前後兩個時期的作品。

清咸豐元年（西元一八五一年），太平天國起義爆發。清咸豐十年（西元一八六〇年），太平軍攻入杭州，很快占領整個杭嘉湖地區。

這之後三年的時間，因為戰亂、饑餓以及瘟疫，原本魚米之鄉的人口銳減了百分之八十（資料來自中國復旦大學出版社出版的《中國人口史》，據其統計，杭州府戰前有人口三百七十二萬人，戰後僅餘七十二萬，人口損失百分之八十點六），生靈塗炭、市場蕭條、百業俱廢，江南成為人間慘劇的現場。

戰火聲中，做為一代名士的美人吳藻，掙扎著給人間留下了她最後的話：

一卷離騷一卷經，十年心事十年燈，芭蕉葉上幾秋聲。
欲哭不成還強笑，諱愁無奈學忘情，誤人猶是說聰明。（《浣溪沙》）

往事皆已矣！

國家圖書館出版品預行編目(CIP)資料

美人詩裡的中國史 / 周濱著. -- 初版. -- 新北市：晶冠，2020.12
面； 公分. --（新觀點系列；16）

ISBN 978-986-99458-2-0(平裝)

831 109015804

新觀點 16

美人詩裡的中國史

作　　者　周濱
行政總編　方柏霖
責任編輯　王逸琦
封面設計　柯俊仰
內頁排版　李純菁
出版企劃　晶冠出版有限公司
總 代 理　旭昇圖書有限公司
電　　話　02-2245-1480（代表號）
傳　　真　02-2245-1479
郵政劃撥　12935041 旭昇圖書有限公司
地　　址　235 新北市中和區中山路二段 352 號 2 樓
E-MAIL　s1686688@ms31.hinet.net
旭昇悅讀網　http://ubooks.tw
印　　製　福霖印刷有限公司
定　　價　新台幣 350 元
出版日期　2020 年 12 月 初版一刷
ISBN-13　978-986-99458-2-0

原著名稱：《美人詩裡的中國史》
作者：周濱

Printed in Taiwan